Thomas H. Cook, né en 1947, a publié son premier roman alors qu'il était bachelier dans une petite ville du Sud des États-Unis et n'a cessé de publier depuis lors. Il a aussi été professeur d'histoire et secrétaire de rédaction au magazine *Atlanta*. Avec une vingtaine de titres parus en France dans la collection « Série noire » de Gallimard et aux Éditions du Seuil et plus de vingt-cinq romans parus aux États-Unis, Thomas H. Cook est un auteur reconnu, salué par la presse sur les deux continents.

Au lieu-dit Noir-Étang… a reçu l'Edgar Award en 1996 et le prix du Meilleur Polar des lecteurs de Points en 2013.

Thomas H. Cook

AU LIEU-DIT NOIR-ÉTANG...

ROMAN

Traduit de l'anglais (États-Unis)
par Philippe Loubat-Delranc

Éditions du Seuil

TEXTE INTÉGRAL

TITRE ORIGINAL
The Chatham School Affair
ÉDITEUR ORIGINAL
Bantam Books

ISBN 978-2-7578-7776-0
(ISBN 978-2-02-104786-8, 1re édition)

Pour Kate Miciak
Sine qua non

« Il voit bien assez celui qui voit l'obscurité qui l'entoure. »

Lord Herbert de Cherbury

PREMIÈRE PARTIE

1

Mon père avait une phrase préférée. Il l'avait empruntée à Milton, et aimait la citer aux garçons de Chatham School. Planté devant eux le jour de la rentrée des classes, les mains bien enfoncées dans les poches de son pantalon, il ménageait un silence, leur faisant face, l'air grave. « Prenez garde à vos actes, déclamait-il alors, car le mal contre lui-même se retourne. » Il ne pouvait imaginer à quel point la suite des événements le contredirait, ni à quel point j'en aurais éminemment conscience.

Parfois, en ces tristes journées d'hiver si fréquentes en Nouvelle-Angleterre où le vent malmène autant les arbres que les arbustes, où la pluie tambourine contre les toits et les vitres, je me sens de nouveau happé par l'univers de mon père, par ma jeunesse, par la petite ville qu'il aimait tant et où je vis toujours. Je regarde par la fenêtre de mon bureau et revois la grand-rue de Chatham telle qu'elle était alors : une poignée de petits commerces, un cortège fantomatique d'automobiles aux phares montés sur des pare-chocs inclinés. Dans mon esprit, les morts retrouvent la vie, reprennent leur enveloppe charnelle. Je vois Mme Albertson livrer son panier de palourdes au marché Kessler, M. Lawrence faire des embardées avec le scooter des neiges qu'il a construit de ses propres mains, des skis à l'avant, deux parties des chenilles d'un tank de la Première Guerre mondiale à l'arrière, le tout accroché au châssis cabossé d'un vieux roadster. En passant, il me fait signe, agitant sa main gantée dans l'air intemporel.

Me présentant une nouvelle fois sur le seuil de mon passé, je retrouve mes quinze ans, tous mes cheveux et une peau dépourvue de taches de vieillesse, le ciel loin de moi et l'enfer de mes préoccupations. Je pressens même que, par essence, la vie a du bon.

Puis, de but en blanc, je repense à elle. Pas à la jeune femme que j'ai connue il y a si longtemps, mais à la petite fille qui contemple au loin la mer d'un bleu étincelant, son père, à côté d'elle, lui disant ce que tous les pères disent depuis toujours à leurs enfants : que l'avenir leur tend les bras, que c'est un pré d'herbe tendre qui n'abrite aucune sombre forêt. Je la revois dans son cottage, ce jour-là, je réentends sa voix, ses paroles tintent encore à mon oreille, distantes clochettes, porteuses de la foi qu'elle eut brièvement en la vie. *Ne te prive pas, Henry. Il y en a pour tout le monde.*

À l'époque, l'église congrégationaliste se dressait à l'entrée est de Chatham, d'un blanc immaculé hormis sa haute et sinistre flèche. Un arrêt d'autocar se trouvait à l'angle sud de l'édifice, marqué par un poteau blanc où les cars venant de Boston chargeaient et déposaient les passagers qui, pour une raison ou une autre, ne voulaient pas prendre le train.

En cet après-midi d'août 1926, alors que j'étais assis sur les marches de l'église, lisant un ouvrage d'histoire militaire, ma passion du moment, le car s'arrêta à quelques mètres de moi. De cette distance, je vis s'ouvrir ses portes dont les charnières métalliques grincèrent dans la chaleur de cette fin de journée. Une grosse dame accompagnée de deux enfants descendirent les premiers, suivis d'un homme âgé qui fumait la pipe et arborait une casquette de capitaine bleu marine, le genre « vieux loup de mer » qu'on voyait souvent au cap Cod en ce temps-là. Puis il y eut un moment de flottement durant lequel personne n'émergea de l'intérieur obscur du car, si bien que je m'attendais à ce qu'il redémarre, tourne à gauche et parte en direction de la ville voisine d'Orleans, traînant dans son sillage un ruban de poussière comme un vieux boa de plumes.

Mais l'autocar, dont le moteur tournait au ralenti, demeura à l'arrêt contre le bord du trottoir. Je me demandais pourquoi il ne repartait pas, quand je vis quelqu'un se lever d'une place du fond. Une femme. Elle s'avança doucement, délicatement, dans l'allée centrale, sa silhouette à contre-jour. Arrivée à hauteur de la porte, elle s'arrêta, leva le bras, sa main s'immobilisant en l'air sans se poser sur la barre métallique qui eût facilité sa descente.

À ce moment-là, je ne pouvais deviner la raison de sa soudaine hésitation. Mais depuis lors, j'en suis venu à penser que ce fut à cet instant précis qu'elle dut mesurer à quel point notre monde était différent de celui dans lequel elle avait vécu avec son père pendant les nombreuses années où ils avaient voyagé ensemble, de tout ce qu'ils avaient vu : Florence dans sa splendeur estivale, Venise et ses canaux, Paris du haut des marches du Sacré-Cœur. Comment tout ce que Chatham avait à offrir aurait-il pu soutenir la comparaison ?

Quelque chose, finalement, lui redonna de l'impulsion. Peut-être la nécessité, le fait que la mort récente de son père ne lui laissait pas le choix. Ou l'espoir qu'elle pourrait, somme toute, mener sa vie parmi nous. Je ne le saurai jamais. Quoi qu'il en soit, elle prit une profonde inspiration, agrippa la barre en métal, descendit par le marchepied et sortit dans la quiétude d'une petite ville côtière où jamais aucun grand artiste n'avait vécu, ni aucun grand événement n'avait eu lieu, excepté ceux imposés par les soudaines tempêtes et les tortueux caprices des temps géologiques.

Ce fut mon père qui l'accueillit à sa descente du car. C'était le directeur de Chatham School, un homme de taille moyenne, mais si expansif et si débordant d'autorité qu'il passait pour plus grand qu'il n'était. Sur l'une des nombreuses photos que j'ai de lui à cette époque, laquelle est imprimée dans l'album annuel de 1926 de Chatham School, il est assis derrière son imposant bureau en chêne, les mains posées sur le plateau ciré, les yeux braqués sur l'objectif. C'était alors la pose traditionnelle de l'homme respectable et accompli, qui lui donnait l'air plutôt sévère, voire un peu dur, alors qu'il n'en était rien. Au contraire, les souvenirs que j'ai de lui alors sont, le plus souvent, ceux d'un homme joyeux, expansif, d'un abord énergique et affable, peu coléreux, plutôt enclin au pardon, dont les émotions transparaissaient toujours dans son regard. « C'est le cœur qui compte, Henry », m'a-t-il dit peu avant sa mort, principe qu'il avait souvent eu l'occasion d'énoncer au fil des années, quoique sans jamais réellement s'y conformer. Car assurément, de tous les hommes que j'ai connus, il fut le moins esclave de la passion. Devenu vieux à présent, il m'est difficile de concevoir comment, dans ma jeunesse, j'en étais venu à le mépriser autant.

Pourtant, oui, je le méprisais. En silence. En secret. Sans jamais rien laisser paraître de la piètre estime en laquelle je le tenais, si bien que je devais passer pour un fils très obéissant, sujet à la mélancolie, mais par ailleurs tout à fait normal, secoué par rien de plus sombre que les ordinaires tempêtes de l'adolescence. Quand je repense à lui, ce qui m'arrive souvent, je n'en reviens pas de voir qu'il en savait tant sur Cicéron et Thucydide, et si peu sur le garçon qui vivait dans la chambre à l'étage.

Ce jour-là, dans la matinée, s'avisant que je me prélassais dans la balancelle sous la véranda, il m'avait considéré d'un air désapprobateur et dit :

– Quoi, tu n'as rien à faire, Henry ?

Je haussai les épaules.

– Eh bien, viens avec moi, dans ce cas, reprit-il.

Il dévala les marches et fila jusqu'à la voiture, une bonne vieille Ford dont les phares jaillissaient telles de petites cornes.

Je me levai, parcourus le même chemin que mon père, montai en voiture et me drapai dans le silence tandis qu'il sortait de l'allée, une légère aigreur imprégnant mon visage, seule forme de rébellion que je pouvais me permettre.

Mon père roula lentement en ville, ce qui ne l'empêchait pas de ralentir à l'approche de piétons ou de chevaux. Il adressa un signe de tête à Mme Cavenaugh qui sortait de chez Warren, le marchand de couleurs, donna un coup d'avertisseur en voyant Davey Bryant poursuivre un peu trop agressivement Hattie Shaw autour du phare.

À l'époque, Chatham n'était guère plus qu'une longue rue bordée de magasins. Il y avait Mayflower's, une épicerie-bazar, la boutique de vêtements pour hommes de M. Thompson, ainsi que la pharmacie de M. Benchley, où ces messieurs pouvaient passer dans l'arrière-salle pour savourer un verre d'alcool prohibé, sans jamais toutefois atteindre l'état d'ébriété. Mme Jessup tenait une pension tout au bout de la grand-rue, et Mlle Hilliard une petite école de « danse, théâtre et piano » à laquelle personne, ou presque, ne s'inscrivit jamais, de sorte qu'elle tirait sa principale source de revenus de la vente de gâteaux et de tartes faits maison, ainsi que d'heures de ménage qu'elle effectuait chez plusieurs familles aisées qui venaient passer l'été dans de vastes demeures baignées de soleil au bord de la baie. Pour qui voyait les choses de loin, Chatham pouvait paraître idyllique ; pour moi, c'était une prison, avec ses bâtisses se dressant telles de hautes murailles infranchissables, ses cours et ses jardins éparpillés autour de moi comme autant de champs entourés de barbelés.

Mon père ne ressentait rien de tout cela, bien entendu. Jamais nul homme ne fut mieux adapté que lui à la vie de province. Parfois, sans raison apparente, il partait de chez nous et marchait jusqu'au centre du bourg, bavardant avec tous ceux qu'il croisait en chemin, parlant généralement du temps qu'il faisait ou de son jardin, de n'importe quoi pour peu que cela permette que le flot de paroles ne se tarisse pas, comme si ces conversations insignifiantes étaient le lubrifiant des rouages de la vie, le *numen* des Romains, cette substance divine qui nous unit et nous soutient.

En cet après-midi d'août, mon père semblait presque guilleret tandis qu'il traversait la ville, puis s'engageait dans la côte qui grimpait jusqu'à la façade blanche de l'église. Pour cette raison, je devinai qu'il se tramait quelque chose. Il avait toujours l'air plus heureux quand il s'apprêtait à faire une bonne action.

– Tu te souviens de ce professeur dont je t'ai parlé ?

me demanda-t-il comme nous passions devant chez le marchand de couleurs. Qui vient d'Afrique ?

J'acquiesçai sans enthousiasme, me rappelant vaguement qu'il avait fait allusion à cette personne, un soir, pendant le dîner.

– Eh bien, elle arrive cet après-midi. Par le car de Boston. Je compte sur toi pour lui réserver un bon accueil.

Nous atteignîmes l'arrêt d'autocar quelques minutes plus tard. Mon père se posta près du poteau blanc, tandis que je flânais jusqu'aux marches de l'église, me laissais tomber sur celle du bas, et sortais de la poche revolver de mon pantalon le livre que je lisais alors.

Une demi-heure plus tard, j'étais plongé dans ma lecture, perdu dans les tourbillons de poussière des Thermopyles, quand le car finit tout de même par arriver. Je restai à ma place, parfaitement conscient que mon père eût préféré que j'accoure pour saluer le nouveau professeur. Il va de soi que j'étais déterminé à n'en rien faire.

Ainsi, j'ignore comment il réagit au moment où il vit Mlle Channing descendre de l'autocar, cet après-midi-là, car, de là où je me trouvais, je ne voyais pas son visage. Ce que je sais, en revanche, c'est combien elle était belle et combien sa gorge était d'une blancheur immaculée contre le col lie-de-vin de sa robe. J'ai toujours voulu croire que, à l'instant où elle mit le pied hors de l'intérieur gris du car, quand ses traits furent soudain capturés par l'éclatante lumière de l'été, quand son regard s'arrêta sur mon père avec la mystérieuse intensité que moi-même y percevrais, qu'à cet instant-là, dans ce silence-là, il eut le souffle coupé.

2

Forcément, quand je repense à Mlle Channing ainsi qu'elle m'apparut la première fois que je la vis, à son allure quand elle arriva à Chatham, si jeune et si pleine d'espoir, j'aimerais, en levant la main, faire ce que la somme de nos lectures et de notre expérience nous apprend qu'il est vain de tenter ; crier : « Arrête-toi, par pitié. Arrête-toi, temps. »

Ce n'est pas que je veuille figer pour l'éternité, bien au contraire, cette jeune femme débarquant dans une coquette petite ville de la Nouvelle-Angleterre, mais je souhaiterais au moins pouvoir briser la ronde des jours assez longtemps pour dévoiler la vérité toute simple que la vie enseigne inévitablement à ceux d'entre nous qui deviennent vieux : puisque nos passions ne durent pas éternellement, notre véritable épreuve est de leur survivre. Une autre chose aussi, peut-être : lui rappeler, à elle, combien fine et oscillante est la corde raide sur laquelle on avance toute sa vie, que le moindre faux pas peut se transformer en une plongée fatale.

Puis je me dis : *Non, il est arrivé ce qui devait arriver.* Alors, à cette pensée, le temps reprend son cours, et je la revois serrer rapidement la main de mon père, pour ensuite la lâcher en tournant son visage légèrement vers la gauche de sorte qu'elle s'avisa de ma présence quand je finis par me secouer et me lever des marches de l'église, pour m'avancer vers elle en traversant la pelouse soigneusement entretenue.

– Voici mon fils, Henry, indiqua mon père quand je les eus rejoints.

– Salut, fis-je, tendant la main.

Mlle Channing la serra.

– Bonjour, Henry, dit-elle.

Je me souviens parfaitement de quoi elle avait l'air, là, devant moi, de ses cheveux sagement ramenés sous son chapeau, de son teint d'albâtre, de ses traits d'une beauté qui rappelait celle de certains portraits féminins, non point tant sensuels que finement ciselés. Mais, surtout, je me souviens de ses yeux, bleu pâle, légèrement en amande, animés d'une remarquable vivacité.

– Henry va entrer en seconde année de lycée, ajouta mon père. Il sera l'un de vos élèves.

Avant que Mlle Channing ait pu réagir, le chauffeur du car qui, depuis un bon moment, s'affairait de l'autre côté du véhicule, le contourna par l'arrière, portant deux valises en cuir. Il les posa par terre, puis remonta précipitamment derrière son volant.

Mon père, d'un signe de tête, m'enjoignit de prendre ces bagages. J'obtempérai, me redressai et restai figé sur place, cinquième roue du carrosse, tandis que mon père reportait immédiatement toute son attention sur Mlle Channing.

– Vous dînerez tôt avec nous, reprit-il. Ensuite, nous vous accompagnerons dans votre nouvelle demeure.

Sur ces mots, il fit un petit pas en arrière, puis tourna les talons et se dirigea vers la voiture, Mlle Channing marchant à côté de lui, moi à la traîne, les deux valises en cuir tirant lourdement sur mes bras.

À l'époque, nous habitions dans Myrtle Street, juste

à la sortie de Chatham School, dans une maison toute blanche pourvue, comme presque toutes les autres, d'une petite véranda. Pendant que nous roulions dans sa direction, passant par le centre-ville, mon père indiqua à Mlle Channing plusieurs magasins et boutiques où elle pourrait aller faire ses courses. Elle paraissait très à l'écoute de tout ce qu'il lui disait, portant un regard évaluateur, comme si elle visitait une galerie d'art ou un musée, sur les plus petits détails, le store déchiré de Mayflower's, le kiosque à musique hexagonal de la place de la mairie, le petit groupe de jeunes hommes qui traînaient devant le bowling, fumant des cigarettes, aux préoccupations frivoles et aux mœurs relâchées dans lesquels mon père voyait un présage sinistre des temps nouveaux qui s'annonçaient.

Une côte grimpait en pente douce depuis le centre-ville, s'incurvant sur la droite à mesure qu'elle s'élevait vers la falaise. Au sommet se dressait le vieux phare, dont l'enceinte était décorée de deux énormes ancres blanchies à la chaux.

– Autrefois, nous avions trois phares, ici, à Chatham, expliqua mon père. L'un d'eux a été déplacé à Eastham. Le deuxième a été détruit par la tempête de 23.

Le regard de Mlle Channing s'y attarda quand nous passâmes devant.

– On ne le remarque que davantage du fait qu'il est seul, déclara-t-elle.

Elle se tourna vers la banquette arrière, posant les yeux sur moi.

– Tu ne crois pas, Henry ?

Je restai sans voix, tout étonné qu'elle ait daigné m'adresser la parole, mais mon père parut très impressionné par son observation.

– Oui, c'est juste, remarqua-t-il. Le deuxième éclipse toujours le premier.

Mlle Channing me regarda un moment encore, m'offrant silencieusement un sourire paisible avant de détourner la tête.

Notre maison se trouvait au bout de Myrtle Street et, en chemin, nous passâmes devant Chatham School. C'était un grand bâtiment en brique, pourvu d'un escalier en ciment et d'une lourde porte d'entrée à deux battants. Le rez-de-chaussée se composait des salles de classe, et le premier étage du dortoir, du réfectoire et de la salle commune.

– C'est ici que vous enseignerez, indiqua mon père, ralentissant un peu au passage. Nous avons prévu une salle qui vous sera spécialement réservée. Dans la cour.

Mlle Channing jeta un coup d'œil sur l'école, et son reflet dans la vitre m'indiqua que ses yeux demeuraient inexpressifs, comme si elle regardait dans une boule de cristal, y quêtant de quoi son avenir serait fait.

Quelques instants plus tard, nous nous garions devant chez nous. Mon père ouvrit la portière à Mlle Channing, et l'escorta sur les marches jusqu'au perron où ma mère attendait de lui être présentée.

– Bienvenue à Chatham, claironna-t-elle, lui tendant la main.

Ma mère était un peu plus jeune que mon père, mais beaucoup moins spirituelle et assurément moins enjouée que lui, avec un visage rond et plutôt quelconque, mais de petits yeux qui lançaient des regards nerveux. Pour les habitants de Chatham, elle n'avait longtemps été que « la professeur de musique », plus ou moins destinée à finir vieille fille. Puis mon père était arrivé, toujours célibataire à trente et un ans, impatient de se mettre en ménage, ce qui lui permettrait de recevoir les enseignants qu'il avait déjà embauchés pour sa nouvelle école, ainsi que de potentiels donateurs. Ma mère répondait à ses critères de choix d'une épouse et, au bout d'une cour de tout juste six semaines, il l'avait demandée en mariage. Elle avait accepté sans hésitation, tellement prise de court, ainsi qu'elle aimait à le raconter aux autres femmes de son cercle de couture, que, sur le moment, elle avait cru à une plaisanterie.

Mais cet après-midi-là, presque vingt ans plus tard, elle ne donnait plus l'impression de pouvoir prendre quoi que ce fût à la légère. Elle avait forci des hanches, arborait désormais une silhouette de matrone, et se déplaçait à une allure si lente et si laborieuse qu'il m'arrivait souvent de perdre patience et de filer devant elle sans l'attendre vers l'endroit où nous nous rendions. Des années plus tard, elle perdrait quelquefois la respiration en atteignant le haut des marches de la véranda, s'arrêterait alors pour reprendre son souffle, s'agrippant d'une main à l'un des barreaux en bois, portant l'autre à sa poitrine, la tête renversée en arrière le temps d'une lente et pénible inspiration. Avec l'âge, ses cheveux blanchirent, sa vue déclina et, le plus souvent, elle restait assise dans la pièce de devant, ou bien au lit, lovée sur elle-même, incapable de lire, pouvant tout juste écouter la radio. Cependant, un feu intérieur l'habita jusqu'au bout, attisé par la rage engendrée chez elle par l'affaire de Chatham School qui, dès lors, ne devait jamais cesser de la consumer.

Elle mourut bien des années après que l'affaire eut achevé son effroyable cours, et à ce moment-là beaucoup de choses avaient changé dans notre vie : la grande maison de Myrtle Street n'était plus qu'un souvenir, mon père vivait d'une modeste pension de retraite, Chatham School avait fermé depuis longtemps, ses portes ayant été verrouillées, ses fenêtres condamnées, ses terrains de sport abandonnés aux herbes folles, sa réputation d'antan désormais réduite à un sombre et déplorable héritage.

Ce soir-là, ma mère nous avait préparé une soupe épaisse de palourdes enrichie de beurre et de pommes de terre, recette typique du cap Cod. Nous dînâmes dans la salle à manger, Sarah Doyle, la toute jeune bonne que mon père avait ramenée de Boston à peine deux ans plus tôt, nous servant cette bonne soupe parfumée à la louche dans de grands bols de porcelaine.

Attablée en notre compagnie, Mlle Channing posa peu de questions pendant que mon père exposait ses remarques habituelles au sujet de Chatham School : quelle en était la philosophie, la genèse, un discours que ma mère avait entendu mille fois, mais qui, manifestement, intéressait Mlle Channing au plus haut point.

– Pourquoi seulement pour garçons ? s'enquit-elle tout à coup.

– Parce que les filles changeraient l'atmosphère de l'école, répondit mon père.

– Dans quel sens ?

– Leur présence inciterait les garçons à crâner, à agir inconsidérément.

Mlle Channing s'accorda un temps de réflexion.

– Serait-ce la faute des filles ou celle des garçons, monsieur ?

– La faute au mélange, mademoiselle, répliqua mon père, apparemment surpris par l'audace qu'il perçut dans sa question. Il rend l'atmosphère plus… instable.

Mon père espérait avoir clos le sujet. Un espoir que je partageais si complètement que, lorsque Mlle Channing reprit la parole, exprimant ce qui ressemblait fort à une provocation, j'eus l'impression d'assister à une passe d'armes.

– Et sans filles, comment qualifiez-vous l'atmosphère ? voulut-elle savoir.

– Studieuse et sérieuse, rétorqua mon père. Disciplinée.

– Tout juste l'atmosphère que vous voulez pour Chatham School ?

– Oui, répondit fermement mon père. En effet.

Mlle Channing en resta là, mais, assis en face d'elle, je sentis qu'elle aurait eu envie d'en dire davantage, que des idées la préoccupaient, entêtantes, éclatant continuellement en petites explosions.

À la fin du repas, mon père conduisit Mlle Channing et ma mère dans le petit salon pour prendre le thé. Je m'attardai à table, observant Sarah qui, après nous avoir servis, débarrassait le couvert du dîner. Mon père avait fermé les portes vitrées qui séparaient le salon et la salle à manger, pourtant il m'était encore possible de voir Mlle Channing qui l'écoutait tranquillement.

– Que penses-tu du nouveau professeur ? demandai-je à Sarah au moment où elle se penchait par-dessus mon épaule pour retirer un bol.

Sarah ne me répondit pas, aussi levai-je les yeux vers elle. Son regard n'était pas tourné vers moi, mais vers le salon où Mlle Channing était assise près de la fenêtre, les mains modestement croisées sur les genoux, son chapeau à la Joan Crawford bien vissé sur la tête.

– Ce qu'elle est distinguée, murmura-t-elle d'un ton presque révérencieux. C'est le genre de femme qu'il y a dans les livres.

Je reportai mon regard sur Mlle Channing. Elle buvait une gorgée de thé tandis que mon père continuait de soliloquer, ses yeux bleus fixés sur lui par-dessus le rebord de sa tasse, perçants, évaluateurs, comme si son esprit filtrait sans cesse le matériau qui le traversait, retenant ceci, rejetant cela, en un jugement curieusement définitif, tribunal qui, ainsi que l'avenir le dirait, jugeait sans appel.

Une heure plus tard, alors que j'avais regagné ma chambre où je parcourais le tout dernier numéro de *Grady's Illustrated Magazine for Boys*, mon père m'appela d'en bas.

– Il est temps d'accompagner Mlle Channing chez elle, me rappela-t-il.

Je franchis le seuil de la maison, et descendis le petit escalier à sa suite jusqu'à la voiture où Mlle Channing attendait déjà.

– C'est tout près, lui précisa mon père, prenant place au volant. Je devrais pouvoir vous y déposer avant la pluie.

Ce en quoi il se trompait, car, pendant que nous roulions vers le cottage, la couverture de nuages se déchargea subitement de son fardeau dans des roulements de tonnerre, comme si le ciel rendait gorge.

Après avoir dépassé le centre-ville, mon père tourna sur la droite pour gagner la route côtière qui passait devant les grandes résidences d'été le long de la plage, puis continua vers le marais, avec ses cabanes et ses maisons de pêcheurs, aux jardins mal entretenus parsemés d'amas de casiers à homards et d'emmêlements de filets de pêche gris.

Comme il pleuvait à torrents, le trajet parut long ; la vieille Ford cahotante était frappée de toutes parts par de violentes rafales de vent, les essuie-glaces grinçaient à un rythme régulier tandis qu'ils balayaient inefficacement le pare-brise.

Mon père gardait les yeux fixés sur la route, bien sûr, mais je remarquai que Mlle Channing s'intéressait davantage au paysage du cap Cod, à ses basses et rondes collines tout juste vêtues de rares enchevêtrements de broussailles et de chênes nains, au vent qui malmenait les plantes aquatiques dans les dunes.

– Le cap est de toute beauté, vous ne trouvez pas, mademoiselle ? lança gaiement mon père.

Il ne devait pas s'attendre à la réponse qu'elle lui fit.

– C'est un paysage tourmenté, murmura-t-elle, regardant par la vitre passager, d'une voix soudain teintée d'une tristesse qui semblait émaner d'une part plus sombre de son être.

Mon père la regarda du coin de l'œil.

– Tourmenté ? Que voulez-vous dire ?

– Il me rappelle les îles Keys de Floride, répondit-elle, les yeux toujours rivés sur le paysage. Le nom que les Espagnols leur avait donné.

– Quel était-il ?

– *Los Mártires*. Parce qu'elles étaient livrées aux supplices du vent et de l'océan.

– Pardonnez mon ignorance, s'excusa mon père, mais que veut dire *Los Mártires* ?

Mlle Channing continuait de regarder par la vitre.

– « Les Martyrs », répondit-elle, plissant très légèrement les paupières, comme si elle ne scrutait plus ni les dunes ni les plantes aquatiques, mais le corps écartelé et sanguinolent d'un des premiers saints martyrisés.

Mon père reporta son attention sur la route.

– Ma foi, je n'avais jamais pensé au cap de cette façon, observa-t-il.

Puis, à ma grande surprise, je le vis braquer le regard dans le rétroviseur et le fixer sur moi.

– Et toi, Henry, cela t'est-il déjà arrivé ?

Je jetai un coup d'œil par la vitre, vers un paysage qui ne me parut plus être sans aspérité et sans vie, mais battu, harcelé, fouetté par les vents furieux et la mer déchaînée.

– Non, répondis-je, pas jusqu'à maintenant.

À un peu moins de deux kilomètres après la sortie de la ville, nous tournâmes vers une petite route bordée des deux côtés d'une épaisse forêt et recouverte d'une couche de ce qui autrefois était des coquilles d'huîtres que de successives générations de sabots, de pieds et de roues de chariots avaient réduites en poudre.

La forêt empiétait tellement que j'entendais la végétation environnante gifler, griffer les flancs de la voiture à mesure que nous progressions.

– C'est assez désert par ici, souligna mon père.

Il n'ajouta rien de plus, et nous continuâmes de rouler en silence jusqu'à la bifurcation où nous prîmes à droite sur environ huit cents mètres jusqu'au moment où le chemin s'élargissait brusquement pour se terminer en cul-de-sac devant un petit cottage blanc.

– C'est ici, annonça mon père. Milford Cottage.

Il paraissait minuscule comparé à notre maison de Myrtle Street, si écrasé par la forêt alentour qu'il semblait se tapir, apeuré, dans un poing de verdure, juste devant une sombre étendue d'eau, plate, immobile, terne, aux profondeurs opaques, inexplorées, pareille à un grand trou dans le cœur des choses.

– Voici le lieu-dit Noir-Étang, indiqua mon père.

Mlle Channing se pencha légèrement en avant pour examiner le cottage à travers l'averse, à la manière d'un peintre qui réfléchirait à la composition d'un tableau, évaluant la lumière, se demandant où placer le chevalet. Cette expression, je la lui reverrais souvent pendant l'année à venir, intense, curieuse, un visage qui semblait aspirer tout ce qui l'entourait par une étrange force d'attraction qui lui était propre.

– C'est un endroit modeste, reprit mon père, mais charmant. J'espère que vous le trouverez, à tout le moins, confortable.

– J'en suis sûre. Qui y habitait ?

– À vrai dire, jamais personne ne l'a habité, l'informa mon père. Ce cottage a été construit pour la lune de miel de M. Milford et de son épouse.

– Ils n'y ont jamais vécu ?

Mon père parut hésiter à lui répondre, mais s'y sentit obligé.

– Ils se sont tués tous les deux en venant ici. Un accident de voiture alors qu'ils rentraient de Boston.

Curieusement, le visage de Mlle Channing s'anima tout à coup, comme si elle imaginait une autre version des faits dans sa tête, l'installation d'un jeune couple qui n'arriva jamais, les joies d'une nuit qu'ils ne passèrent jamais ensemble, un lendemain de fête qu'ils ne connurent pas.

– Ce n'est pas le grand luxe, ajouta mon père en passant, déterminé, comme toujours, à éviter les sujets désagréables, mais c'est très bien agencé.

Son regard s'attarda un moment sur Mlle Channing, avant qu'il ne le détourne brusquement, l'air presque coupable, de sorte qu'un bref instant on eût dit un homme qu'on venait de surprendre en train de lire un livre interdit.

– Bon, eh bien, allons à l'intérieur, proposa-t-il.

Sur ces mots, mon père ouvrit sa portière et sortit sous la pluie.

– Dépêche-toi, Henry.

Il me fit signe de prendre les valises de Mlle Channing et de le suivre dans le cottage.

Il était déjà à l'entrée, bataillant avec la clé, les cheveux mouillés et aplatis, quand je les rejoignis. Mlle Channing, juste derrière lui, attendait qu'il ouvre la porte. Tandis qu'il maniait la clé de droite à gauche, il donna l'impression d'être un peu gêné qu'elle ne tourne pas, comme si une part de son autorité était remise en question.

– Tout rouille avec l'air marin, l'entendis-je bougonner.

Il donna un autre tour de clé. La serrure se débloqua, et la porte s'ouvrit.

– L'électricité n'arrive pas jusqu'ici, expliqua mon père, pénétrant dans le cottage plongé dans l'obscurité. Mais la cheminée a été ramonée pour l'hiver, et il y a plusieurs lampes à pétrole, alors vous aurez largement de quoi vous éclairer.

Il marcha jusqu'à la fenêtre, écarta les rideaux, regarda le ciel qui s'assombrissait.

– Exactement comme je vous le décrivais dans ma lettre, reprit-il.

Il lâcha les rideaux et se tourna vers elle.

– J'ai cru comprendre que vous étiez habituée à des conditions de vie un peu… spartiates.

– Oui, en effet, répondit Mlle Channing.

– Bon, eh bien, avant que nous partions, faites le tour du propriétaire. J'espère que nous n'avons rien oublié.

Il s'approcha d'une lampe qu'il alluma. Une lueur jaunâtre s'étala dans la pièce, illuminant les murs fraîchement lavés, les rideaux en dentelle récemment posés, le plancher en bois brut balayé avec soin, la cheminée en pierre sans trace de cendres.

– La cuisine est déjà approvisionnée, indiqua-t-il.

Vous y trouverez du saindoux, de la farine et du sucre. Les produits de base.

Il fit un signe de tête en direction de la pièce contiguë.

– Le linge de maison est dans l'armoire, au fond.

Mlle Channing lança un coup d'œil vers la chambre, son regard s'attardant sur le cadre de lit en fer, les draps bien tirés sur l'étroit matelas, les deux couvertures pliées au pied du lit, l'unique oreiller à sa tête.

– Je sais bien que tout changement nécessite un temps d'adaptation, mademoiselle Channing, poursuivit mon père, mais je suis sûr que, avec le temps, vous serez heureuse ici.

Je connaissais parfaitement l'idée que mon père se faisait du bonheur, les satisfactions qu'il signifiait pour lui : une vie marquée par des événements prévisibles et de faible portée, étriquée et sans inspiration, pâle compensation aux aspirations plus profondes et plus insistantes qui devaient bien le tenailler de temps à autre.

Quant à la conception personnelle que Mlle Channing en avait, j'en ignorais tout. Je savais seulement qu'il émanait de sa personne une étonnante énergie, une vivacité, une implication presque physique, et que le bonheur qu'elle trouverait un jour, quelque forme qu'il prît, devrait y répondre.

– J'espère aussi que vous aimerez Chatham, reprit mon père au bout d'un moment. C'est une petite ville très agréable.

– Je suis certaine de m'y plaire, répondit Mlle Channing, même si, tout en le disant, elle la comparait peut-être à Rome ou à Vienne, ces capitales qu'elle avait visitées, aux boulevards et aux grandes places le long desquels elle avait flâné, un monde plus vaste qu'elle connaissait depuis longtemps, duquel je ne faisais que rêver.

– Bon, eh bien, nous allons vous laisser, proposa mon père.

Il désigna du menton les deux valises de cuir dans mes mains.

– Pose-les, Henry.

J'obtempérai, et le rejoignis à la porte.

– Bon, eh bien, alors, bonne nuit, mademoiselle, dit-il en sortant.

– Bonne nuit, monsieur, répondit-elle. Et merci pour tout.

Quelques instants plus tard, nous étions remontés en voiture et reculions dans Plymouth Road. À travers les cordes de pluie qui cinglaient le pare-brise, je voyais Mlle Channing sur le seuil du cottage, son visage si paisible et si lumineux tandis qu'elle nous faisait au revoir de la main que je choisis souvent de me souvenir d'elle comme elle était ce premier soir et non telle que je la revis lors de notre dernière rencontre : les cheveux attachés en désordre, le teint brouillé, entourée de l'odeur puissante, humide et froide de la mort.

3

Le portrait de mon père est accroché au mur lambrissé en face de mon bureau, au-dessus de la cheminée de marbre inutilisée aujourd'hui, encadrée par des étagères d'ouvrages juridiques. Il est vêtu d'un costume trois pièces noir au gilet soigneusement boutonné, la tenue habillée de tradition dans l'art du portrait de l'époque. Pourtant, la composition du tableau présente quelque chose d'inhabituel. Car, si mon père porte les vêtements de circonstance, il ne pose pas assis derrière son bureau ou campé devant un mur tapissé de livres, mais à une grande fenêtre aux tentures rouge sombre retenues par des embrasses dorées. À l'extérieur, c'est l'été, mais le paysage derrière la vitre ne ressemble en rien à Chatham ni au cap Cod.

En l'occurrence, mon père contemple une plaine étrange et infinie couverte d'herbe à éléphant et parsemée de flamboyants, vaste étendue qui s'étend dans toutes les directions et finit par se dissoudre dans le lointain aux abords détrempés d'un lac bleu, son attention fixée sur un point éloigné dans ce décor exotique, peut-être la berge opposée de ce même lac, ce qui imprègne son visage de la mélancolie propre aux désirs inassouvis.

C'est un tragique caprice du destin que de ne pas

connaître le sublime d'une passion amoureuse. Je n'ai jamais vu en mon père un homme pourvu du moindre attrait. Pour autant, c'était un homme amoureux, je pense. Mais d'une école, plutôt que d'une femme. Chatham School fut sa grande passion, et pendant les années qu'il y occupa la charge de directeur-fondateur, guide spirituel de ses élèves, conseiller de ses professeurs, il éprouva, comme il ne le ressentirait jamais plus, le profond sentiment de vivre pleinement sa vie.

J'ai regardé ce portrait un nombre incalculable de fois, l'examinant comme si j'étudiais mon père, me concentrant sur ce que ce tableau contenait de mystérieux. Inévitablement, je m'en détournais avec un vague sentiment de frustration et de malaise, mon regard attiré par la signature du peintre, au nom tracé en toutes petites lettres séparées : *Élizabeth Rockbridge Channing.*

Ce portrait avait été peint durant les derniers jours de cette année scolaire-là, mon père posant à la fenêtre de son bureau, regardant dehors, tandis que Mlle Channing était postée à son chevalet à quelques mètres de lui, drapée dans une blouse grise tachetée de peinture, les cheveux retombant sur ses épaules en une masse indisciplinée. Mais en ce mois d'avril, elle ne ressemblait plus à celle qu'elle était lors de son arrivée en août précédent. L'éclat de la jeunesse avait disparu, remplacé par un teint hâve, et quand il m'arrivait de l'apercevoir seule dans sa salle de classe pendant ces derniers jours, ou lorsqu'elle rentrait chez elle, marchant, solitaire, le long de la route côtière, je voyais qu'il ne restait plus rien de la jeune femme qui, depuis le seuil de Milford Cottage, à peine quelques mois plus tôt, nous adressait un signe de la main pendant que mon père faisait marche arrière au volant de notre automobile dans Plymouth Road.

Je n'ai jamais su précisément ce que Mlle Channing avait fait après notre départ ce soir-là, une fois qu'elle s'était retrouvée seule dans le cottage. Je l'ai toujours imaginée ouvrant et défaisant ses deux valises, posant son nouveau chapeau sur l'étagère du haut de la penderie, suspendant ses robes à la tringle en bois qui en occupait presque toute la largeur, rangeant ses dessous dans les tiroirs du bas.

D'après ce que je constatai en revenant au cottage le lendemain, je sais qu'elle avait trouvé un clou déjà en place auquel elle avait accroché une photographie de son père, prise des années plus tôt, dans la cour de la galerie des Offices, la lumière du soleil florentin se déversant sur lui, très élégant en pantalon blanc, blazer bleu marine et canotier, les doigts enroulés autour du pommeau en argent d'une canne en bois ciré.

Je sais aussi que les lampes à pétrole disposées au hasard devaient projeter trop d'ombres dans sa nouvelle demeure, car je compris, étant donné les endroits où je les revis alors, que, au cours de sa première nuit dans le cottage, elle les avait déplacées, les essayant çà et là dans les pièces jusqu'à ce que, enfin, une clarté équilibrée, harmonieuse, se diffuse dans son intérieur obscur, aux recoins sombres désormais éclairés par des pinceaux de lumière.

Mais plus que tout, et avec une certitude à laquelle je ne peux prétendre pour le reste, je sais que, vers minuit, quand la pluie cessa enfin, elle était allée se promener au bord de l'étang et que, jetant un coup d'œil sur cette étendue d'eau, elle avait remarqué un imperceptible mouvement à sa surface par ailleurs immobile. Ce fut alors que les nuages s'écartèrent, laissant tomber sur l'eau un rayon de lune, si bien qu'elle vit la proue blanche d'une barque effleurer brièvement la lisière de la lumière avant de disparaître sous le couvert de l'obscurité. Il y avait quelqu'un dans la barque, silhouette presque entièrement recouverte d'un poncho noir, ainsi qu'elle le décrirait plus tard, de sorte qu'elle ne put distinguer qu'un petit carré de chair, une main, large, masculine, agrippée à l'unique rame en mouvement.

Je sais tout cela formellement, car ce fut ce qu'elle-même déclara par une torride journée d'été, presque un an après, devant une foule qui tanguait, fébrile, les gens tendant le cou de droite à gauche pour mieux la voir, redressant la tête tout en pestant, parlant de mort, de suicide, de meurtre, la suivant des yeux avec une fascination morbide tandis qu'elle s'avançait dans la salle et prenait place dans le box des témoins.

Des années plus tard, après être revenu exercer à Chatham, il me suffisait de jeter un coup d'œil par la fenêtre de mon bureau pour voir le nom de l'avocat qui s'était chargé du contre-interrogatoire de Mlle Channing en cet après-midi d'août 1927. À l'époque, en effet, le cabinet de Me Parsons se trouvait juste en face du mien, et son fils Albert Parsons Jr l'occupe toujours, avocat spécialisé en litiges privés et droit commercial et non dans les affaires criminelles pour lesquelles son père s'était taillé une grande réputation dans tout l'État. La plaque du jeune Parsons se balance aujourd'hui au-dessus d'un petit carré d'herbe, à l'endroit même où celle de son père oscillait autrefois – je l'avais sûrement regardée au passage, le fameux jour où mon père et moi étions allés chercher Mlle Channing à l'arrêt d'autocar, notre bonne vieille Ford nous ramenant à toute vitesse vers notre maison de Myrtle Street, mon père au volant, Mlle Channing sur le siège passager et moi coincé sur la banquette arrière avec ses bagages, si jeune et si inexpérimenté, si ignorant des lois d'airain de la vie que, si on me les avait présentées, je leur aurais dénié leur pouvoir de m'asservir. En tout cas, jamais je n'aurais pu me douter que, dans les années qui allaient suivre, je regarderais très souvent la plaque de Me Parsons, et entendrais sa voix tonitruante crier depuis le passé : *C'est vous, mademoiselle Channing, vous et vous seule qui êtes la cause de tout.*

Albert Parsons assumait alors la charge de procureur fédéral. Petit homme trapu portant des lunettes à monture en acier, je le voyais souvent se frayer un chemin sur le trottoir en planches, se dirigeant vers son bureau, tirant sur sa pipe en bruyère, ôtant son feutre gris devant les passants. Il paraissait extrêmement sûr de lui à l'époque, conscient de ses capacités, en homme qui s'attendait à mener sa vie dans un monde dont les règles ne faisaient aucun doute pour lui, un petit paradis, ainsi qu'il devait considérer Chatham, niché aux portes du ciel.

Je le revois aussi âgé, assis sur le banc en bois devant la mairie, lançant des miettes de crackers aux pigeons rassemblés à ses pieds, fixant sur eux un regard étrangement absent. Avant cela pourtant, pendant les premières années de sa retraite, il avait construit un cabinet de travail dans son jardin, et y avait disposé des étagères métalliques, un bureau, une lampe en laiton et une machine à écrire noire. C'était là qu'il avait rédigé sa version de l'affaire de Chatham School, totalement convaincu d'avoir déterré ses plus sombres secrets.

Au fil des années, j'ai souvent pensé à lui, à l'orgueil qu'il tirait de sa certitude d'avoir percé à jour les causes de toutes ces morts et, à sa manière, par la suite, de parcourir à grands pas les rues de Chatham, résolument, fièrement, comme s'il était désormais le garant exclusif de la bonne santé de la ville, Mlle Channing n'étant plus qu'une obscure tumeur maligne qu'il avait réussi à extirper.

Ce fut par un samedi clair et ensoleillé, le dernier avant la rentrée des classes, que je revis Mlle Channing.

Mon père était déjà parti pour Osterville, ce dont ma mère m'informa ce matin-là, mais il m'avait laissé pour instruction de passer à Milford Cottage afin de voir si Mlle Channing avait besoin de quelque chose et si c'était le cas de faire ses courses.

Le cottage se trouvait à environ trois kilomètres du centre de Chatham, si bien qu'il me fallut un bon bout de temps pour m'y rendre à pied. J'y arrivai vers dix heures, tapai légèrement à la porte et attendis que Mlle Channing vienne m'ouvrir. Comme il n'en fut rien, je frappai de nouveau, plus fort cette fois. N'obtenant toujours pas de réponse, je réitérai mon geste.

Ce fut alors que je la vis. Non pas là où je m'y attendais, silhouette à l'intérieur du cottage ou appuyée contre sa porte ouverte, mais marchant dans ma direction à grandes enjambées depuis la lisière des bois, ne portant plus une tenue habillée cette fois, mais une robe d'été bleu pâle, évasée, ondoyante, ses cheveux bruns retombant en bataille sur ses épaules.

Elle ne s'aperçut pas tout de suite de ma présence, et continua donc d'avancer entre les arbres et les buissons, les yeux rivés sur le sol comme si elle suivait la trace d'un animal ou de quelqu'un qui se serait approché du cottage, puis se serait attardé un moment avant de battre en retraite dans les profondeurs de la forêt. En sortant du sous-bois, elle s'arrêta, arracha une feuille à un arbuste, la leva vers le soleil et l'enroula lentement sur elle-même jusqu'à y faire passer un étroit rayon de lumière qu'elle considéra avec un émerveillement tout enfantin.

Quand elle détourna enfin les yeux de la feuille et m'aperçut, je compris qu'elle fut surprise de me trouver à sa porte.

– Bonjour, mademoiselle ! criai-je.

Elle sourit et vint vers moi, le bas de sa jupe effleurant la terre encore humide.

– Je ne voulais pas vous effrayer, lançai-je.

Cette idée parut l'amuser.

– M'effrayer ? Tu ne m'as pas effrayée, Henry. Que vas-tu chercher là ?

Je haussai les épaules, trouvant son regard si pénétrant que j'en bafouillai.

– Bon, enfin, mon père m'a demandé de venir m'assurer que tout allait bien. En particulier pour ce qui est du cottage. Il veut savoir s'il y a d'autres réparations à faire. Le toit, par exemple. S'il a bien résisté. À la pluie, je veux dire. Les fuites.

– Oui, tout va bien, répondit Mlle Channing, m'observant très attentivement comme pour mémoriser mes traits, notant soigneusement le plus petit creux, le moindre arrondi, le dessin de mes mâchoires, la forme de mes yeux.

Cela me donna la sensation désagréable d'être mis à nu, dépouillé de ma peau, une couche après l'autre, pour révéler ce qui se trouvait dessous, la charpente osseuse, le circuit des artères et des veines, le ressentiment que je m'employais à réfréner. Je sentis ma main jouer avec le bouton de mon col.

– Alors, avez-vous besoin d'autre chose ? relançai-je,

toujours soucieux de suivre les directives de mon père, mais impatient de repartir à présent. Je veux dire, d'ici lundi et la reprise des cours ?

– Non, je ne crois pas.

– Bon, eh bien, d'accord. Alors, on se reverra lundi à l'école.

Sur ce, je la saluai d'un signe de tête et m'éloignai d'une démarche nonchalante, ne voulant pas donner l'impression de m'enfuir.

Comme j'arrivais à mi-chemin de l'allée qui menait de sa porte à la route, elle me héla.

– Tu repars en ville, Henry ?

Je m'arrêtai et me tournai vers elle.

– Oui, répondis-je.

– Tu permets que je vienne avec toi ? Je n'ai encore presque rien vu de Chatham.

L'éventualité d'être aperçu en compagnie d'un professeur en dehors d'une salle de classe ne m'enchantait guère.

– La route est longue jusqu'en ville, mademoiselle, affirmai-je dans l'espoir de la dissuader.

Elle ne se laissa pas décourager.

– J'ai l'habitude des longues marches.

À l'évidence, il n'y avait pas d'autre issue.

– D'accord, laissai-je tomber avec un haussement d'épaules peu enthousiaste.

Elle s'avança vers moi, accélérant le pas jusqu'à ce qu'elle m'eût rejoint.

Plus tard, une fois que j'aurais lu le livre de son père et me serais rendu compte du nombre d'endroits exotiques où il l'avait emmenée pendant les années qu'ils avaient voyagé ensemble, il m'apparaîtrait très curieux qu'elle ait éprouvé l'envie de se rendre en ville ce matin-là. Étant donné sa vaste expérience, Chatham ne pouvait que lui paraître vieillot. Néanmoins, sa curiosité semblait sincère, son envie d'explorer nos petites rues et nos petites boutiques nullement amoindrie par le fait qu'elle se soit promenée dans les ruelles napolitaines et sur les places de Madrid, son père, à ses côtés, lui relatant les atrocités de l'Inquisition de Torquemada et les visions de Jeanne la Folle du ton que, plus tard, prendraient les pères quand, menant leurs enfants sur les berges du Noir-Étang, ils développeraient gravement à leur intention un récit dont l'abominable cours, croyaient-ils, s'était achevé là.

4

Je me suis toujours demandé si, pendant cette première marche à pied le long de Plymouth Road avec Mlle Channing, j'aurais pu percevoir un signe de cette noirceur intérieure que, plus tard, Me Parsons prétendrait avoir décelée chez elle. Souvent, j'ai essayé de retrouver ce qu'il évoqua lorsqu'il procéda à son premier interrogatoire, cette « indéfinissable étrangeté » dont il parlerait dans sa biographie, sa conviction qu'elle « versait dans les sciences occultes ».

Elle prit soin de marcher à mon rythme ce matin-là, tandis que la brise jouait légèrement dans ses cheveux, et limita sa conversation à la flore qui nous entourait. Elle me demandait le nom des arbres et des fleurs qui bordaient la route, variétés souvent très communes, comme la prune des plages et la carotte sauvage.

– Vous deviez avoir des plantes différentes, en Afrique, remarquai-je.

– Oui, très différentes. Naturellement, ce n'était pas du tout le genre d'endroit qu'on imagine quand on pense à l'Afrique. Ce n'était pas la jungle, ni rien de tout cela. C'était une plaine, avec d'immenses prairies. Une rivière la traversait, et il y avait des animaux partout, se rappela-t-elle avec un sourire. C'était comme vivre dans un immense zoo.

– Vous aimiez habiter là-bas ?

– Je suppose que oui. En fait, j'y suis restée très peu de temps. Seulement pendant quelques mois après la mort de mon père. Dans la famille de mon oncle.

Elle s'immobilisa et contempla la forêt alentour.

– Ça devait y ressembler, ici, à l'arrivée des premiers explorateurs, spécula-t-elle.

Je me moquais éperdument d'une époque aussi lointaine.

– Pourquoi avez-vous quitté l'Afrique ? demandai-je.

Elle reporta son attention sur moi.

– J'avais besoin de travailler. Mon oncle est un ancien camarade de classe de ton père. Il lui a écrit dans l'espoir qu'il puisse m'aider à trouver une situation. Ton père m'en a offert une à Chatham School.

– Qu'enseignez-vous ?

– Les arts plastiques.

– On n'a jamais eu de prof d'arts plastiques. Vous serez la première.

Elle s'apprêtait à me répondre quand, regardant par terre, elle avisa la poussière blanche qui commençait à se déposer sur ses pieds et ses chaussures.

– Elle vient des coquilles d'huîtres, lui appris-je. Cette poussière blanche, je veux dire.

Elle se tourna brusquement vers moi.

– Des coquilles d'huîtres ?

– Oui. On les utilisait pour recouvrir les routes par ici.

Elle hocha la tête en silence et reprit sa marche, l'air préoccupé tout à coup, me donnant un premier aperçu de la vie étrange qu'elle avait menée avant de venir à Chatham, de la forte empreinte qu'elle en avait conservée.

– C'est ce avec quoi ils ont tué Hypatie.

Lisant la question dans mon regard, elle éclaira aussitôt ma lanterne.

– Elle fut la dernière des astronomes païens, m'expliqua-t-elle, reportant son regard sur la route. Une foule de chrétiens l'a assassinée. Ils l'ont lynchée, puis découpée en morceaux à l'aide de tessons de tuiles et de coquilles d'huîtres.

À l'expression de son visage, je devinai qu'elle revivait ce massacre tout en le racontant : la foule railleuse et hystérique, Hypatie tombant à terre, des morceaux de sa chair arrachés à son corps et jetés en l'air.

– Il ne restait plus rien d'elle quand ils en eurent terminé, reprit-elle. Plus de visage. Plus de corps. Réduite en bouillie.

Ce fut alors que j'aurais dû l'entrevoir, je suppose, le fait qu'elle avait vécu dans des mondes différents qui, désormais, cohabitaient en elle, étranges et kaléidoscopiques, succession de scènes changeantes dans son esprit. Certaines très belles – Le Mont-Saint-Michel, immense navire ensablé et entouré d'un brouillard épais ; d'autres figées dans la mort et la trahison – le port où les derniers survivants épuisés de la croisade des enfants montèrent à bord de bateaux qui les attendaient avant de disparaître dans les vastes déserts de l'esclavage arabe.

Mais, sur le moment, je ne pus que réagir à ce qu'elle venait de me dire. Alors je grimaçai, affectant une délicatesse de sentiments que je n'avais pas réellement, conscient qu'une part de son récit m'avait tout de suite intrigué.

– Comment avez-vous entendu parler d'Hypatie ?

– Par mon père, répondit Mlle Channing.

Elle n'en dit pas plus sur lui, si bien que nous continuâmes de marcher en silence, le bruit de nos pas étouffés par les coquilles réduites en poudre tandis que le vent faisait frémir la forêt qui nous enserrait de part en part.

Quand nous arrivâmes aux abords de Chatham, Mlle Channing s'arrêta un moment pour regarder, en contrebas, la route légèrement incurvée qui menait du centre-ville au phare de la falaise.

– C'est très... américain, dit-elle.

Jamais je n'avais entendu commentaire aussi bizarre, aussi me contentai-je de me tenir à côté d'elle, silencieux, à l'orée de notre petite ville. De l'endroit où nous nous trouvions, Mlle Channing avait vue sur toute la grand-rue, depuis l'église, où l'autocar l'avait déposée à son arrivée, jusqu'au tribunal, où, plus tard, elle comparaîtrait en justice aux cris de la foule au-dehors : *Meurtrière ! Meurtrière !* Si elle avait bien regardé, noté les détails, elle avait peut-être même remarqué le banc en bois sur lequel, bien des années plus tard, Me Parsons irait s'asseoir, seul, l'après-midi, réfléchissant à ses Mémoires, repensant à Mlle Channing, convaincu d'avoir sondé la noirceur de son âme.

Je quittai Mlle Channing à l'entrée de la ville, puis gravis la route de la corniche. Arrivé au sommet, je tournai dans Myrtle Street, passant devant Chatham School en allant vers chez moi.

À ce moment-là, certains garçons étaient déjà arrivés. Je les voyais traîner leurs malles et leurs valises dans la longue allée cimentée qui menait à l'entrée du bâtiment. De là, ils les trimballeraient dans l'escalier jusqu'au dortoir, et videraient leur contenu dans les vieux coffres qui se trouvaient au pied de chaque lit.

Un grand nombre d'entre eux se sont estompés de ma mémoire, mais je me souviens encore de Ben Calder qui, plus tard, dirigerait une grande entreprise industrielle, de Ted Spencer, qui serait destiné à travailler à la Bourse de New York, et de Larry Bishop, qui entrerait à West Point et mourrait à la tête de ses hommes sur une plage d'Okinawa.

En général, ils venaient d'excellentes familles, et la plupart étaient de braves garçons qui avaient simplement fait preuve d'une légère indiscipline dont leurs parents jugeaient bon de devoir les corriger en les plaçant à Chatham School. Ils étaient plutôt intelligents, à tout le moins suffisamment appliqués, et presque tous suivirent par la suite la route qu'on avait tracée pour eux, exerçant des professions acceptables ou dirigeant leur propre entreprise, voire celle créée, à l'origine, par leur père ou leur grand-père. N'aspirant pas à une vie exagérément romantique, ils ne s'y préparaient pas. Ils n'avaient pas de talents particuliers, sauf, peut-être, celui, un peu curieux, qui nous permet de persévérer – souvent toute notre vie – dans des domaines qui ne nous intéressent pas particulièrement et pour lesquels nous n'avons pas une réelle passion. Plus tard, en quittant Chatham School, ils feraient ce qu'on attendait d'eux depuis toujours : se marier, gagner leur vie, avoir eux-mêmes des enfants. Je les trouvais ennuyeux et sans imagination, alors que mon père les considérait comme des élèves modèles.

J'étais assis sur la balancelle sous notre véranda quand mon père rentra d'Osterville vers cinq heures, cet après-midi-là. Gravissant les marches, il me vit, alangui devant lui, mes jambes lancées par-dessus l'accoudoir en bois, posture qui, de toute évidence, n'était pas à son goût.

– Il n'y avait pas grand-chose à faire à Milford Cottage, apparemment ? interrogea-t-il, avec l'air d'en douter.

– Non, pas grand-chose, répondis-je.

– Le toit ne fuyait pas ?

– Non.

– Tu l'as demandé à Mlle Channing directement ?

– Ouais. Je lui ai bien dit que ça t'inquiétait. Elle m'a répondu que tout allait bien.

Il hocha la tête, sans cesser de me regarder d'un petit air interrogateur.

– Alors ? reprit-il. Lui as-tu rendu un service quelconque ?

– Je l'ai accompagnée en ville. C'est tout ce qu'elle m'a demandé de faire.

Il réfléchit un moment, puis m'ordonna :

– Monte en voiture, Henry. Je veux aller m'assurer qu'elle n'a besoin de rien.

Si je n'étais pas retourné avec mon père à Milford Cottage en cette fin d'après-midi, je n'aurais sans doute jamais vu ce que Mlle Channing capturerait plus tard dans le portrait qu'elle fit de lui, l'expression qu'elle donna à son visage tandis qu'il regardait entre des tentures rouges un lac bleu situé dans un ailleurs, attiré par son indéniable sensualité, mais vers lequel il se refusait d'aller.

Le cottage paraissait désert quand mon père arrêta la voiture juste devant. La porte était bien fermée, aucune lampe n'était encore allumée malgré le fait que l'après-midi touchait à sa fin, que le soleil se couchait déjà.

– Elle doit être encore en ville, hasardai-je, comme mon père et moi nous attardions dans la voiture.

– C'est possible.

Il regarda le cottage un moment encore, se demandant s'il devait aller frapper ou simplement repartir pour Chatham, avec, au moins, la satisfaction d'avoir accompli son devoir en venant.

Ce fut alors que la porte s'ouvrit et que Mlle Channing sortit sur la pelouse humide. Elle marchait pieds nus et, tandis qu'elle se dirigeait vers nous, je vis que mon père s'en rendait compte et en restait bouche bée. Il se ressaisit aussitôt, ouvrit la portière et descendit de voiture.

– Je ne n'ai pas beaucoup de temps, annonça-t-il un peu sèchement et précipitamment, en homme qui avait des choses plus importantes à faire.

Mlle Channing continua d'avancer dans sa direction, écrasant délicatement l'herbe sous ses pieds.

– Je tenais à m'assurer que tout allait bien, ajouta mon père d'une voix toujours un peu tendue.

Je ne quittai pas mon siège, mais en dépit de la poussière qui recouvrait le pare-brise je vis que Mlle Channing s'était lavé les cheveux, si bien qu'ils retombaient, mouillés, luisants, dans l'air qui s'obscurcissait, lui donnant cette allure de femme en déshabillé que, depuis lors, j'ai toujours trouvée si belle.

– Je ne voulais pas vous déranger, poursuivit mon père.

Elle s'arrêta à moins d'un mètre de lui.

– Je vous remercie de m'avoir envoyé Henry ce matin, assura-t-elle. Il n'y avait vraiment rien qu'il pouvait faire de plus.

– Oui, c'est ce qu'il m'a dit.

Mon père ménagea un silence, levant légèrement les yeux au moment où il glissait la main dans la poche de sa veste.

– Je voulais vous apporter ceci, dit-il, sortant une grande enveloppe. C'est votre emploi du temps pour l'école. Il y est indiqué vos heures de cours, vos pauses déjeuner et tout ce qui s'ensuit. Je vous conseille de l'apporter lundi matin. J'aurais pu vous l'envoyer par courrier, bien entendu, s'empressa-t-il d'ajouter, comme je le fais habituellement pour les autres professeurs. Mais bon, vous étiez en Afrique, alors… eh bien…

Il sombra dans un silence que je m'attendais à le voir briser par un rapide salut avant de remonter en voiture. Au lieu de quoi, il lui posa une question qui me parut très bizarre.

– Envisagez-vous de fonder une famille, mademoiselle ?

Je me rendais compte qu'on ne lui avait jamais demandé une chose pareille, qu'on ne l'avait jamais questionnée sur un point si terre à terre, si domestique, et qu'elle n'avait jamais envisagé le mode de vie qu'il suggérait.

– Je ne sais pas, murmura-t-elle d'une voix posée.

– Ça a ses avantages, ajouta mon père, davantage pour lui, semblait-il, que pour elle. La vie de famille.

Elle le considéra, déconcertée, tout comme moi, par sa remarque.

Il eut soudain l'air gêné par ce qu'il avait dit, comme un homme qui, sans s'en rendre compte, aurait révélé un triste aspect de sa personnalité. Alors il reprit vivement la parole, retrouvant sa pose de directeur d'école.

– Bon ! Henry et moi ferions bien de rentrer. Bonsoir, mademoiselle.

– Bonsoir, laissa-t-elle échapper, avec la même interrogation dans le regard tandis qu'elle suivait des yeux mon père qui regagnait la voiture à grandes enjambées, montait et démarrait.

Quelques minutes plus tard, nous arrivions à la maison. Ma mère avait préparé l'un de ses rôtis en cocotte et, tout le long du repas, mon père fut égal à lui-même, mangeant en accordant la même attention soutenue aux bonnes manières, tamponnant avec sa serviette blanche les commissures de ses lèvres après chaque bouchée.

Mais ensuite, au lieu de se retirer au salon ainsi qu'il en avait l'habitude, il se rendit à l'école à pied, au bout de Myrtle Street, après nous avoir seulement dit qu'il y avait « quelques détails de dernière minute » qu'il devait régler avant la reprise des cours le lendemain matin, lundi.

Ma mère ne lui posa aucune question. Moi non plus. Mais après le coucher du soleil, alors que j'étais assis sur les marches de la véranda, je levai les yeux et le vis sur le campanile de l'école, seul, face à la ville qui s'étalait à ses pieds. Il allait faire nuit dans quelques minutes, et un grand calme s'était répandu de tous côtés. Je savais que de ce nid d'aigle mon père avait vue sur les toits de Chatham et qu'il regardait le faisceau blême et lent du phare qui balayait doucement l'océan gagné par l'obscurité, puis notre petite ville et, enfin, au-delà, les eaux d'ébène du Noir-Étang.

J'ai toujours voulu croire que, à ce moment précis, il pensait à Mlle Channing, à ses yeux en amande, à ses cheveux mouillés et luisants, qu'il la revoyait telle qu'elle lui était apparue un peu plus tôt cet après-midi-là, ses pieds nus nichés dans un lit frais d'herbe vert sombre, qu'il fermait les yeux un bref instant pour mieux se délecter de cette vision, et les rouvrait, les fixait sur notre petite ville, sur l'école qu'il avait fait bâtir au prix du travail acharné de toute une vie, sur la maison de Myrtle Street, sur ses petites lumières, son esprit acceptant sans amertume ni rancœur le chemin qu'il avait suivi ainsi que toutes les obligations qu'il s'imposait, tout en admettant, je me plais à le penser, qu'il existait une forme d'enivrante extase qu'il ne connaîtrait jamais.

5

Je n'ai gardé qu'une photo qui me rappelle ce que j'étais, ce que j'ai fait, et tout ce qui en a résulté. C'est un cliché qui a du grain, pris sur le vif depuis le toit d'un des bâtiments en face du tribunal, dont le champ est hachuré de poteaux en bois et de lignes électriques, mais suffisamment dégagé pour révéler la masse grouillante d'hommes et de femmes qui, ce jour-là, s'étaient rassemblés devant l'entrée du tribunal, se déversant sur ses larges marches en ciment. Pourtant, ce n'est pas cette foule qui retint mon attention au moment où je la vis, mais une unique pancarte maladroitement écrite à la main, brandie à bout de bras, au message tracé en énormes lettres noires : *Pendez-la !*

Cette imprécation, qui m'est souvent revenue à l'esprit au cours des années qui suivirent, a encore pour effet de me plonger dans de profondes spéculations. D'autant qu'à son arrivée à Chatham School il ne serait jamais venu à l'idée de personne que Mlle Channing pourrait provoquer des réactions aussi violentes, ni même que son passage parmi nous serait particulièrement différent de celui des nombreux autres professeurs qui étaient venus et repartis au fil du temps.

En ce premier jour de la rentrée, tandis que je me trouvais parmi les autres garçons, tous rassemblés devant l'école pour écouter les traditionnelles remarques préliminaires de mon père, je la vis tourner dans Myrtle Street, bras ballants, ne tenant aucun livre, aucun papier, ni de porte-documents plein à craquer oscillant dans sa main nue.

Cependant, elle avait fait de son mieux pour se fondre dans la couleur locale, portant une robe plissée blanche et des chaussures noires à talons carrés à gros boutons argentés. Elle avait aussi changé de coiffure, nouant ses cheveux sur sa nuque en un chignon serré maintenu par une pince ouvragée couleur argent. Ce fut tout juste si je ne l'imaginais pas se campant devant le miroir de sa chambre au moment de quitter le cottage, vérifiant son allure, s'attribuant mentalement une identité qui, étant donné la vision magnifiée que son père lui avait fait partager de la vie, devait lui paraître assez terne : « enseignante ».

– Bonjour, mademoiselle, m'écriai-je au moment où elle passa devant nous.

Elle lança un regard dans ma direction, et traversa la pelouse jusqu'à l'endroit où les autres professeurs étaient réunis. J'en vis quelques-uns tourner la tête vers elle et la saluer, M. Corbett, le prof de maths, allant jusqu'à lever son vieux chapeau. Plus tard, il s'en trouverait certains pour dire qu'elle ne s'était jamais réellement intégrée, que, dès le début, elle s'était distinguée en racontant aux garçons de Chatham School de sombres et violents récits de ses voyages avec son père, instillant dans leur jeune esprit des paysages sinistres et ensanglantés. D'autres allèrent encore plus loin, s'attribuant *a posteriori* des dons de clairvoyance, comme s'ils avaient su dès le début que Mlle Channing était destinée à être la principale instigatrice de ce que le professeur Peyton, avec son sens habituel de l'hyperbole, appellerait « une effroyable débauche shakespearienne faite de violence et de mort ». « Au premier regard, j'ai vu qu'elle nous amènerait des ennuis », entendis-je déclarer Mme Cooper, ma professeur d'histoire, un après-midi chez le marchand de couleurs, quoique je sois sûr qu'elle n'ait jamais rien vu de tel.

Évidemment, ce qui, sans conteste, rendait Mlle Channing différente des autres professeurs de Chatham School était sa jeunesse et sa beauté, et à la manière dont mes camarades d'école la suivaient des yeux tandis qu'elle s'approchait, ce matin-là, il était manifeste que l'intérêt qu'ils lui portaient allait au-delà de la curiosité habituelle inspirée par une nouvelle recrue.

– C'est qui ? entendis-je Jamie Phelps demander à Winston Bates, en lui donnant un coup de coude.

Je saisis cette occasion pour démontrer le savoir privilégié que me donnait ma position de fils du directeur.

– C'est la nouvelle prof, indiquai-je d'un ton péremptoire. Elle a fait le voyage depuis l'Afrique.

– Ça doit être là-bas qu'elle a eu ce bracelet, dit Jamie, désignant le rang de perles aux couleurs vives qui entourait le poignet de Mlle Channing, celui-là même que Me Parsons trouverait plus tard au bord du Noir-Étang, cassé à ce moment-là, les perles disséminées sur le sol boueux.

Comme d'habitude, en ce jour de rentrée des classes, mon père se tenait devant l'entrée de l'école, les professeurs ainsi que le personnel administratif s'étant placés sur sa gauche, les élèves sur sa droite, tous portant ce qui équivalait à l'uniforme de Chatham School : chemise blanche, pantalon noir, cravate grise et bretelles noires que, plus tard en automne, viendrait compléter une veste anthracite.

– Votre attention, s'il vous plaît ! commença mon

père. Tout d'abord, je veux vous souhaiter la bienvenue à tous et vous dire combien je suis heureux de vous retrouver pour cette nouvelle année à Chatham School. La plupart d'entre vous connaissent déjà notre routine habituelle mais, cette année, nous avons un nouveau professeur, et je veux vous la présenter.

D'un geste, il invita Mlle Channing à le rejoindre sur les marches, ce qu'elle fit, allant se positionner avec grâce à côté de lui d'où elle se tourna d'abord vers ses collègues enseignants, puis vers les garçons.

– Voici Mlle Channing, déclara mon père. Elle est venue d'aussi loin que l'Afrique pour se joindre à nous, à Chatham School, et elle enseignera les arts plastiques.

Il y eut des applaudissements convenus, puis elle retourna parmi le groupe de professeurs et écouta posément mon père poursuivre ses recommandations, récapituler les obligations administratives, rappeler aux garçons plusieurs points du règlement scolaire, notamment que le copiage, le plagiat, les jurons et les boissons alcoolisées étaient, comme il le disait, strictement interdits « en tout lieu, à toute heure et pour quelque raison que ce soit et ce sans exception ».

Je me suis souvent demandé ce qui était passé par la tête de Mlle Channing pendant qu'elle écoutait mon père énumérer les règles auxquelles nous devions tous nous conformer à Chatham School, lesquelles insistaient sur l'humilité, la simple honnêteté, la confiance mutuelle, et se dressaient en rempart contre toute forme de légèreté, de trahison et de complaisance envers soi-même. Comme elles devaient sembler différentes des enseignements visionnaires qu'elle avait reçus de son père, et profondément enracinées dans le mode de vie provincial, humble, étriqué et éminemment prévisible qu'il lui avait appris à honnir.

Quand mon père en eut terminé, les garçons commençant déjà à s'agiter et à parler entre eux à voix basse, il frappa des mains une fois avant de prononcer une ultime remarque dont il n'aurait pu soupçonner la tragique ironie.

– Je suis heureux de vous accueillir pour ce qui sera une magnifique année de plus dans l'histoire de Chatham Scool, prophétisa-t-il.

Une heure plus tard, j'entrais dans la classe de Mlle Channing.

C'était une petite salle qui, utilisée jusqu'alors pour entreposer du mobilier et diverses fournitures scolaires, avait été réaménagée. Elle n'était pas attenante à l'école mais se trouvait à l'écart dans une petite cour, derrière le bâtiment principal. Trois longues tables avaient été disposées les unes derrière les autres, face à celle, beaucoup plus petite, qui servirait de bureau à Mlle Channing. Sur le mur du fond, une demi-douzaine de blouses grises étaient accrochées à des patères en bois à côté d'une armoire métallique sur laquelle quelqu'un avait peint en grosses lettres blanches les mots FOURNITURES ARTS PLASTIQUES. Dans un coin, quelques sellettes en bois étaient empilées à l'envers, les pieds de celles du haut s'étirant presque jusqu'au plafond.

En guise d'œuvres d'art, il y avait des portraits de George Washington et d'Abraham Lincoln, au côté d'une photographie encadrée du président de l'époque, Calvin Coolidge.

Nous n'étions que cinq élèves dans la classe, mais nous nous éparpillâmes dans toute la pièce. Ralph Sherman et Miles Clayton s'approprièrent la table du fond, Biff Conners et Jack Slaughter celle du milieu, me laissant celle de devant.

Mlle Channing ne nous adressa ni un sourire ni un mot de bienvenue quand nous pénétrâmes dans la salle. Elle avait déjà placé une des sellettes devant elle et, tandis que nous entrions à la queue leu leu, elle commença à pétrir doucement l'argile, daignant à peine lever les yeux pendant que nous prenions place. Une fois que nous nous fûmes installés, elle éloigna ses mains de l'argile et nous considéra, son regard passant d'un garçon à l'autre. Rien, dans son attitude, ne laissait paraître qu'elle me connaissait.

– Je n'ai jamais enseigné les arts plastiques, déclara-t-elle. Et personne ne me les a jamais appris.

Ses doigts glissaient sur la surface humide de l'argile qu'elle modelait en coups lents et gracieux tout en cherchant sa remarque suivante.

– À la mort de mon père, reprit-elle enfin, je suis partie vivre en Afrique, dans la famille de mon oncle. Il avait fondé une mission à proximité d'un village où les autochtones habitaient dans des huttes en bois, au milieu d'une clairière dans la plaine. Ces villageois cuisinaient dans leurs huttes, et la fumée ne pouvait s'échapper que par un petit trou pratiqué dans le toit. Quand ils en sortaient, le matin, ils traînaient comme un drap de fumée dans leur sillage.

Elle leva le regard vers nous, et je le vis se teinter d'émerveillement, de joie. C'était comme si, en nous racontant cette histoire, elle trouvait sa voix pour faire cours, sa façon de nous atteindre.

– Comme des ailes qui se dissolvaient dans la lumière, ajouta-t-elle. C'est là-bas que j'ai appris à peindre, poursuivit-elle, pétrissant l'argile plus vite à présent, en rapides petites tapes. En Afrique.

Elle s'arrêta brusquement, et nous engloba d'un regard. Je devinai qu'elle venait d'avoir une idée, que, alors même qu'elle nous parlait, elle avait découvert quelque chose.

– C'est là-bas que j'ai compris que pour être peintre ou sculpteur, il faut modifier ses sens, dit-elle. Les inverser de façon à voir avec les doigts, et à toucher avec les yeux.

Je ne revis Mlle Channing que bien plus tard dans la journée. Le dernier cours était terminé depuis près d'une heure, et je m'acquittais consciencieusement des tâches qui m'incombaient dans l'école.

Sous la direction de mon père, la politique de Chatham School combinait travail intellectuel et physique, si bien que, peu après son entrée à l'école, chaque garçon se voyait confier telle ou telle corvée. Certains balayaient les salles de classe et le dortoir, d'autres lavaient les draps et les couvertures, d'autres encore entretenaient le parc, taillant les arbustes, tondant la pelouse ou nettoyant les terrains de sport. L'hiver, tout le monde déneigeait à la pelle ou se relayait pour décharger les sacs de charbon.

Cet après-midi-là, il me revenait de récupérer tous les livres qui se trouvaient sur les tables de la bibliothèque et de les remettre à leur place sur les rayonnages, en respectant scrupuleusement la classification décimale établie par Mme Cartwright, la bibliothécaire de l'école. Ensuite, je devais les épousseter à l'aide du vieux plumeau dont ma mère avait fait don à l'école après en avoir acheté un neuf chez Mayflower's, un mois plus tôt.

Il était près de quatre heures quand j'en eus terminé. Mme Cartwright inspecta les tables sur lesquelles il n'y avait désormais plus rien, puis fit glisser son doigt sur l'une des étagères.

– C'est très bien, Henry, décréta-t-elle, n'y trouvant plus trace de poussière.

Sur ce satisfecit, j'eus quartier libre pour le restant de l'après-midi.

Je me rappelle la sensation d'immense soulagement qui me submergeait chaque fois que je dévalais l'escalier, sortais à toute allure par la grande porte à deux battants de Chatham School et me précipitais dehors. J'ignore pourquoi je me sentais si écrasé par le poids de Chatham School et aspirais tant à m'en affranchir, car ce n'était en rien une prison et mon père n'avait rien d'un tyran. Pourtant, dans ma prime jeunesse, j'avais l'impression que je traînais les journées derrière moi comme un boulet au bout d'une chaîne. Chaque contrainte était aussi cuisante qu'un coup de fouet et, certains soirs, il me semblait que toute ma vie était étouffée sous une épaisse couverture d'obligations médiocres et de règles désuètes.

Le cours de Mlle Channing apporta une bouffée d'air frais dans cette atmosphère moisie, si bien que, dès ce premier après-midi, je me surpris à être impatient d'assister au suivant comme jamais je ne l'avais été pour l'instruction latine de M. Crawford, ou les développements interminables de Mme Dillard pendant ses leçons d'histoire. Son approche attestait d'une fraîcheur, d'une liberté de ton par comparaison aux anciennes méthodes d'enseignement, d'une jeunesse proche de la mienne, d'une émancipation qui n'avait d'égale que celle dont j'espérais pouvoir jouir un jour.

Comme je sortais de l'école, envisageant déjà vaguement d'aller faire un tour en ville, voire d'en profiter pour fumer une cigarette en cachette derrière le bowling, j'aperçus Mlle Channing assise sur un des bancs en bois qui s'échelonnaient le long de la corniche. Normalement, il ne me serait jamais venu à l'idée d'aborder un professeur à l'extérieur de l'école, mais elle me donnait déjà l'impression d'être moins une prof qu'une sorte de camarade ; elle et moi étions momentanément coincés à Chatham School, mais pareillement destinés à nous en affranchir.

Elle ne parut pas surprise en me voyant passer nonchalamment devant elle, agripper le garde-fou qui bordait la falaise, et regarder l'océan, dos à elle, faisant comme si je n'avais pas remarqué qu'elle était assise juste derrière moi.

– Bonsoir, Henry.

Je me tournai vers elle.

– Oh, mademoiselle ! m'exclamai-je. Je ne vous avais pas…

– La vue est magnifique, tu ne trouves pas ?

– Oui, c'est sûr.

Je tournai la tête pour jeter un coup d'œil par-dessus la corniche. En contrebas, l'océan était désert ; seules de rares personnes marchaient le long de la plage ou se prélassaient sous des parasols rayés. J'essayai de voir ce paysage avec ses yeux à elle.

– Ça me rappelle le Lido, l'entendis-je ajouter derrière moi.

– Le Lido ?

– C'est une plage de Venise. Il y avait toujours une multitude de parasols à rayures, lesquelles étaient également peintes sur les cabines. Jaune. Jaune vif.

Elle secoua la tête.

– En fait, ça ne me rappelle pas du tout le Lido, reprit-elle plus bas, comme si elle me faisait une confidence. C'est seulement que j'y pensais quand tu es arrivé.

– Pourquoi ? demandai-je, à court de toute autre question.

– Parce que mon père est mort sur la plage du Lido, répondit Mlle Channing. C'est à cela que je pensais, en réalité.

Avec le temps, on oublie la douce exaltation qui nous saisit la première fois que l'on s'adresse à vous comme à un adulte. Moi, ce fut ce que je ressentis à cet instant-là : une douce exaltation, la sensation qu'une partie de mon enfance venait d'être arrachée et mise de côté, que l'homme en dessous recevait la permission de commencer à respirer tant bien que mal.

– Je suis navré, articulai-je, recourant aussitôt à une formule toute faite que j'avais entendue si souvent en pareille occasion.

Son expression ne changea pas.

– Il n'y a vraiment aucune raison de l'être. Il a eu une belle vie.

Je perçus l'amour qu'elle avait éprouvé pour lui et m'interrogeai sur ce que c'était que d'admirer son père.

– Que faisait-il ? demandai-je.

– Il était écrivain. Écrivain-voyageur.

– Vous voyagiez avec lui ?

– Depuis mes quatre ans. C'est l'âge que j'avais quand ma mère est morte. À partir de là, nous n'avons pas arrêté de voyager.

Comme si mon père avait pris tout à coup mon apparence, je posai une question qui lui ressemblait davantage qu'à moi.

– Et l'école ?

– Mon école, c'était mon père, répondit Mlle Channing. Il m'a tout appris.

Elle se leva et me rejoignit contre le garde-fou d'où elle et moi regardâmes la plage en contrebas.

– Pour lui, chacun devait suivre sa propre voie.

Elle ménagea un silence, une citation lui revenant,

phrase que je lirais plus tard dans un livre de son père et qu'elle me répéta alors.

– Un artiste ne doit obéir qu'à ses passions, affirma-t-elle. Tout le reste n'est que nœud coulant autour de son cou.

Aujourd'hui, me remémorant cette phrase, le calme avec lequel elle la prononça, je la mesure dans toute son horreur prémonitoire, et, dans ma tête, je revois une vieille voiture rouler à une vitesse folle le long d'une berge envahie par les mauvaises herbes, une silhouette se retourner au bord de l'eau, les yeux agrandis par l'épouvante et l'incompréhension. Puis, juste après, et à tout jamais, l'interminable et persistant écho d'un cri.

6

Après le procès de Mlle Channing, mon père rassembla, pendant les années qui suivirent, une petite documentation sur l'affaire de Chatham School qu'il me légua à sa mort et dont je n'ai jamais pu me résoudre à me défaire. J'ai donné d'autres choses – les aiguilles à tricoter de ma mère, la plume d'oie de mon père, des tas de livres à la bibliothèque municipale. Mais ce dossier patiemment constitué par lui est resté intact, calé sur l'étagère du bas dans mon bureau, à demi caché par le lampadaire posé devant. Ce sont de minces archives quand on songe aux événements qu'elles retracent : folie, suicide, meurtre, la désolation laissée dans leur sillage. Pourtant, il y a des moments où mes pensées s'y attardent avec une étrange nostalgie. Il faut dire que je sais qu'elles renferment le tournant décisif de ma jeunesse.

Ce n'est rien de plus qu'une chemise cartonnée contenant un exemplaire de l'album 1927 de Chatham School, quelques coupures de presse et des photographies. Il s'en trouve même une de Sarah Doyle, et encore, prise involontairement. On l'y voit marchant précipitamment dans la petite allée à côté de l'école. Elle est dos à l'objectif, de la neige tombe autour d'elle et se dépose sur sa longue cape sombre, tandis que les garçons dans la cour – le réel sujet de la photo – font une bataille de boules de neige devant mon père qui, sur les marches de l'école, bras croisés sur la poitrine, les regarde d'un air faussement désapprobateur.

À ces quelques objets, mon père avait adjoint trois livres, dont deux étaient directement liés aux événements qui avaient eu lieu au Noir-Étang, l'autre nettement moins.

Le premier, ce sont les Mémoires de Me Parsons, qu'il avait écrits dans la précipitation et publiés à compte d'auteur immédiatement après le procès. Du point de vue littéraire, ce livre laisse à désirer. En fait, ce n'est ni plus ni moins qu'une compilation de citations extraites des minutes du procès et maladroitement reliées par la prose assez fastidieuse de Me Parsons.

Le deuxième ouvrage est plus détaillé. Il s'intitule *Vice mortel* et est signé par un certain Wilfred M. Peyton, professeur de philosophie morale à Oberlin College. Long d'à peine cent pages, il consiste principalement en une laborieuse analyse publiée en 1929 par une petite maison d'édition religieuse, et souffre non seulement du ton sévère et pontifiant du professeur Peyton, mais également de sa manière de jeter l'opprobre sur Mlle Channing en la désignant comme la vraie criminelle dans ce qu'il s'obstine à appeler – encore et encore, comme le leitmotiv d'un chant de sorcier – « les meurtres du Noir-Étang ». Son animosité envers Mlle Channing est telle que, chaque fois qu'il parle d'elle, c'est avec des accents dignes des furieuses condamnations d'un prophète de l'Ancien Testament. « Pour son père, elle était Libby, écrit-il dans un passage caractéristique, car c'est par ce terme affectueux qu'il l'appelait quand elle était petite. Mais la postérité retiendra plus justement Élizabeth, prénom froid et prétentieux que l'on peut ajouter à la liste de ceux portés par d'autres femmes qui n'avaient rien à lui envier : Dalila, Salomé, Jézabel. »

Des trois volumes que mon père avait conservés dans ses archives, celui du professeur Peyton était le seul qu'il détestait allègrement. Au point qu'il griffonna des notes rageuses au fil du texte, contestant parfois un détail insignifiant – notant, par exemple, que la bibliothèque de l'école comptait trois mille volumes et pas seulement les deux mille que lui attribuait Peyton –, ou bien contredisant une interprétation, mais toujours dans le but de fragiliser le sérieux de cet ouvrage auprès de ceux qui pourraient le lire plus tard.

La raison pour laquelle mon père n'appréciait pas le livre du professeur Peyton va de soi. C'est, en effet, non seulement une attaque en règle contre Mlle Channing, mais également contre Chatham School qu'il qualifiait de « refuge tolérant pour garçons privilégiés et dissolus ». Pour enfoncer le clou, le professeur concluait son analyse en affirmant que « le scandale innommable qui s'était produit à la surface jusqu'alors tranquille du Noir-Étang, le 29 mai 1927, était emblématique du relativisme moral et du mépris envers l'autorité établie qui émergeaient des théories pédagogiques depuis une vingtaine d'années, et dont Chatham School n'était que l'exemple le plus odieux ». Je fus loin d'être surpris, bien entendu, que mon père ait souligné ce passage à l'encre noire, et y ait ajouté un cri du cœur : FAUX ! FAUX ! FAUX !

Pourtant, malgré ses diatribes et ses prises de position moralisatrices, malgré le coup qu'il porta à mon père, *Vice mortel* est, au bout du compte, un livre totalement dénué d'intérêt, que je n'ai jamais, après l'avoir lu, eu envie de reprendre.

Je ne puis en dire autant du dernier volume que comprend sa documentation. Ce livre-là, j'y suis revenu bien souvent, comme si j'y cherchais une réponse à ce qui s'était passé au Noir-Étang, et peut-être même à ce qui aurait pu permettre de l'éviter, un moyen de tranquilliser nos cœurs, de faire en sorte qu'ils se contentent de moins.

Le troisième livre a pour titre *Fenêtre sur vue*, et au dos il y a la photographie de son auteur, Jonathan Channing, un homme grand et ténébreux d'une cinquantaine d'années, qui fixe l'objectif dans la cour du Louvre.

– Prends-le, si tu veux, m'encouragea Mlle Channing le jour où elle me le prêta.

Cela se passait le vendredi en fin d'après-midi, au terme de la première semaine de cours. Mon père m'avait envoyé dans la salle de classe de Mlle Channing pour que je lui apporte un carton de livres d'art qu'il avait achetés la veille dans une librairie de Boston. Toujours aussi impulsif, il était impatient de connaître son avis avant de les remettre à Mme Cartwright, à la bibliothèque, le lundi matin.

À mon arrivée, elle se tenait devant l'armoire métallique, rangeant son matériel.

– Mon père aimerait que vous y jetiez un œil, annonçai-je, élevant légèrement le carton. Ce sont des livres d'art.

Elle ferma la porte de l'armoire et regagna son bureau.

– Voyons voir, dit-elle.

Je les lui apportai, puis la regardai les feuilleter un à un, tournant lentement les pages, s'accordant le temps d'examiner les reproductions des œuvres, citant parfois le nom du musée où tel ou tel tableau se trouvait.

« Celui-ci est à Florence », indiquait-elle, ou bien « Je l'ai vu au Prado ».

Elle tourna le livre vers moi.

– Celui-là, je l'ai toujours trouvé effrayant. Qu'en penses-tu, Henry ?

Je considérai le tableau. Il représentait une petite fille blonde aux cheveux filasse, accroupie devant un arbre immense dont les branches déchiquetées et noueuses s'étiraient des deux côtés de la toile, surmontées de visions surréalistes de têtes et de membres flottant dans les airs, de couleurs vives, vert bilieux et rouge sang. Regardant l'arbre fixement, la fillette paraissait clouée sur place par l'horreur et l'immensité de ce qui l'attendait.

– As-tu déjà ressenti ce qu'elle éprouve ? me demanda Mlle Channing d'une voix posée, les yeux fixés sur l'illustration qui abondait en violences sanglantes.

Je secouai la tête.

– Je ne crois pas, mademoiselle.

Ce qui, à l'époque, était encore vrai.

Elle retourna le livre vers elle, se remit à le feuilleter jusqu'à ce qu'elle tombe sur une photographie de la cour du Louvre.

– J'ai une photo de mon père prise à cet endroit, raconta-t-elle. On s'en est servi pour son livre.

– Son livre ?

– Oui, dit Mlle Channing. C'était un écrivain-voyageur. Il a écrit de très nombreux articles, mais un seul livre.

Par pure politesse, je lui dis :

– J'aimerais bien le lire, un jour.

Elle prit cette formule pour argent comptant, ouvrit le tiroir de son bureau et en sortit un volume.

– Voilà, dit-elle, me le tendant. La photo dont je te parlais se trouve au dos.

Je retournai le volume et examinai la photographie. On y voyait un homme grand et mince, au charme un peu espiègle, vêtu d'un pantalon foncé et d'une veste de smoking blanche, les cheveux lissés en arrière à la mode de l'époque, mais avec une touche plus décontractée sous la forme d'une boucle brune qui retombait juste au coin de son œil droit.

– J'avais dix ans quand elle a été prise, déclara Mlle Channing. Nous revenions de Rouen. Mon père avait tenu à aller visiter la cathédrale.

– Il était croyant ?

– Non, absolument pas, répondit-elle avec un sourire qui m'intrigua.

Je lui tendis le livre, mais elle n'esquissa pas le geste de le récupérer.

– Prends-le, si tu veux.

Je n'avais pas réellement envie de lire le livre de son père, mais l'emportai tout de même, à contrecœur, incapable de trouver une façon acceptable de refuser.

Il se trouva que je le lus l'après-midi même, assis seul sur la falaise pendant que les autres garçons de Chatham School disputaient un match de foot sur le terrain de sport ou s'étaient réunis devant chez Quilty's, le glacier de la ville.

Les années précédentes, je m'employais à ce qu'ils me considèrent comme l'un des leurs. Je participais à leurs jeux, voire à l'indiscipline générale, jouant des tours aux professeurs ou leur donnant des surnoms. Mais au bout du compte, cela n'avait pas marché. J'avais beau faire, j'étais toujours le fils du directeur, position qui les empêchait de voir en moi un élève de Chatham School comme les autres, avec qui ils pouvaient se permettre d'être aussi vulgaires et aussi irrespectueux qu'ils le voulaient, d'appeler mon père « Papi Labraille », comme, je le savais, ils le faisaient souvent.

Sans être réellement ostracisé, j'avais fini par me replier sur les livres et sur moi-même, garçon qu'on trouvait souvent en train de lire sur la balancelle de la véranda ou au bord du terrain de sport, une « tête », ainsi que mon père le disait parfois en parlant de moi, mais sur un ton qui ne me paraissait jamais tout à fait élogieux.

Quand je me remémore le garçon que j'étais à l'époque, solitaire et renfermé, il m'arrive de me dire que je suis moi aussi une des victimes de l'affaire de Chatham School, que ma vie n'a pas été moins profondément meurtrie que la leur par le crime qui secoua le Noir-Étang. Puis, comme pour me ramener à ce qui s'est réellement passé là-bas, ma pensée me replace en face d'une petite fille sur une plage balayée par le vent. Elle court dos au vent, un vieux cerf-volant ballotté de gauche à droite derrière elle. Il finit par s'élever, et elle le suit des yeux, tout heureuse, son regard nappé de ce sentiment d'abandon qui ne le quittera jamais plus par la suite. En la revoyant telle qu'elle m'était apparue en cet instant de sa vie, j'admets aussitôt qui ont été les réelles victimes du Noir-Étang et, tandis que ce moment se fige, je mesure l'horreur à laquelle j'ai échappé, et l'entière profondeur d'une perte qui ne fut jamais mienne.

J'appris beaucoup de choses sur Mlle Channing cet après-midi-là en lisant le livre de son père. J'en appris aussi sur lui : le fait qu'il était issu d'une famille privilégiée du Massachusetts, avait fait ses études à

Harvard, puis travaillé comme journaliste à Boston pendant quelques années après l'obtention de son diplôme. À vingt-trois ans, il épousait Julia Mason Rockbridge, qui, elle-même, appartenait à la grande bourgeoisie de la Nouvelle-Angleterre. Le couple emménagea dans Marlborough Street, près de Boston Common[1], et, en 1904, eut une fille, Élizabeth Rockbridge Channing. Par la suite, M. Channing continua de travailler pour le *Boston Globe*, tandis que son épouse se consacrait aux occupations habituelles d'une femme de la haute société de l'époque. Puis, à l'automne 1908, Julia Channing tomba malade. Elle dépérit et, quelques semaines plus tard, en janvier 1909, finit par s'éteindre, laissant Élizabeth, sa petite fille de quatre ans, entièrement aux soins de son père.

Fenêtre sur vue est, pour l'essentiel, le journal des années où Mlle Channing vécut et voyagea avec son père, période au cours de laquelle ils n'eurent pour ainsi dire jamais de domicile fixe, ni d'autre attachement permanent que celui qui les unissait l'un à l'autre. Le but d'une existence aussi déracinée, les raisons pour lesquelles M. Channing tenait particulièrement à la mener, est révélé dès les premiers paragraphes de sa narration :

> Après la mort de ma femme, rester à Boston m'était intolérable. J'errais dans notre maison de Marlborough Street, contemplant tout le luxe que nous nous étions offert au fil des années : les tentures de velours, la lampe Tiffany et moult autres bibelots qui, comme Julia, étaient tous raffinés à

1. Jardin public de la ville de Boston, un des plus anciens des États-Unis. (*Toutes les notes sont du traducteur.*)

leur façon, mais pour lesquels je n'étais plus capable d'éprouver la moindre affection durable. Je décidai donc de partir, de vivre dans le monde sans attaches, de familiariser ma fille Libby avec ses plus vastes et ses plus inaccessibles contrées.

Ma position en la matière, je ne l'ai jamais cachée, je n'ai pas cherché à la cacher. J'ai choisi d'élever ma fille comme bon me semblait. Dans quel but ? Tout simplement pour lui offrir la possibilité d'une vie libérée de l'influence restrictive d'un village, d'une ville ou d'un pays en particulier, et celle de ne jamais devoir se soumettre aux contraintes illusoires des coutumes, de l'idéologie ou du sang.

Pourtant, malgré son propos grandiloquent, *Fenêtre sur vue* se bornait à être un simple récit de voyage, même s'il y était évoqué non seulement les vues, les bruits et le passé historique de tel ou tel lieu, mais aussi l'existence qui fut celle de Mlle Channing et de son père pendant qu'ils parcouraient le monde.

Ils menèrent une vie vagabonde, le livre le démontrait clairement, vécue en transit perpétuel, sans que rien lui donne une direction excepté la furieuse détermination de M. Channing à enseigner à la petite Libby, ainsi qu'il l'appelait, sa philosophie toute personnelle de la vie qu'il lui inculquait inlassablement en la conduisant en des endroits étranges et tragiques, des lieux qu'il choisissait spécialement pour illustrer les leçons qu'il projetait d'enseigner.

Lisant les préceptes de cette philosophie sur la corniche, cet après-midi-là, je me sentis happé par une vision de la vie si différente de celle de mon père, des principes qui gouvernaient Chatham et Chatham School, de toutes les valeurs qu'on m'avait inculquées jusqu'alors que j'avais l'impression d'être entré brusquement dans une autre galaxie où, selon M. Channing, il ne devait y avoir « nulle règle pour régler la vie », et nulle entrave d'aucune sorte au déchaînement des passions d'un homme.

Ce monde se situait aux antipodes de celui dans lequel je vivais, tout s'y trouvait inversé ou sens dessus dessous. La maîtrise de soi y devenait une forme d'esclavage, les serments et les contrats de purs stratagèmes destinés à soumettre les esprits, les lois morales n'y étaient pas plus absolues qu'une tocade. C'était, avant tout, un monde dans lequel même les plus noirs fléaux se voyaient investis d'une étrange et sombre dignité :

> Nous prîmes le bateau à Sorrente, puis débarquâmes peu après à Marina Grande, sur la côte septentrionale de Capri. L'ambiance du village était festive, accueillante, et Libby prit un vif plaisir à s'enivrer de ses odeurs et à s'égarer dans le sinueux labyrinthe de ses rues, s'amusant parfois à courir à toutes jambes devant moi. Elle semblait captivée par la magnificence presque tropicale des lieux, surtout par la végétation luxuriante, arrachant sans cesse des feuilles et des pétales aux arbustes et aux fleurs en chemin.
>
> Mais je ne l'avais pas amenée à Capri uniquement pour une journée récréative. Et ce n'étaient pas non plus le pittoresque des ruelles du village et la diversité de sa flore que je voulais lui montrer. Mon propos était tout autre, de même que notre destination dont j'apercevais les formes indistinctes, au loin.
>
> Ainsi donc, nous gravîmes une interminable succession de venelles en terre battue, cheminant plus d'une heure dans la chaleur cuisante et aveuglante

de l'été, entre des haies aux floraisons spectaculaires. Nous marchions, environnés par le parfum des fleurs et par les bruits de petits lézards qui, par dizaines, rampaient dans les buissons ou filaient, fins rubans verts, devant nous en travers du chemin.

L'ascension était rude, mais les imposantes ruines de la Villa Jovis, passée tristement à la postérité sous la plume de Suétone, se dressaient, attirantes, en surplomb, m'invitant à les rejoindre par des appels aussi sinistres et mystérieux que ceux que les sirènes lançaient à Ulysse depuis la baie de Naples, au loin, en contrebas. Car, tout comme l'ancien monde de ces marins mythiques, l'endroit où je me rendais ce matin-là avait été le théâtre d'actes sanguinaires et pervers.

Pourtant, il se dégageait aussi une certaine splendeur, un incontestable souffle de liberté des vastes jardins d'agrément conçus par l'empereur, des corps humains qu'il y disposait en sculptures vivantes, et même du plaisir insouciant et effréné qu'il puisait dans ces spectacles libidineux. Car c'est en ce lieu que Tibère avait élevé la sensualité physique au-dessus de l'ascèse spirituelle, brisant tous les interdits, accouplant les garçons avec les garçons, les filles avec les filles, recouvrant sa vieille carcasse fripée des corps glabres des plus jeunes. Aussi hideux et contre nature que cela paraisse, cela n'en demeure pas moins le geste le plus spectaculaire que le monde païen fit vers l'absolu.

J'y avais donc conduit Libby, pour me promener avec elle sous les charmilles des vestiges encore magnifiques de cet écrin de verdure, et, une fois là, nous nous sommes assis ensemble juste en face du tristement célèbre Saut de Tibère et je lui ai parlé de ce que la vie devrait être, des hauteurs qu'elle devrait atteindre, des passions qu'elle devrait embrasser, tout cela, en fin de compte, dans l'espoir qu'elle puisse vivre comme l'oiseau en vol. Car la vie ne vaut d'être vécue qu'au bord de la folie.

L'ombre du soir tombait sur la falaise, sur la plage déserte en contrebas et sur tout le petit royaume de Chatham quand je terminai *Fenêtre sur vue*. Je coinçai le livre sous mon bras et redescendis nonchalamment Myrtle Street en direction de chez moi. En chemin, j'aperçus Danny Sheen qui courait à grandes foulées sur le terrain de sport, et Charlie Patterson qui traînait une vieille malle dans l'allée de Chatham School. À l'étage, les lumières étaient allumées, alors je sus que les garçons étaient, pour les uns, en train de travailler à la bibliothèque et, pour les autres, de bavarder tranquillement dans la salle commune, que, bientôt, la cloche les appellerait pour le dîner que mon père partagerait avec eux, ainsi qu'il le faisait tous les vendredis soir, se levant à la fin du repas, agitant sa clochette, puis les congédiant sur une citation qui, espérait-il, leur servirait dans les années à venir.

En pensant à tout cela, en regardant Myrtle Street couler indolemment devant moi, tel un ruisseau, dans toute sa platitude et toute sa suffisance, je pris conscience de n'avoir connu que le mode de vie défini par Chatham School, de n'avoir jamais envisagé qu'un autre pouvait m'être accessible. En tout cas, je n'avais jamais imaginé que mon destin pouvait ne pas être joué d'avance. Je sortirais de Chatham School, diplôme en poche, j'irais à l'université, je gagnerais ma vie, je fonderais une famille. Je ferais comme mon père et comme son père avant lui. Une autre date marquait ma naissance, et une autre date marquerait ma mort. À part cela, je vivrais comme ils auraient vécu, mourrais comme ils seraient morts, trouverais les joies et les beautés que l'existence avait à offrir dans les mêmes sentiers battus qu'ils avaient eux-mêmes empruntés avant moi à l'âge tendre.

Pourtant, en rentrant chez moi ce soir-là, rien de tout cela ne me semblait plus aussi sûr. L'agitation qui, par moments, s'emparait de moi, la mélancolie dans laquelle je sombrais, mon agacement quand mon père offrait ses bonnes vieilles platitudes aux garçons réunis devant lui et tous les aspects troubles de la nature de mon insatisfaction commencèrent à prendre forme et sens si bien que, pour la première fois, je perçus obscurément ce que j'attendais réellement de la vie.

C'était simple : je voulais être libre, n'avoir de comptes à rendre à personne, tendre vers quelque chose. J'ignorais, à ce moment-là, comment conquérir cette liberté, et ce que je pourrais en faire. Je sentais seulement que j'avais découvert ce que je voulais et que, grâce à cette découverte, un grand voile venait de se lever, une porte de s'ouvrir. J'ignorais où cela allait me mener, sinon que je devais suivre une autre direction que celle que mon père avait suivie, et que tous les autres garçons de Chatham School avaient toutes les chances de suivre.

Je m'élançai dans Myrtle Street et courus à perdre haleine, l'esprit pétillant d'une multitude d'idées nouvelles. Alors que la nuit était déjà tombée quand j'arrivai à la maison, j'avais l'impression que c'était l'aube. Je me rappelle avoir gravi l'escalier quatre à quatre, m'être affalé sur mon lit et avoir relu le livre de M. Channing, de la première à la dernière ligne. Une phrase me frappa à jamais : « La vie ne vaut d'être vécue qu'au bord de la folie. »

Je me souviens qu'une exaltation farouche gonflait mon cœur à mesure que je lisais et relisais cette phrase dans ma chambre, et qu'il me semblait qu'elle illuminait tout ce que j'avais ressenti jusqu'alors. Aujourd'hui encore, je suis frappé de constater que nulles ténèbres n'avaient jamais surgi d'une flamme aussi vive.

DEUXIÈME PARTIE

7

Sur mes vieux jours et en semi-retraite, j'ai finalement atteint une époque de la vie où jamais je n'aurais cru repenser à elle. Jusque-là, les années avaient passé sans que rien ou presque la fasse rejaillir dans ma mémoire, excepté la vision fugace d'une vieille femme se déplaçant avec difficulté sous une large véranda en bois, ou se balançant doucement dans son rocking-chair au moment où je passais en voiture. Mlle Channing avait fini par s'estomper de la sorte. Les rares fois où j'ai pensé à elle, c'était toujours comme à un souvenir effacé, une fleur écrasée entre les pages d'un très vieux livre en lambeaux. Puis, soudain, ma propre vie touchant bientôt à sa fin, elle a resurgi là où je ne l'attendais pas.

J'étais arrivé de bonne heure au travail ce matin-là, la grand-rue était encore déserte, un brouillard montait de l'océan, s'enroulant en volutes au coin du Dalmatian's Café et se nichant sous les bancs devant la mairie. J'étais assis à mon bureau, compulsant les quelques dossiers dont je m'occupais encore, quand, levant les yeux, je vis un vieil homme sur le seuil de la pièce.

– Bonjour, Henry, lança-t-il.

C'était Clement Boggs, dans sa tenue habituelle : chemise en flanelle, pantalon informe et vieux chapeau enfoncé sur ses oreilles. Je connaissais Clement depuis toujours, encore que nous n'ayons jamais été très proches. Il avait fait partie des mauvais garçons locaux qui fumaient devant le bowling, le genre d'individus contre lesquels mon père m'avait toujours mis en garde, un type un peu fruste issu de la classe populaire qui réussit par la suite à se ressaisir, à rester dans le droit chemin, et même à amasser une fortune considérable. Il m'avait confié le suivi d'un grand nombre de ses affaires, surtout des reventes ces dernières années où il commençait à se défaire de biens qu'il avait accumulés toute sa vie.

Il prit place dans l'un des fauteuils devant mon bureau, gémissant légèrement en s'asseyant.

– J'ai reçu une offre pour un terrain que j'ai acheté il y a longtemps, m'informa-t-il. Du côté de Plymouth Road.

Il hésita, comme si toute la terreur était contenue dans les mots en eux-mêmes, et non dans les événements qui s'étaient déroulés là-bas.

– Au Noir-Étang, ajouta-t-il. Le vieux Milford Cottage.

Comme si l'on m'avait brusquement ramené en arrière à cette terrible journée d'été, je réentendis Me Parsons me demander : *Tu allais souvent à Milford Cottage, n'est-ce pas, Henry ?* et ma réponse, simple, nette et précise, comme toutes celles que je lui fis : *Oui, maître.*

Clement me regarda attentivement.

– Ça va, Henry ?

– Oui, ça va, acquiesçai-je.

Il ne parut pas convaincu, ce qui ne l'empêcha pas de poursuivre :

– Donc, comme je te le disais, on m'a fait une offre pour ce terrain du Noir-Étang.

Il se cala doucement dans son siège, m'observant de près, s'interrogeant sans doute sur les scènes qui défilaient dans mon esprit : les tourbillons de l'eau, un visage montant vers moi depuis les profondeurs verdâtres.

– L'acheteur éventuel voudrait savoir s'il peut obtenir une modification du zonage. Je me disais que tu pourrais étudier ça, voir si la ville serait prête à la lui accorder.

Clement était assis à seulement un peu plus d'un mètre, mais il semblait très loin. Me Parsons, que je revis penché sur moi, me semblait si proche, au contraire, que c'était tout juste si je ne sentais pas son souffle sur mon visage. *À quand remonte la dernière fois que tu es retourné au Noir-Étang ?* D'un ton détaché, dépassionné, je lui donnai ma réponse : *Le 29 mai 1927. – C'était un dimanche, je crois ? – Oui.*

– Tu devras te rendre sur place, forcément, reprit Clement sans me quitter des yeux, la tête un peu penchée sur la droite, si bien que, un bref instant, je ne pus m'empêcher de me demander si lui aussi revivait ma journée dans le box des témoins, entendait une fois encore les questions de Me Parsons résonner aux quatre coins de la salle d'audience. *Que s'est-il passé au Noir-Étang, ce jour-là ?*

Clement plissa les yeux, comme aveuglé par la lumière, et je compris qu'il percevait mon agitation intérieure malgré les efforts que je déployais pour la dissimuler.

– J'imagine que ça fait longtemps que tu n'es plus allé par là-bas, ajouta-t-il.

– Des années.

– C'est toujours pareil.

– Pareil à quoi ?

Ma question parut le prendre de cours.

– Pareil à ce que c'était à l'époque, répondit-il.

Je demeurai silencieux, mais me sentais repartir malgré moi vers l'époque dont il parlait. Je vis une vieille voiture surgir de l'obscurité, deux faisceaux de lumière jaunâtre m'engloutir au moment où elle s'arrêtait, une silhouette me regarder de derrière le volant, me faire signe et chuchoter : *Monte.*

– Tu me diras ce qu'il en est, conclut Clement, se levant de son fauteuil. Au sujet du zonage, je veux dire.

– Je vais examiner ça tout de suite.

À la porte, il se retourna vers moi.

– Tu ne seras pas obligé d'y rester longtemps, de toute manière, précisa-t-il, façon, pour lui, d'alléger le fardeau. Juste pour te faire une idée de ce que la ville pourrait penser d'un projet d'aménagement immobilier.

Je fis oui de la tête.

Il semblait ne pas trop savoir ce qu'il devait ajouter, ou si c'était à moi qu'il devait le dire. Finalement, il reprit la parole.

– Autre chose, Henry. L'argent. Celui du terrain. Je voudrais le donner à quelqu'un en particulier.

Il ménagea une pause, puis prononça le nom de celle à qui il pensait.

– Alice Craddock.

Elle émergea dans mon esprit, vieille femme grosse à faire peur, le cheveu gris en bataille, le cerveau dérangé, le refrain d'une cruelle comptine de cour de récréation que j'avais entendue chantonner d'année en année :

Alice Craddock
En loques dans le paddock
Où elle est partie, ta maman ?

– Je trouve normal que le produit de cette vente lui revienne, indiqua Clement. Je suis vieux. Je n'ai pas besoin de cet argent. Et on dit qu'Alice traverse une mauvaise passe.

Je revis Alice telle qu'elle était à la cinquantaine, les joues tombantes, s'engraissant de frites et de barres de confiserie, le regard éteint, une bande de jeunes garçons la poursuivant en la montrant du doigt et en riant aux éclats jusqu'à ce que M. Wallace les chasse avec des paroles qu'ils emportèrent avec eux en se sauvant à toutes jambes dans la rue : *Laissez-la tranquille. Elle a assez souffert comme ça.*

– Il ne reste pas grand-chose de ce que la vie lui avait donné, remarqua Clement.

– Pas grand-chose, non.

Il haussa les épaules.

– Alors, ça devrait l'aider un peu, fit-il avant de se retourner et de franchir la porte.

Après son départ, j'allai à la fenêtre et regardai dehors. Je le vis marcher lentement vers son vieux pick-up poussiéreux garé de l'autre côté de la rue. Mais je le revis aussi tel qu'il était bien des années plus tôt, au moment du procès, posté avec ses potes sur les marches du tribunal pendant que Mlle Channing était poussée jusqu'en bas, et qu'il la conspuait sur son passage, lui crachant ces terribles mots à la figure en la foudroyant du regard : *Sale pute.*

Jamais je n'aurais cru revoir un jour Milford Cottage, retomber sous son charme et sous l'empire des passions qui l'avaient agité, mais à peine le vieux pick-up de Clement se fut-il éloigné que je me sentis attiré par lui, non par envie de retrouver ma jeunesse, mais en homme forcé de regarder en face ce qu'il avait fait, de voir les restes des corps ravagés, tel un assassin retournant sur les lieux de son crime.

Une heure à peine après ma conversation avec Clement, je partis donc pour Milford Cottage. Il était encore tôt, les rues étaient désertes à l'exception de quelques personnes qui prenaient leur petit déjeuner au Dalmatian's Café. En roulant dans la grand-rue, j'eus l'impression que notre petite ville avait très peu changé depuis l'époque du procès de Mlle Channing, quand la foule se pressait autour du tribunal ou grouillait devant chez Quilty's ou Mayflower's, parlant d'une voix sourde de meurtre et de trahison.

À la sortie de la ville, je tournai dans Plymouth Road, selon le même itinéraire que mon père l'après-midi où nous l'empruntâmes pour la première fois ensemble, Mlle Channing sur le siège passager, moi à l'arrière avec ses deux valises. L'épaisseur de la forêt ne me parut pas moins oppressante que ce jour-là, les tiges de verdure giflant à nouveau les flancs de la voiture.

Au moment où je débouchais du dernier virage, Milford Cottage apparut devant mes yeux.

Il me parut beaucoup plus petit que la dernière fois que je l'avais vu. Mais ce n'était pas le seul changement que le temps avait apporté : le cottage était tombé en ruine au cours des années écoulées, le toit goudronné en partie éventré et tordu, la porte-moustiquaire arrachée de ses gonds rouillés, le jardin métamorphosé en un champ de mauvaises herbes et de ronces, l'ensemble de la construction si détériorée, si délabrée, que c'était à peine si elle semblait pouvoir tenir bon contre les eaux immuables du Noir-Étang.

Je le contemplai, repassant dans mon esprit l'histoire de son abandon. Jamais plus personne ne vivrait là, plus aucune jeune femme ne changerait la disposition des lampes à l'intérieur ni n'accrocherait une photo de son père au mur. D'après les comptes rendus d'audiences si abondamment cités par Me Parsons dans ses Mémoires, je savais ce qui s'était dit dans ces petites pièces, et ce qu'on y avait ressenti. Mais je savais aussi qu'il existait d'autres voix, d'autres émotions, que Me Parsons, en dépit de tous ses efforts, n'avait pu découvrir. Comme si ses lèvres s'étaient approchées de mon oreille, j'entendis Mlle Channing murmurer : *Ça ne peut pas continuer.* Puis ma réponse : *Comment puis-je vous aider ?*

Je regardai un moment la porte d'entrée qui avait barré le passage à mon père en ce premier après-midi-là, revoyant Mlle Channing, derrière lui, patienter silencieusement sous la pluie pendant qu'il bataillait avec la serrure pour ouvrir. Puis je m'avançai, la poussai doucement et regardai le battant tourner lentement, révélant le vide à l'intérieur.

J'entrai dans le cottage, parcourant du regard le plancher jonché de feuilles, l'arrêtant un instant sur la vieille cheminée et son tas de cendres grises. Je réentendis Mlle Channing me dire : *Débarrasse-m'en*, et je fermai brusquement les yeux comme pour repousser la vision que je m'attendais à avoir : Mlle Channing devant la cheminée, fixant l'âtre d'un regard d'acier, y jetant des lettres pour alimenter les flammes bondissantes.

Quand je les rouvris, le cottage était toujours aussi vide, avec en guise de bruits et de mouvements rien d'autre que le drame qui se rejouait dans ma tête.

Je jetai un coup d'œil dans la chambre inoccupée, là où, autrefois, Mlle Channing avait placé une petite étagère en bois à côté de son lit. Je me souvenais des livres qu'elle y avait réunis, les paroles des héros de son père reliées en vélin sombre : Byron, Shelley, Keats.

Un coup de vent frappa le cottage, secouant les vestiges de ses quelques vitres poussiéreuses. Je vis une branche nue balayer le carreau, doigt osseux me faisant signe de venir. J'acquiesçai en silence, comme quelqu'un acceptant d'être mené dans une autre salle, puis marchai jusqu'au fond du cottage, franchis la porte de derrière et traversai le jardin jusqu'au bord de l'eau.

Le grand saule, celui-là même que Mlle Channing avait peint si souvent, se dressait toujours sur la berge de l'étang, ses longues et fines branches brunâtres ployant vers la surface de l'eau. Je me demandai combien de fois, au cours des premières semaines qu'elle avait passées à Chatham, elle était venue s'asseoir à son ombre, se remémorant les poèmes que son père lui lisait, parfois aux endroits mêmes où ils avaient été écrits, odes à des rossignols ou à des urnes grecques, palais des plaisirs et eaux cristallines, femmes qui marchent en toute beauté comme la nuit[1]. Mais il y avait aussi d'autres titres sur l'étagère à côté de son lit : les spéculations de Mesmer, les visions de Mme Blavatsky, les effroyables délires de Sade.

Tout cela, songeais-je, debout à l'endroit même où elle s'était trouvée, fixant des yeux la surface immobile du Noir- Étang, *tout cela, elle l'avait à l'esprit.* Alors, je portai le regard de l'autre côté de l'étang et réentendis une petite voix glaciale articuler sa terrible question : *Tu voudrais qu'elle soit morte ?*

1. Allusions aux célèbres poèmes de Keats « Ode à un rossignol », « Ode à l'urne grecque », de Coleridge « Kubla Khan ou Vision en rêve » et de Byron « Elle marche en toute beauté » et « Sonnet au lac Léman ».

J'étais présent quand elle le vit pour, je crois, la première fois. Bien entendu, elle l'avait déjà aperçu en compagnie des autres professeurs ou disparaissant dans une salle de classe au bout du couloir. Mais je ne pense pas qu'elle l'avait réellement « vu » auparavant, c'est-à-dire distingué parmi les autres, ni avait remarqué quelque chose qui l'aurait singularisé et aurait retenu spécialement son attention.

C'était en octobre, alors que le premier mois passé par Mlle Channing à Chatham touchait à sa fin. Elle se tenait derrière une sellette de sculpteur, comme souvent, mais cette fois il n'y avait pas de bloc d'argile posé dessus. Nous devions seulement imaginer qu'il s'y trouvait, expliquait-elle, pour le modeler en imagination.

– Quand vous pensez aux muscles, sentez leur force, nous dit-elle. Sentez ce qu'il y a *sous* le sujet que vous travaillez. Ce qu'il y a *à l'intérieur.*

Elle prit le gros livre qu'elle avait préalablement placé sur son bureau, et le tourna vers nous déjà ouvert à la page qu'elle avait choisie pour illustrer son propos.

– Voici une photo du *Balzac* de Rodin, indiqua-t-elle, se mettant à marcher de long en large dans la pièce, brandissant le livre toujours ouvert, tendant l'image vers nous. On ne voit pas le corps de Balzac, ajouta-t-elle. Il est recouvert d'une longue robe de moine.

Elle continua de se déplacer vers le fond de la salle, les garçons se tournant désormais sur leur siège pour ne pas la perdre de vue.

– Mais si on pouvait écarter les pans de la robe, poursuivit Mlle Channing, voilà ce qu'on verrait.

D'un geste vif et déterminé, elle tourna la page et là, sous nos yeux, révéla un Balzac monstrueusement gras et difforme, immense et nu, son ventre pendant lourdement vers ses pieds.

– Voilà la silhouette qui se trouve sous la robe, reprit-elle. Rodin a ajouté la robe de moine seulement après avoir sculpté le corps qu'elle dissimule. Le corps réel de Balzac.

Elle referma le livre et, un bref instant, nous considéra en silence. Puis elle leva les mains et remua les doigts.

– Imaginez ce qu'il y a sous la peau du modèle sur lequel vous travaillez. Sentez les muscles se tendre, se contracter.

Elle rejeta ses mains en arrière, les immobilisant de part et d'autre de son visage.

– Tous les muscles sont importants, même les plus petits, comme ceux qui permettent d'ouvrir et de fermer les yeux.

Nous la regardions, dans un silence de mort, stupéfiés autant qu'effarés par la silhouette nue qu'elle venait de nous montrer.

– Souvenez-vous de tout cela quand vous commencerez à travailler votre sujet demain en cours, déclara Mlle Channing au moment même où la cloche nous libérait.

C'était son dernier cours de la journée, et je me rappelle m'être dit que son premier mois à Chatham School s'était extrêmement bien passé. Même mon père en avait fait la remarque, indiquant à ma mère un soir, au cours du dîner, que Mlle Channing avait « tout de suite pris les choses en main », que, chez elle, enseigner était « une seconde nature ».

J'avais déjà atteint la porte cet après-midi-là, tandis que les autres garçons passaient devant moi à toute allure pour se précipiter dehors, quand, me retournant, je la vis seule, debout derrière sa sellette. Le moment me parut particulièrement propice pour m'adresser à elle.

– Mademoiselle, dis-je, la rejoignant à pas lents.

Elle leva les yeux vers moi.

– Oui, Henry ?

Je pris le livre de son père dans mon cartable et le lui tendis.

– C'est formidable, affirmai-je. Je l'ai lu plusieurs fois. Je trouve qu'il a raison sur tout. Sur l'idée qu'il faut « mener une vie errante ».

Elle ne prit pas le livre, et j'eus la certitude qu'elle devinait la vie à laquelle j'aspirais, le besoin que j'avais de franchir les murs de Chatham School, de courir dans la nature, de vivre « au bord de la folie ». Un bref instant, elle sembla m'évaluer, se demander si j'aurais la volonté d'aller jusqu'au bout, si je possédais la force de caractère qui me permettrait d'accéder à une telle liberté.

– Ce n'est pas facile de vivre ainsi, déclara-t-elle, me fixant intensément de ses yeux bleus. La plupart des gens en sont incapables.

– Mais tout le reste… la façon dont les gens vivent…, bafouillai-je. Je ne veux pas mener l'existence de mon père. Je ne veux pas être comme lui… un pantin.

Elle ne parut pas choquée le moins du monde par mon impitoyable appréciation de mon père.

– Comment veux-tu être, Henry ?

– Avoir l'esprit ouvert. À tout ce qui est nouveau.

Elle continuait de m'observer, et je voyais bien qu'elle pensait à moi comme personne ne l'avait encore fait, pas seulement comme au jeune garçon que j'étais, mais aussi comme à l'homme que je pouvais devenir.

– J'ai remarqué ton dessin, dit-elle. Il est vraiment très bien, tu sais.

Je ne risquais pas de le savoir.

– Ah oui ?

– On sent que tu as une grande sensibilité artistique.

J'avais conscience que mes dessins étaient étranges, un peu tordus, baignaient dans une noirceur toute vampirique, mais il ne m'était jamais venu à l'idée que ces caractéristiques pouvaient relever d'une « sensibilité artistique », jaillir d'une part profonde de moi-même.

Je haussai les épaules.

– Il n'y a pas grand-chose à dessiner par ici. À part la mer. Le phare. Et voilà.

– Mais tu leur ajoutes quelque chose, Henry, insista Mlle Channing. Un plus. Tu devrais t'acheter un carnet à dessins et l'emporter partout avec toi. C'est ce que je faisais en Afrique. Je me suis rendu compte que, par le simple fait de l'avoir sur moi, je ne voyais plus les choses de la même façon.

Elle s'attendit à ce que je réagisse, puis, voyant que je n'en faisais rien, poursuivit :

– Bref, quand tu auras fait d'autres dessins, apporte-les-moi, j'aimerais bien les voir.

Jamais encore un professeur ne m'avait complimenté pour mon travail. En tout cas, aucun n'avait jamais laissé entendre que je pouvais avoir des prédispositions pour autre chose que la mélancolie et la solitude. Pour les autres professeurs, j'avais toujours été décevant, un élève qu'ils supportaient parce qu'il était le fils du directeur, un garçon peu prometteur et sans ambition, un « bon petit », ainsi que je l'avais entendu dire par mon père d'un ton qui m'avait frappé par son extrême condescendance, une manière de dire que je n'étais et ne serais jamais rien.

– D'accord, mademoiselle, répondis-je, aux anges

qu'elle ait vu en moi quelque chose qui était passé inaperçu aux yeux des autres.

– Bien, fit-elle.

Sur ce, elle reprit son travail tandis que je m'éloignais dans l'allée centrale, puis franchissais la porte.

Je sortis dans la cour et pris une profonde et revigorante inspiration. C'était l'automne, l'air était vif, mais la haute estime en laquelle me tenait Mlle Channing m'avait tellement réchauffé le cœur que je ne sentais pas les signes avant-coureurs des premiers froids de l'hiver.

Quelques heures plus tard, je m'installai à mon pupitre pour le dernier cours de la journée. Je jetai un coup d'œil par la fenêtre, puis aux gravures accrochées au mur. Shakespeare. Wordsworth. Keats. Mon attention passait toujours mollement d'un visage à l'autre quand j'entendis, tels des battements de tambour espacés et sourds, le *toc... toc... toc...* doux et régulier de la canne en bois du professeur qui approchait.

Était-il bel homme, celui qui, quelques instants plus tard, entra dans la classe, vêtu comme toujours d'une veste et d'un pantalon de velours tachés de craie ?

Oui, je suppose. À sa façon, bien entendu.

Pourtant, je ne fus pas surpris du tout que, par la suite, les gens s'étonnent que des sentiments si brûlants aient pu se déchaîner chez un être visiblement si brisé.

Il était encore grand et mince, mais il y avait un je-ne-sais-quoi dans son apparence physique que j'avais toujours trouvé décalé, l'impression d'une tour penchée, d'une chose cassée à sa base. Car s'il se tenait toujours très droit, le dos fermement appuyé contre le mur de la salle de classe pendant qu'il nous parlait, son corps semblait souvent avoir d'autres envies, son épaule gauche quelques centimètres plus bas que la droite, sa tête légèrement penchée sur le côté, un peu comme un buste aux traits classiques mais curieusement disgracieux, peut-être même déformés, créé par une main malhabile.

C'était pourtant son visage qui frappait le plus : la barbe noire hirsute, striée çà et là de gris, les yeux sombres et enfoncés, mais surtout la cicatrice blanchâtre qui partait en zigzag de sous son œil gauche, s'élargissant et se creusant jusqu'à finir par disparaître dans le buisson de sa barbe.

Il s'appelait Leland Reed.

Je me rappelle souvent la première vision que j'eus de lui. C'était par un après-midi d'été, quelques années plus tôt. Je me prélassais sous la véranda de notre maison quand, levant les yeux, je vis un homme dans la rue. Il marchait lentement, les épaules oscillant de gauche à droite comme un petit bateau sur une mer quelque peu houleuse. Il finit par s'arrêter devant notre petit portail en fer.

– Bonjour, lança-t-il. Je cherche M. Arthur Griswald.

– C'est mon père, répondis-je.

Il n'ouvrit pas le portail, se bornant à me considérer comme si, au premier coup d'œil, il voyait à la fois mon passé et mon avenir, comment on m'avait élevé, comment j'évoluerais en conséquence.

– Il est à la maison, indiquai-je, piqué au vif par cet examen.

– Merci.

Quelques instants plus tard, j'entendais mon père ouvrir la porte en s'exclamant « Ah, monsieur Reed ! », et l'inviter à entrer. Peu après, je les trouvai tous les deux au salon, mon père si absorbé par l'entretien qu'il faisait passer à M. Reed qu'il ne s'avisa pas que je les écoutais depuis le seuil de la pièce, avec la curiosité d'un petit garçon pour le monde des hommes.

M. Reed venait de Boston, en l'occurrence, où, ces trois dernières années, il avait enseigné à la Boston Latin School. Il expliqua pourquoi il s'était lassé de la ville, puis continua en donnant d'autres détails d'une voix assurée et virile, mais assez distante, voix à laquelle, par la suite, je trouverais des similitudes avec son visage, puissante et franche à sa façon, mais marquée par des cicatrices indélébiles.

– Je m'étonne qu'un homme comme vous ne veuille pas vivre à Boston, remarqua mon père. J'ai toujours trouvé cette ville particulièrement stimulante.

M. Reed ne répondit pas.

– Puis-je vous demander votre âge ?

– Vingt-huit ans.

Je compris que mon père le croyait plus âgé, peut-être à cause des mouchetures grises visibles dans sa barbe ou, plus vraisemblablement, de son attitude très déterminée, de son regard très calme.

– Vingt-huit ans, répéta mon père. Et… célibataire ?

– Oui.

Ils conversèrent bien plus d'une heure cet après-midi-là, et même si je fis en sorte de passer à plusieurs reprises devant la porte ouverte du salon, tendant l'oreille pour surprendre ce qu'ils se disaient, seules quelques petites phrases prononcées par M. Reed me frappèrent plus tard comme étant révélatrices du genre d'homme qu'il était. C'était vers la fin de l'entretien, la pipe de mon père reposait à présent, éteinte et froide, dans le cendrier à côté de son fauteuil, M. Reed était assis en face de lui, les deux pieds fermement posés par terre.

– Et les voyages ? demanda mon père. En avez-vous fait beaucoup ?

M. Reed secoua la tête.

– Très peu.

– Où cela, si je puis me permettre ?

– En France.

Mon père parut satisfait.

– En France, répéta-t-il. Ah, ça, c'est un beau pays. Où êtes-vous allé ?

– Uniquement à la campagne, répondit M. Reed d'une voix posée, en s'en tenant là, si bien que mon père finit par devoir lui arracher les mots de la bouche avec une autre question.

– Vous étiez allé là-bas pour le travail ?

M. Reed fit non de la tête, et je vis une de ses grandes mains glisser vers son genou droit qui s'était mis à trembler imperceptiblement.

– Les vacances, alors ? insista mon père d'un ton léger.

– Non, répondit M. Reed, un de ses sourcils noirs comme du charbon s'arquant fugitivement. La guerre.

Je me rappelle que sa voix s'était crispée quand il fit cette réponse, et que son regard s'était, une fraction de seconde, détourné vers la fenêtre. À cet instant, mon père et moi prîmes soudain conscience que la question qu'il avait posée de façon désinvolte venait, bien involontairement, de pincer une corde sensible chez M. Reed, nous laissant deviner ce dont il avait dû être témoin des années plus tôt : l'explosion d'un obus soulevant des tonnes de terre boueuse, des hommes projetés vers le ciel, puis retombant brutalement, son propre corps roulant dans un nuage de fumée, des parties de lui-même s'envolant dans de grotesques langues de feu.

– Oh, murmura mon père, jetant un coup d'œil à la canne. Je ne savais pas.

M. Reed reporta son regard sur mon père, mais ne répondit pas.

– Dans votre lettre, vous ne mentionnez pas que vous avez combattu. La plupart des hommes l'indiquent dans leur demande d'emploi.

M. Reed haussa les épaules.

– J'ai du mal à m'y résoudre, dit-il.

Mon père saisit sa pipe, qu'il n'alluma pas.

– Bien, reprit-il, dites-moi ce qui vous fait penser que vous aimerez enseigner à Chatham School.

J'ai oublié la réponse que M. Reed lui fit, je me rappelle seulement que mon père parut s'en satisfaire et que M. Reed partit quelques minutes plus tard, sans doute pour se rendre à l'arrêt d'autocar du centre de Chatham et reprendre le car pour Boston. Je ne le revis que deux mois plus tard, et encore, brièvement : un homme marchant dans le couloir de Chatham School, serrant un livre dans une main et dans l'autre une canne dont le bruit régulier l'annonçait comme le ferait un indicatif musical.

Et comme ce serait encore le cas, sept ans plus tard, en cet après-midi d'automne, quand il résonnerait dans ce même couloir, suivi par les habituels chuchotements de mise en garde : « Chut ! M. Reed arrive. »

Pourtant, ce jour-là, contrairement à son habitude, il n'entra pas dans la classe, mais s'arrêta à la porte, y appuyant une épaule, inclinant le corps.

– C'est sans doute une des dernières belles journées que nous aurons, déclara-t-il, avec un mouvement de tête en direction de la fenêtre et du ciel dégagé. Je propose donc de vous faire cours dehors cet après-midi.

À ces mots, il fit demi-tour et nous précéda dans le couloir jusqu'à l'arrière du bâtiment. Une fois là, il prit place au pied du grand chêne qui se dressait au milieu de la cour et nous fit signe de nous asseoir par terre en demi-cercle devant lui. Puis il s'adossa à l'arbre, et baissa les yeux sur le livre qu'il avait apporté.

– Aujourd'hui, nous allons commencer l'étude de l'œuvre de Lord Byron, annonça-t-il de sa voix qui vibrait d'un curieux mélange de douceur et de fermeté, qui, par moments, semblait presque palpable, comme si l'on touchait un bois fin mais non poncé. Soyez très attentifs, car Byron a vécu la poésie qu'il a écrite.

Comme toujours, M. Reed commença par nous donner quelques repères biographiques du poète, se concentrant sur ses voyages et ses aventures, son existence dissipée et vagabonde que, de toute évidence, il admirait.

– Byron ne s'en est pas tenu à ce dont se contente le reste d'entre nous, déclara-t-il. Il trouverait les existences que nous menons mortellement ennuyeuses.

Durant l'heure qui suivit, nous apprîmes que Byron avait grandi dans une ville nommée Aberdeen, avait été atteint de paralysie infantile, sa jambe et son pied droits si atrocement contractés qu'il souffrit sa vie durant d'une forte claudication.

– Comme moi, ajouta M. Reed avec un petit sourire et un mouvement de tête vers sa canne. Sauf qu'il refusa que ce soit un obstacle pour lui ou que cela l'oblige à changer en quoi que ce fût sa façon de vivre.

Byron, qui était doué de ce que M. Reed appelait une « nature aventureuse », donnait des fêtes extravagantes dans son château, buvant du bourgogne dans un crâne humain.

– Il vivait selon ses idées, poursuivit M. Reed. Jamais rien ne se dressait en travers de son chemin.

Le cours touchait à sa fin quand M. Reed finit de

nous raconter la vie de Byron. Mais avant de nous libérer, il ouvrit le livre qu'il avait apporté.

– Je vous demande d'écouter attentivement maintenant, dit-il, le feuilletant rapidement jusqu'à la page qu'il cherchait.

Puis il leva les yeux vers nous et sourit de cette curieuse façon que j'avais déjà remarquée, un sourire qui semblait exiger de lui des efforts secrets.

– Il est des paroles qui sont faites pour être entendues, énonça-t-il. Après tout, au début, toute la poésie était orale.

Sur ces mots, il lut les vers qu'il avait choisis à notre intention, à voix basse, presque un murmure, si bien qu'ils en parurent extraordinairement intimes, un message personnel adressé par quelqu'un dont le spleen semblait en adéquation avec l'humeur de M. Reed.

Tous mes sentiments ont été ébranlés,
L'orgueil que rien au monde ne pouvait faire plier
Plie devant toi – et par toi abandonnée
Mon âme, elle aussi, à présent m'abandonne.

C'en est fait – toute parole est vaine,
Et les miennes le sont plus encore,
Mais il est des pensées que nous ne pouvons brider
Qui passent en force contre notre volonté.

Sa voix s'estompa à la fin de sa déclamation, mais ses yeux demeurèrent fixés sur ces vers un moment encore, sa tête inclinée d'un air las, comme ployant sous le poids de pensées que lui-même ne pouvait brider.

– Je trouve qu'il est bon, de temps en temps, de terminer le cours par un poème, finit-il par dire.

Puis il ménagea une pause, nous considérant en

silence, espérant peut-être une réaction de notre part. Comme il n'en vint aucune, il ferma le livre.

– Très bien, fit-il, vous pouvez partir.

Nous bondîmes sur nos pieds, coinçant nos manuels scolaires sous le bras, et nous nous dispersâmes peu à peu, certains d'entre nous regagnant le bâtiment principal, d'autres s'éloignant vers le portail du fond de la cour qui menait aux terrains de sport. Seul M. Reed resta à la même place, adossé contre l'arbre, le recueil de poèmes de Byron se balançant au bout de sa main. Il donnait l'impression d'être à deux doigts de s'écrouler par terre. Mais, soudain, je le vis prendre une longue et vivifiante inspiration, redresser les épaules, s'écarter de l'arbre et repartir vers le bâtiment.

– Bonsoir, Henry, me dit-il en passant à ma hauteur.

– Bonsoir, monsieur, répondis-je.

Je ramassai mes livres d'école et m'éloignai vers la droite. La salle de classe de Mlle Channing se trouvait juste en face de moi, et, comme je jetais un coup d'œil dans cette direction, je l'aperçus à l'une des trois grandes fenêtres qui donnaient sur la cour. Elle fixait des yeux M. Reed d'un air indéniablement approbateur, englobant du regard sa légère claudication, sa canne délicate, peut-être même l'entaille de sa cicatrice blafarde. Je n'avais jamais vu de femme regarder un homme de cette façon, non pas comme si c'était un homme, mais un tableau qui forçait son admiration par la hardiesse de sa composition, la manière dont les principes traditionnels de la symétrie avaient été rejetés au profit du déséquilibre et de la disproportion, et qui l'incitait, pour le comprendre, à réévaluer sa conception de la beauté, à y ménager une place pour les silhouettes difformes.

8

De là où je me trouvais, sous le saule, regardant de l'autre côté de l'étang, je distinguais à peine la maison où M. Reed avait vécu tant d'années auparavant. Je m'écartai alors de l'arbre et pris par l'étroit sentier que chasseurs, nageurs et amateurs de promenades solitaires en forêt avaient préservé au fil du temps, celui-là même, je le savais, que Mlle Channing avait emprunté le samedi soir, deux semaines après son arrivée, pour se rendre chez M. Reed, sur la berge opposée du Noir-Étang. Comme je m'engageais sur ce même chemin, je réentendis Me Parsons me demander : *Donc, dès le début, tu étais au courant de leurs rencontres ?* et ma réponse : *Oui, j'étais au courant. – Quel était ton sentiment, Henry ? – Je ne voyais pas où était le mal. – Et maintenant, tu le vois ? – Oui.*

Un enchevêtrement de branches entourait Mlle Channing, ce soir-là, et il est bien possible qu'elle ait vu une mouette blanche piquer vers la surface de l'étang. Nul doute qu'elle entendait le doux craquement des feuilles qu'elle écrasait sous ses pieds, et peut-être aussi les cris de différents oiseaux, la course précipitée d'une musaraigne, ou le *floc* d'une grenouille qui avait sauté dans l'eau. Car c'était ce que je voyais et entendais en marchant sur ses traces ce matin-là, avançant lentement, à une allure de vieil homme.

Son dîner chez M. Reed avait été prévu quelques jours plus tôt. À cette époque, mon père avait laissé entendre à Mlle Channing qu'il commençait à faire un peu trop froid pour qu'elle continue de venir à pied de son cottage à l'école. Il lui avait alors signalé qu'un autre professeur habitait au Noir-Étang. Qu'il serait très simple pour lui de passer la chercher le matin et de la ramener à Milford Cottage le soir.

Ainsi donc, vers la fin octobre, je vis M. Reed escorter Mlle Channing jusqu'à son automobile toute cabossée aux roues mouchetées de boue, au marchepied qui ressemblait davantage à une plaque de rouille affaissée, aux vitres striées de rayures comme si on les avait décapées au gros sel.

Quant à ce qu'ils se dirent pendant ce premier trajet qu'ils firent ensemble, personne n'en aurait jamais rien su si, plus tard, Me Parsons n'avait exigé avec tant d'insistance de connaître le moindre propos qu'ils avaient échangé, réclamant des révélations si détaillées que j'entendais encore le murmure de leurs voix dans l'air qui m'entourait tandis que j'avançais péniblement le long des berges du Noir-Étang.

– *J'habite juste de l'autre côté de l'étang. Vous devez voir ma maison de votre cottage.*

– *Oui, je la vois.*

– *Vous m'avez peut-être aussi aperçu sur l'étang. Je fais de la barque de temps en temps.*

– *Vous arrive-t-il d'en faire la nuit ?*

– *Parfois.*

– *Alors, je crois vous avoir vu une fois. C'était lors de ma première nuit au cottage. J'étais sortie marcher au bord de l'eau. Le temps était couvert, mais je vous ai entraperçu un instant. Pas vous exactement. Juste un bout de l'embarcation, et votre main. Pourquoi allez-vous sur l'étang, la nuit ?*

– Pour goûter à la solitude, je suppose.

– Vous ne vivez pas seul ?

– Non, j'ai une femme et une fille. Et vous ? Vous vivez seule ?

– Oui.

– Vous n'avez pas peur ? D'habiter dans un endroit si isolé ?

– Non.

– Certaines personnes seraient effrayées.

– En ce cas, elles vivraient ailleurs, je suppose.

Écoutant le son de leurs voix tandis que je poursuivais mon chemin autour du Noir-Étang ce matin-là, je pris conscience que M. Reed avait dû trouver que cette position dénotait une confiance en soi incroyable, que cette femme avait dû lui paraître éminemment différente de toutes celles qu'il avait connues.

– J'ai remarqué votre façon d'enseigner. Les garçons sont très intéressés par votre cours.

– Je l'espère bien.

– Ils sont très attentifs.

– Moi aussi, je vous ai vu donner un cours. Vous leur faisiez la lecture dehors.

– Oh, oui, il y a quinze jours. Je voulais profiter de ce qui aurait très bien pu être le dernier jour où nous pouvions nous installer à l'extérieur avant l'hiver.

– C'était un poème de Byron.

– Vous l'avez reconnu.

– Oui. Mon père aimait beaucoup lire Byron. Et Shelley. Et Keats.

À ce moment-là, Mlle Channing lui parla de la visite qu'elle fit, à Rome, de l'appartement encombré d'objets et de meubles où Keats était mort. Ses livres s'y trouvaient encore, ainsi que des feuillets écrits de sa main.

L'intérêt que M. Reed en était alors venu à porter à Mlle Channing se mesure à ce qu'il fit ensuite.

– *Je sais que c'est un peu précipité, mademoiselle, mais je me demandais si vous aimeriez venir dîner à la maison demain soir ?*

– *Je viendrai avec grand plaisir.*

– *À six heures, cela vous convient-il ?*

– *Oui.*

– *Désirez-vous que je passe vous chercher ?*

– *Non. J'aime marcher. Qui plus est, votre maison est juste de l'autre côté de l'étang.*

Il ne restait plus qu'une ruine de la maison de M. Reed, par ailleurs tellement envahie par la végétation que je faillis passer sans la voir tandis que je marchais au bord de l'eau ce matin-là. Recouverte de plantes grimpantes, le toit jonché de débris forestiers, des casiers à homards brisés éparpillés tout autour, elle donnait la triste impression d'avoir été abandonnée brusquement pour pourrir à jamais.

Les marches craquèrent bruyamment quand je les gravis en prenant appui sur la rampe branlante, puis je m'immobilisai un moment sous la véranda silencieuse, regardant à l'intérieur de la maison, repensant aux paroles terribles qui avaient été prononcées entre les murs de ces quelques petites pièces, me demandant si quelque chose de tout cela y subsistait encore, comme des traces de salpêtre sur les murs. Une voix fluette transperça l'air. *Maman ! Maman !*

Ce fut alors que je me retournai vers le jardin où, un bref instant, j'eus la vision d'une petite fille assise dans une barque blanche amarrée près de la berge, s'amusant à tirer sur les rames, ses cheveux blonds noués par un ruban rouge.

Derrière moi, une autre voix désincarnée cria son nom. *Mary ! Mary !*

Je me retournai et vis Mme Reed sur le seuil d'une maison qui n'était pas encore envahie par les plantes grimpantes, dont la peinture ne s'écaillait pas encore sur du bois noirci et gorgé d'eau par les années qui s'étaient écoulées depuis qu'elle était laissée à l'abandon. Son regard semblait me traverser, comme si le fantôme, c'était moi, comme si c'était elle qui m'avait ramené à la vie. Elle plissa les paupières, repoussa une mèche rebelle de cheveux roux en appelant sa fille une nouvelle fois, ses paroles résonnant dans l'air, rebondissant à l'infini sur la surface imperturbable du Noir-Étang. *Mary, rentre !*

Un frisson glacial me parcourut, et je vis Mary filer comme une flèche devant sa mère puis dans la maison, riant gaiement en disparaissant à l'intérieur, dans l'obscurité, son rire s'amenuisant au loin, comme si elle était toujours en train de courir, mais, à présent, dans un vaste tunnel sans fin.

Je sentis, portée par un vent glacial, toute la terreur du passé me gagner et un frisson me couper le souffle, comme si c'étaient Mme Reed et sa fille qui m'avaient forcé à retourner dans leur monde et non moi qui les avais fait revenir involontairement dans le mien.

Je risquai un œil à l'intérieur de la maison dont la porte avait été enlevée depuis longtemps. Les murs étaient vides et nus désormais, le plancher un simple assemblage de lattes disjointes qui s'affaissaient. La cuisine se trouvait à l'autre bout, silencieuse, déserte, baignant dans les rayons de lumière crépusculaire qui se déversaient par la fenêtre du fond, sans plus rien que quatre marques couleur rouille sur le sol pour indiquer l'emplacement de la lourde cuisinière en fonte où Mme Reed préparait les repas pour sa famille.

À l'audience, j'appris que Mme Reed avait prévu un menu spécial pour la venue de Mlle Channing ce soir-là, lequel avait consisté en du chou farci, des œufs à la diable et une tarte à la rhubarbe. Après dîner, Mary Reed était allée jouer dans la pièce de devant pendant que les Reed et Mlle Channing s'attardaient autour d'un café dont l'arôme fantôme m'était encore presque perceptible, comme si, au fil des années qui avaient passé, il avait continué de se diffuser depuis la cuisine déserte, de s'insinuer dans les pièces à l'abandon depuis si longtemps, de flotter jusqu'à la véranda grinçante et tapissée de feuilles sous laquelle je me tenais.

Pendant toute la durée du dîner, M. Reed avait concentré la conversation sur Mlle Channing, la ramenant sans cesse à tel ou tel lieu où ses voyages l'avait conduite, si bien que, à la fin du repas, elle les avait tous évoqués, de l'impression que lui avait laissée le Vésuve qui, menaçant, surplombait Pompéi, au petit village danois cher à Andersen. « C'est passionnant », répétait M. Reed pour toute réponse. « Comme les garçons, à l'école, doivent prendre plaisir à vous écouter. »

Abigail Reed, elle, avait écouté en silence, observant son mari qui n'avait d'yeux que pour Mlle Channing, souriant poliment de temps à autre, hochant parfois la tête, pressentant peut-être que l'inattendu venait d'entrer dans sa vie sous les traits d'une femme en jolie robe qui parlait des livres qu'elle avait lus, des lieux qu'elle avait visités, tout un monde que Mme Reed n'avait jamais connu, ni considéré qu'il était important de connaître. La voix de Me Parsons résonna dans le vide autour de moi. *Tu connaissais bien Abigail Reed ?* Le visage de Mme Reed apparut brusquement devant moi, flottant, les yeux grands ouverts, dans les profondeurs verdâtres. *Non, pas vraiment.*

Le dîner s'était achevé aux alentours de dix heures. À ce moment-là, Mary avait quitté la pièce de devant et disparu dans l'obscurité qui entourait la maison. Sous la véranda, Mlle Channing avait aimablement remercié M. Reed et sa femme pour leur invitation, puis avait descendu les marches et s'était éloignée dans l'étroit sentier qui longeait le bord de l'eau. De loin, elle entendit M. Reed appeler sa fille, puis Mme Reed lui assurer qu'il n'avait pas à s'inquiéter, qu'elle jouait simplement près de la remise.

Il ne m'était jamais venu à l'esprit qu'il se pouvait qu'elle soit encore là, mais, tandis que je descendais prudemment les marches des vestiges de la maison de M. Reed, je regardai sur ma gauche et la vis. À la différence de l'habitation, elle était remarquablement bien conservée : une remise en bois brut, étroite et haute, au toit en tôle ondulée. Elle se dressait dans un bosquet d'épicéas de Norvège, à une centaine de mètres de la maison. Le sentier qui y menait autrefois était recouvert d'herbes, et le toit de tôle jonché d'aiguilles de pin, mais l'impitoyable dégradation et l'absence d'entretien qui avaient laissé la maison des Reed et Milford Cottage en si piteux état semblaient l'avoir épargnée.

Je m'en approchai malgré moi, comme le ferait sans doute n'importe qui s'il savait la terreur qui avait fait trembler ces murs, s'il avait entendu le bruit de petits ongles grattant contre sa porte et les cris, entrecoupés de sanglots, qui avaient filtré à travers les planches épaisses : *Papa ! Papa !*

Elle n'avait aucune fenêtre, ses murs étaient recouverts de bandes de papier goudronné, sa lourde porte de bois bordée de caoutchouc noir en guise de gros joint d'étanchéité. L'intérieur était sombre, mais elle donnait l'impression d'être spacieuse à cause de son toit élevé, des larges planches qui couraient en longueur à près de trois mètres de hauteur, des gros crochets rouillés qui perçaient la base de chacune d'elles et pendaient vers le bas, rouges doigts crochus. Tout le long du procès de Mlle Channing, Me Parsons en avait parlé continuellement comme d'un « abattoir », mais il n'en était rien. En fait, c'était une de ces resserres, très communes à l'époque, dans lesquelles on pendait de gros quartiers de viande pour les fumer, les saler, ou simplement les découper en morceaux destinés à être cuisinés. Le plancher, légèrement surélevé, comportait des rigoles entre les lattes par lesquelles le sang pouvait s'écouler pour être absorbé par la terre au-dessous. M. Reed s'en était rarement servi, même si elle se trouvait sur sa propriété, mais Mary allait souvent y jouer aussi bien dedans qu'autour.

Ce fut aussi cette raison qui, finalement, cet après-midi-là, mena Lawrence P. Hamilton, capitaine de la police de l'État du Massachusetts, devant sa porte grise. À ce moment-là, le capitaine avait déjà procédé à la fouille de la maison de M. Reed, de sa petite cave en terre battue, du grenier exigu et sans lumière. C'était là qu'il avait trouvé, dans un vieux carton, un couteau et une longueur de corde, ainsi qu'un vieux manuel scolaire curieusement dédicacé. Pourtant, ce n'était pas ce genre de choses que le capitaine Hamilton cherchait quand il s'était présenté pour la première fois au domicile des Reed, ce jour-là. Ses préoccupations étaient bien plus immédiates. Car si on avait déjà retrouvé Mme Reed, on ne savait toujours pas ce qu'était devenue Mary.

9

Il était à peine dix heures du matin quand je regagnai ma voiture, m'installai au volant puis repartis pour Chatham. L'atmosphère des endroits que je venais de revisiter – Milford Cottage, la maison de M. Reed, la petite remise dont le capitaine Hamilton s'était approché prudemment cet après-midi-là, en cette journée torride de mai – s'était fixée dans ma mémoire comme une tache sombre et indélébile. Je songeais à tout ce qui avait suivi les événements de cette terrible journée et eu des répercussions au cours des années qui s'étaient écoulées depuis. Je revis mon père assis à son bureau, tentant éperdument de retenir une part d'un rêve déjà disparu, ma mère, maussade, le toisant avec rancœur, emmurée dans ses propres désillusions. Je vis vieillir le monde de ma jeunesse, les garçons de Chatham School devenir adultes puis être dévorés par le grand âge, tout comme moi, encore que, à l'inverse d'eux, peu de choses parlaient en faveur de mon passage sur terre, ni femme ni enfants, seulement un coup d'éclat de jeunesse.

Soudain, parmi tous ces morts et cette horde de vieillards, j'aperçus le jeune visage de Sarah Doyle.

C'était, je me rappelle, un samedi après-midi au début du mois de novembre, à peine une semaine après que Mlle Channing se fut rendue chez les Reed. J'étais assis sur un banc au bord de la corniche. Je voyais, sur la plage en contrebas, des gens qui se promenaient ou se prélassaient sous des parasols rayés. Il n'y avait personne dans l'eau, bien entendu, la baignade n'étant plus de saison. Mais au loin, sur la mer, je distinguais la voile blanche d'un quinze pieds qui longeait le littoral. En le regardant passer, j'aspirais à être à son bord, à traverser cette immensité bleutée.

Sarah portait une longue jupe bleue et un corsage rouge quand elle s'avança vers moi ce jour-là, ainsi qu'une écharpe à fleurs enroulée autour de ses épaules et qui flottait lâchement contre sa gorge. Ses cheveux longs, incroyablement foncés, semblaient toujours électriques et ébouriffés, comme si on l'avait soulevée par les talons la tête en bas, et secouée violemment pour mettre sa chevelure en bataille.

Pour autant, c'était une très jolie fille de mon âge, et je me surprenais souvent à ne pouvoir me désintéresser d'elle quand elle passait en coup de vent devant ma chambre ou descendait l'escalier de son pas bondissant, mais surtout quand je la trouvais allongée dans la balancelle de la véranda, les bras contre ses flancs, les yeux mi-clos, languides, semblant perdue dans des rêves d'abandon.

À l'époque, bien entendu, les classes sociales étaient plus rigoureusement séparées qu'elles ne le sont devenues, dès lors je savais que, quelle que fût la nature de mes sentiments pour Sarah, je devrais toujours prudemment les garder pour moi. Car, contrairement aux autres péchés mortels, la luxure peut parfois prendre le visage de l'amour – éventualité qui m'eût assurément valu un sérieux désaveu de la part de ma mère. C'est pourquoi, jusqu'à ce jour-là, je ne m'étais autorisé que les pensées secrètes et les regards volés qui étaient à ma portée, rêvant de Sarah la nuit, mais, la journée, la reléguant de nouveau au rang de domestique.

– Bien le bonjour, monsieur ! me lança-t-elle en venant vers moi qui, soudain, trouvai son accent irlandais porteur d'un charme puissant et exotique.

Je la saluai d'un mouvement de tête.

– Salut, Sarah.

Elle sourit joyeusement, mais parut ne pas savoir quel parti prendre.

– Dis, je peux m'asseoir à côté de toi ? demanda-t-elle.

– Bien sûr, répondis-je d'un air détaché, comme si la proximité de son corps ne signifiait pas plus pour moi que celle du réverbère à une rue de là.

Elle s'assit et regarda l'océan. Je fis pareil, m'employant à dissimuler qu'il m'était impossible de penser à autre chose qu'à sa peau laiteuse, à ses cheveux noirs comme du charbon, aux mystères infiniment tentants de son corps.

Son histoire, je la connaissais dans les grandes lignes. D'après les bribes de conversations que j'avais surprises en traînant dans la maison de Myrtle Street, j'avais appris la mort prématurée de sa mère, à Limerick, et m'étais représenté le village côtier sinistre où elle avait grandi ensuite. Elle avait trois frères, dont deux avaient été tués pendant la Grande Guerre, et l'autre, un vagabond impénitent, avait disparu dans les bas-fonds lugubres de l'East End. Quant à son père, il était mort de la tuberculose cinq ans plus tôt, lui laissant tout juste de quoi payer sa traversée jusqu'en Amérique. J'avais entendu mon père parler d'un air accablé de ce voyage, des horreurs de l'entrepont, des regards lubriques que lui jetaient les hommes dans les entrailles du bateau, du pain rassis et de la viande dure comme de la semelle qui avaient constitué sa maigre pitance jusqu'au moment où elle débarqua dans le port de Boston.

Ensuite, Sarah avait remis son sort entre les mains de la Société d'aide aux immigrants irlandais qui l'avait nourrie, logée, habillée jusqu'à ce qu'elle trouve à se placer comme bonne à tout faire dans une grande famille de Boston. C'était là qu'elle avait fait la connaissance de mon père trois ans plus tard, lui avait confié combien elle aimerait vivre de nouveau à la campagne, surtout au bord de la mer. De l'avis général, elle avait parlé en toute ingénuité, et mon père, qui n'était jamais le dernier pour répondre à des sollicitations aussi sincères, avait tout d'abord éclairci la situation avec son employeur, puis lui avait proposé de venir travailler chez nous, à Chatham, ce qu'elle avait accepté sur-le-champ et dont elle s'acquittait consciencieusement depuis.

Mais en la regardant ce matin-là presque deux ans plus tard, j'eus l'impression qu'elle n'était pas entièrement satisfaite de cette décision. Il y avait un air de mélancolie dans ses yeux, une profonde insatisfaction.

– Quelque chose ne va pas ? lâchai-je, ma propre agitation m'incitant à manifester une impatience radicale.

Elle me foudroya du regard, comme si je l'avais accusée d'avoir volé notre argenterie.

– Bah, pourquoi tu dis ça ? répliqua-t-elle sèchement, sur la défensive.

Je lui décochai un regard entendu.

Elle détourna la tête, plaqua la main sur sa joue.

– Je ne me plains pas. Je ne suis pas une pleurnicharde.

J'étais trop occupé à m'apitoyer sur mon propre sort pour éprouver un tant soit peu de tendresse pour Sarah, raison pour laquelle je m'en tins là.

Cela parut la pousser à réagir.

– Je te signale que je ne regrette pas du tout d'être venue à Chatham. Du tout, ça, c'est sûr. Je ne voudrais surtout pas que ton père pense que je ne lui suis pas reconnaissante de tout ce qu'il a fait pour moi. Sauf que je ne suis pas venue en Amérique pour être domestique. J'aspire à autre chose. Je voudrais améliorer ma condition, ne plus faire le ménage et la cuisine. Devenir quelqu'un, tu sais bien. Pas seulement une servante… comme je le suis maintenant.

Elle secoua farouchement la tête.

– Ce n'est pas bon d'éprouver ce que je ressens. Comme si j'étais toute ligotée de partout.

Je le voyais dans l'expression de son visage, l'immense et impétueux besoin de dépasser l'existence banale et sans attrait à laquelle, autrement, elle semblait destinée et qui, depuis que j'avais lu le livre de M. Channing, commençait à me peser à moi aussi plus lourdement que jamais. Devant l'agitation et l'impatience qui la gagnaient, j'eus soudain la sensation d'être totalement sur la même longueur d'onde qu'elle, que nous étions, elle et moi, deux naufragés sur une étroite bande de terre dont les contraintes et les limites nous horrifiaient autant qu'elles menaçaient de nous détruire. J'eus la vision de mon père se dressant inéluctablement sur notre chemin, déclamant ses textes anciens, nous assénant leurs implacables maximes. Dans ma tête, je l'entendais marteler : *Fais ceci, fais cela. Sois ceci, sois cela.* Jamais je n'avais éprouvé de mépris plus vif pour tout ce qu'il incarnait.

– Tu ferais peut-être mieux de t'en aller, Sarah, lui suggérai-je. De prendre le train pour Boston et de disparaître.

Tout en le lui disant, je m'imaginai le faire. Ce

serait un grand moment de fuite éperdue, le monde réel se dissolvant derrière moi, tous ses murs gris s'effritant les uns après les autres, la vaste étendue du ciel devant moi, ma vie presque aussi illimitée que l'infini de l'univers.

– Fais ce que tu dois faire, Sarah, repris-je hardiment.

Puis, comme pour prouver mon zèle, j'ajoutai :

– Si je peux t'aider d'une façon ou d'une autre, n'hésite pas.

Elle me répondit par une question qui me prit de court, car elle ne concernait ni une fuite, ni des trains de nuit pour Boston, ni l'idée de se fondre dans la multitude. Au lieu de quoi, elle me scruta intensément, puis se lança :

– Tu te souviens de Mlle Channing ? La dame qui est venue à la maison à la fin de l'été, la prof de dessin ?

– Je suis dans sa classe.

– C'est une grande dame, avec sa façon de parler et tout ça. Elle est très intelligente, tu ne crois pas ?

– Oui, c'est sûr.

Sarah hésita, comme si elle n'osait pas exprimer ce qu'elle était peut-être venue, en fait, me demander. Puis le mur s'effondra et elle parla.

– Tu crois qu'une grande dame comme elle, qui parle si correctement, tu crois qu'elle voudrait bien m'apprendre à lire ?

Le dimanche matin, nous partîmes ensemble dans Myrtle Street, Sarah marchant à côté de moi, tenant au bout de son bras un panier de biscuits qui sortaient du four, son cadeau pour Mlle Channing.

À la falaise, nous tournâmes sur la gauche, passâmes sous l'ombre immense du phare, puis continuâmes par la route qui descendait en courbe vers le centre de notre petite ville.

– Et si Mlle Channing dit non ? demanda Sarah. Si elle ne veut pas m'apprendre à lire ?

– Je ne pense pas qu'elle dira non, Sarah, répondis-je, tout en sachant qu'une part de moi-même l'espérait, voulait que Sarah se fasse éconduire de sorte qu'elle doive envisager l'autre solution que je lui avais suggérée la veille, bien plus audacieuse, me semblait-il, aiguisée par cet irrépressible désir d'évasion dont les charmes commençaient à me subjuguer.

– Mais si jamais elle refuse ?

Je réagis avec une détermination qui était nouvelle pour moi, une dureté implacable qui transparaissait déjà dans ma voix.

– Dans ce cas, nous trouverons une autre solution.

Cela parut la satisfaire. Elle sourit gaiement et me prit par le bras.

Cependant, quand nous nous engageâmes dans Plymouth Road, sa peur était toujours ancrée en elle. Elle marchait plus lentement, posant tout doucement les pieds sur le lit de coquilles d'huîtres, comme si c'était un tapis précieux qu'elle ne voulait pas souiller de ses empreintes.

– J'espère que je présente bien, s'enquit-elle comme nous approchions du cottage de Mlle Channing.

Elle avait fait des efforts de toilette, portant ce qui pouvait faire penser à sa version pour fille de l'uniforme de Chatham School. Sa jupe était longue et foncée, son corsage d'un blanc immaculé. Elle avait noué un petit nœud papillon noir contre sa gorge, et épinglé un petit camée sur sa poitrine, lequel, m'expliqua-t-elle, avait appartenu à sa mère, unique héritage qu'elle lui avait légué.

Je trouvais que cette tenue n'avait rien d'admirable et, examinant Sarah, je me pris à l'imaginer tout à fait autrement, vêtue comme une gitane, les épaules dénudées, de grands anneaux aux oreilles, une lueur assassine dans le regard et un couteau coincé entre les dents pendant qu'elle dansait autour des hautes flammes du feu de camp. C'était un fantasme d'adolescent comme un autre, et pourtant il s'imprégnait d'une tonalité ténébreuse vieille comme le monde : l'idée qu'une femme était plus sensuelle et plus désirable quand elle flirtait dangereusement avec le meurtre.

À Milford Cottage, Sarah, baissant les yeux sur sa jupe, se rembrunit.

– Le bas est plein de poussière, gémit-elle.

Elle se pencha pour frotter l'ourlet.

– Pire que de la colle, pesta-t-elle en finissant par renoncer.

Puis elle redressa la tête d'un air déterminé, et je sentis sa main se resserrer autour de mon bras.

– Très bien, décréta-t-elle. Je suis prête.

Nous parcourûmes la petite allée qui menait au cottage. Sitôt à la porte, Sarah frappa doucement, me lança un coup d'œil et un sourire éclatant mais nerveux, puis attendit.

Comme on ne venait pas nous ouvrir, elle me regarda d'un air interrogateur.

– Réessaie, lui dis-je. Il est tôt. Elle doit être là.

Sarah obtempéra, mais nous n'obtînmes toujours pas de réponse.

Je me rappelai que, quelques semaines plus tôt, je m'étais présenté au cottage à peu près à la même heure, l'avais trouvé désert, comme c'était apparemment le cas à présent, et que Mlle Channing se promenait à la lisière de la forêt.

– Parfois, elle sort faire un tour, le matin, indiquai-je à Sarah avec assurance, alors que je n'en savais strictement rien. Allons jeter un coup d'œil autour de la maison.

Nous gagnâmes l'angle de la façade et contournâmes le cottage jusqu'au jardin de derrière, puis nous dirigeâmes vers l'étang. Un brouillard matinal flottait au-dessus de sa surface, épais, tenace, s'étendant jusqu'à ses berges terreuses.

Sarah et moi demeurâmes un moment sans bouger face à l'étang, aux impénétrables vapeurs qui en montaient et se répandaient sur le petit bout de terrain derrière le cottage.

L'air était immobile, figé dans le manteau de brume étalé au-dessus de l'eau et sur tout le reste autour de nous, jusqu'à ce que, soudain, je distingue une silhouette qui venait lentement dans notre direction, déchirant la grisaille à mesure de son approche, de sorte qu'elle semblait se lever tout doucement vers nous, tel un cadavre remontant à la surface d'une eau trouble.

– Mademoiselle Channing, murmura Sarah.

Mlle Channing eut un sourire léger.

– J'étais allée à l'étang, déclara-t-elle. J'ai cru entendre frapper.

Je voyais à peine le chevalet qu'elle avait placé au bord de l'eau, une grosse liasse de feuilles déjà posée dessus ; des écharpes de brume s'enroulaient autour.

– C'est Sarah Doyle, lui dis-je. Vous vous rappelez sûrement l'avoir vue quand vous avez dîné à la maison le soir de votre arrivée à Chatham.

Sarah leva le panier vers elle.

– C'est des biscuits, mademoiselle, bredouilla-t-elle.

Je les ai faits spécialement pour vous. Comme un paiement, mademoiselle.

– Un paiement ? s'étonna Mlle Channing. Pour quoi ?

L'espace d'un instant, Sarah hésita, et je vis qu'elle croyait que tout son avenir dépendait de ce moment de sa vie, que ses rêves de grandes ambitions étaient entre les mains de quelqu'un d'autre.

– Pour m'apprendre à lire, répondit-elle bravement, sans quitter Mlle Channing des yeux. Si vous voulez bien, m'dame.

La réponse de Mlle Channing ne se fit pas attendre.

– Mais oui, bien sûr, dit-elle, s'avançant d'un pas de plus pour prendre le panier que Sarah lui tendait d'une main tremblante.

Une heure plus tard, elles y étaient encore. De là où je me trouvais, au bord de l'eau, je voyais Mlle Channing assise à une petite table qu'elle était allée chercher dans le cottage et avait placée sous le saule. Sarah s'était mise en face d'elle, devant un cahier et une grande feuille de papier sur laquelle Mlle Channing avait écrit l'alphabet en grosses majuscules noires.

J'entendis Mlle Channing dire :

– Bien. Je t'écoute.

Sarah gardait les yeux fixés sur ceux de Mlle Channing, s'attachant à ne pas laisser glisser son regard vers la page, et elle ânonna :

– A, B, C…

Elle continua de réciter l'alphabet, se trompant par-ci par-là, s'interrompant, attendant que Mlle Channing lui souffle la lettre qui lui échappait, puis reprenant, toute contente, jusqu'à ce qu'elle soit arrivée au bout.

– C'est bien, déclara Mlle Channing d'une voix douce. Bon. Recommence.

De nouveau, Sarah refit le parcours du début à la fin de l'alphabet, ne s'arrêtant cette fois qu'à une seule lettre, le U, puis poursuivant de plus belle pour terminer, haletante, toute fière.

Mlle Channing lui offrit un sourire encourageant.

– Très bien, dit-elle. Tu es très intelligente, Sarah.

– Merci, répondit Sarah, un large sourire illuminant son visage.

Elles continuèrent de travailler jusque vers midi, puis j'entendis Mlle Channing proclamer :

– Bon, je pense que nous avons fait une excellente leçon, Sarah.

Sarah se leva, exécuta une petite révérence, redevenant une domestique qui prenait congé d'un supérieur.

– Merci, mademoiselle, chuchota-t-elle, retrouvant sa nervosité première. Vous pensez pouvoir me donner une autre leçon, un jour ? demanda-t-elle d'une voix hésitante.

– Oui, bien sûr, répondit Mlle Channing. En fait, nous devrons nous voir une fois par semaine. Le dimanche matin, ça t'irait ?

– Oh oui, mademoiselle, s'écria Sarah, au comble du soulagement et de la joie. Comptez sur moi, mademoiselle. À partir d'aujourd'hui, je serai là tous les dimanches matin.

– Bien, rétorqua Mlle Channing. Je t'attendrai.

Elle se tourna vers moi. Je vis qu'elle avait une idée derrière la tête.

– Tu n'as pas apporté ton carnet à dessins, dis-moi, Henry ?

Je haussai les épaules.

– C'est juste que je me disais que…

– Tu devrais l'avoir toujours sur toi, m'interrompit Mlle Channing.

Elle me sourit, puis prononça alors une phrase que je répéterais par la suite à Me Parsons :

– L'art, c'est comme l'amour. C'est tout ou rien.

Sur ces mots, elle se précipita à l'intérieur du cottage, puis en ressortit avec, cette fois, un carnet à dessins à la main.

– Prends un des miens, dit-elle, me le tendant. Il m'en reste quelques-uns de ceux que j'avais en Afrique.

Je regardai le carnet : sa souple couverture bordeaux, le papier vierge épais qui se trouvait dessous. J'avais l'impression de n'avoir jamais rien vu d'aussi beau. Pour moi, c'était comme si elle me donnait un médaillon en or ou une mèche de ses cheveux.

– Que je ne te revoie plus jamais sans carnet à dessins, Henry, m'ordonna-t-elle avec une sévérité feinte.

– D'accord, lui assurai-je en le glissant sous mon bras.

Elle me considéra un moment, puis fit un signe de tête en direction de la table et des chaises.

– Tu veux bien remettre tout ça à l'intérieur ? demanda-t-elle.

– Oui, bien sûr.

Je pris une chaise dans chaque main et m'éloignai vers le cottage. En passant, j'entendis Sarah dire :

– Vous étiez en train de peindre, ce matin, c'est ça ?

Et Mlle Channing lui répondre :

– Oui. C'est ce que je fais souvent, le matin.

À l'intérieur du cottage, je plaçai les chaises autour de la table en bois de la cuisine. Par la fenêtre donnant sur l'arrière de la maison, je voyais Mlle Channing et Sarah qui marchaient tranquillement vers le chevalet resté au bord de l'eau, les feuilles à dessin frémissant légèrement sous une brise venue de l'étang. Mlle Channing montrait un de ses dessins à Sarah. Celle-ci avait croisé les bras devant elle, comme Mlle Channing le faisait souvent, et l'écoutait attentivement, buvant ses paroles.

Au bout d'un moment, je me détournai de la fenêtre et regagnai le petit salon de devant. La photo du père de Mlle Channing était toujours accrochée au même endroit mais, depuis la dernière fois, plusieurs dessins avaient été ajoutés au mur, fines esquisses qu'elle avait rapportées d'Afrique et qui représentaient de vastes horizons dégagés, démesurés et inconnus, sans animaux et sans êtres humains, où la terre et le ciel s'étendaient, monotones, à l'infini. C'était, je le savais, le monde de son père, sans limites et sans retenue.

Je les contemplai quelques instants encore, puis ressortis chercher la table que je posai à l'intérieur, juste au-delà de la porte du cottage, et enfin rejoignis Mlle Channing et Sarah au bord de l'étang.

– J'aime beaucoup celui-là, lança joyeusement Sarah, les yeux fixés sur l'un des dessins que Mlle Channing venait d'étaler devant elle.

– Il n'est pas encore terminé, indiqua Mlle Channing. C'est celui sur lequel je travaillais ce matin.

Je l'examinai. Il représentait une étendue d'eau qui ressemblait vaguement au Noir-Étang, sauf qu'elle était bien plus vaste, et entourée de quantité de collines et de vallées arides se succédant à l'infini, dégageant une impression d'espaces illimités qui me rappela tout de suite les esquisses que je venais de voir à l'intérieur du cottage. À une différence près, toutefois, car, vers le centre du dessin, surgissant au milieu de la grande étendue d'eau immobile, Mlle Channing avait représenté un homme, assis dans une barque, qui ramait. Son visage était capturé par un rayon de lumière, son regard rivé sur la berge opposée.

Sarah se pencha pour mieux voir la silhouette dans la barque.

– Ce monsieur, là, ce ne serait pas…

– Leland Reed, confirma Mlle Channing, prononçant son nom devant moi pour la première fois.

Sarah sourit.

– Mais oui, c'est ça, c'est M. Reed. De Chatham School.

Mlle Channing arrêta son regard sur le dessin. Elle inspira profondément, puis souffla lentement, réflexe que, quelques mois plus tard, une fois que je le lui eus décrit, Me Parsons qualifierait une fois pour toutes de « long soupir énamouré ».

10

Je pensais toujours au dessin de Mlle Channing lorsque, quelques minutes plus tard, je me garai devant le Dalmatian's Café. C'était depuis bien longtemps mon lieu de prédilection dans Chatham, non seulement parce que c'était là que les garçons de Chatham School se retrouvaient parfois après un match ou pendant le week-end, mais aussi parce qu'il n'avait pour ainsi dire pas changé depuis cette époque lointaine. Le gril et le comptoir occupaient toujours la même place, ainsi que les box contre la vitre. Même le vieux soc de charrue rouillé avec lequel, prétendait Mme Winthrop, première propriétaire du snack-bar, son arrière-grand-père avait brisé la terre de leur ferme familiale en 1754, était toujours accroché au mur du fond, mais auréolé à présent de lumineuses enseignes au néon qui vantaient des marques de bière et de boissons gazeuses.

Je m'installai à ma place habituelle, dans le box le plus éloigné de la porte, celui qui était niché dans un angle contre un carreau, d'où je pouvais observer la rue à loisir. Soudain, alors que je ne m'y attendais pas, je revis le docteur Craddock s'arrêter devant notre maison de Myrtle Street, exactement comme il l'avait fait ce fameux soir, tant d'années plus tôt, au volant de l'étincelante automobile noire avec laquelle il effectuait ses visites à domicile dans les années 1920 ; je le regardai de nouveau marcher sous la pluie jusqu'à mon père qui se tenait, la mine lugubre, sous la véranda. Le médecin, vêtu d'un imperméable, avait ôté son chapeau en gravissant les marches, formulant sa question presque comme une supplique. *Je suis navré de vous déranger, Arthur. Je viens vous voir au sujet de la petite. Pourrions-nous en parler ?*

Et tandis que j'étais assis là, réécoutant la voix du docteur Craddock, le temps fit un bond en arrière, les vieux bâtiments remplaçant les plus récents, le bitume bleuté de la grand-rue soudain enseveli sous une étendue de terre battue marquée à la fois par les roues en bois des charrettes et les étroites traces des pneus des Ford A.

Au loin, je vis une vieille cloche en fonte se matérialiser dans l'air immobile du campanile depuis longtemps désert de ce qui fut Chatham School, puis commencer à se balancer, comme mue par une main invisible, ses tintements implacables se répercutant par-delà les bâtiments et les terrains de sport de l'école pour nous signifier de nous rendre à nos cours du matin, dont elle nous libérait en fin d'après-midi, sonnant les matines et les vêpres avec une autorité et un sens de l'à-propos qui n'avaient que peu diminué depuis l'époque des moines et des rois.

Puis, depuis mon nid d'aigle très loin au-dessus d'eux, je vis une flopée de garçons se déverser par les imposantes portes en bois de Chatham School, dévaler les marches en ciment et se disperser dans les rues alentour, moi-même parmi eux, ayant jeté sur mon épaule la veste grise de l'uniforme scolaire, qui portait un petit blason brodé sur la poche de poitrine, ainsi que la formule *Veritas et Virtus*, « vérité et vertu », que mon père avait choisie depuis longtemps comme devise de l'école.

C'était un vendredi après-midi de fin novembre, environ trois semaines après que j'eus accompagné Sarah chez Mlle Channing pour son premier cours de lecture. Sarah et moi étions devenus un peu plus proches, elle n'était plus seulement une domestique, je n'étais plus simplement le fils du maître. Sa volonté d'améliorer son sort attisait mes visions émergentes de la vie d'artiste que je rêvais de mener, une vie « errante », comme l'écrivait Jonathan Channing, nourrie de grandes ambitions dont l'immense espoir de Sarah paraissait être, d'une certaine façon, le reflet.

Nous nous rendions au phare cet après-midi-là, Sarah, d'humeur joyeuse, flânant presque gaiement sur un lit de feuilles sang et or, avec le nouveau sac à main qu'elle s'était acheté en ville, et moi avec mon carnet à dessins coincé sous le bras.

– Je veux te montrer mes croquis avant de les soumettre à Mlle Channing, lui dis-je comme nous traversions la rue et pénétrions dans le jardin qui s'étendait autour des murs blanchis à la chaux du phare. Si tu les trouves mauvais, Sarah, dis-le-moi. Je ne tiens pas à ce que Mlle Channing les voie s'ils ne sont pas bons.

Sarah me décocha un sourire.

– Fais-les-moi voir, Henry, et arrête d'en faire toute une histoire, répliqua-t-elle, s'amusant à m'arracher le carnet à dessins des mains.

– Ce sont uniquement des vues des environs, pour l'essentiel, ajoutai-je comme elle l'ouvrait.

Mais pour moi, c'était tout sauf des scènes locales. Car elles ne représentaient pas Chatham, mais la vision que j'en avais. C'étaient, par conséquent, de sombres marines noyées dans la brume ou de mélancoliques paysages de forêts, tous réalisés avec une indéniable intensité, aux traits curieusement déchiquetés et tordus, comme si je les avais commencés en ayant en tête une scène traditionnelle, une plage ou une ruelle de la ville très banales que j'aurais plongées dans l'encre noire et passées à la meule.

Pourtant, malgré leurs outrances juvéniles, ces dessins attestaient d'un sens certain de l'équilibre, des proportions et du détail – les crevasses de l'écorce d'un arbre dans le lointain, la densité du sable sur une plage –, qui évoquait non seulement l'aspect mais également la texture des éléments. Ils suggéraient aussi une certaine vision du monde, une approche claustrophobe de la vie, de sorte que même les paysages, si vastes fussent-ils, paraissaient en même temps étranglés et murés, à l'image d'une pièce fermée à double tour d'où rien ne semblait pouvoir s'échapper.

Sarah demeura silencieuse en feuilletant mon carnet à dessins. Puis, d'un geste vif de la main, elle le ferma avec un sourire malicieux.

– Ils me plaisent, Henry, déclara-t-elle tout heureuse. Ils me plaisent beaucoup.

Elle s'attendait sûrement à voir un sourire s'épanouir sur mon visage, mais rien de tel ne se produisit. Je continuai de la fixer d'un air toujours aussi inquiet.

– Tu crois qu'ils plairont à Mlle Channing ? demandai-je.

Elle me considéra comme si cette question n'avait pas lieu d'être.

– Mais oui, bien sûr ! s'écria-t-elle en me flanquant une petite bourrade. De toute façon, si jamais Mlle Channing n'aimait pas tes dessins, tout ce que tu risques, c'est qu'elle t'explique comment t'y prendre pour faire mieux.

– Bon, d'accord, répondis-je, me relevant en lui reprenant le carnet à dessins des mains.

Je m'éloignai de quelques pas dans le jardin du phare, puis m'immobilisai et me retournai vers elle qui était restée assise sur le petit banc.

– Merci, Sarah, fis-je.

Elle m'observa attentivement, percevant sûrement mon appréhension, car toute son humeur espiègle et insouciante s'évanouit.

– Tu veux que je vienne avec toi, Henry ?

Je compris qu'elle avait lu dans mes pensées.

– Oui, je crois que je préférerais.

– Bon, d'accord, dit-elle, bondissant sur ses pieds dans un tourbillon de sa jupe. Mais seulement jusqu'à la cour, pas à l'intérieur. Quand tu montreras tes dessins à Mlle Channing, il vaudrait mieux que je ne sois pas là.

Je m'attendais à la trouver seule, occupée, ainsi qu'elle le faisait habituellement après les cours de la journée, à nettoyer les pupitres ou ranger le matériel. Ce ne fut qu'une fois arrivé à la porte de sa salle de classe et en jetant un coup d'œil à l'intérieur que je me rendis compte que tel n'était pas le cas. Cela étant, je ne sais pourquoi je fus si surpris de voir M. Reed dans la classe, nonchalamment appuyé contre le bureau tandis que tout près de lui, lui tournant le dos, elle effaçait le tableau avec un chiffon humide. Après tout, je les avais souvent vus arriver à l'école ensemble, le matin, et en partir tous les deux l'après-midi, M. Reed au volant de sa voiture, Mlle Channing assise convenablement sur le siège passager. Je les avais aussi vus côte à côte en d'autres occasions, marchant dans le couloir de l'école, ou bien assis sur les marches, en train de déjeuner, généralement en compagnie d'autres professeurs, mais pourtant un peu à l'écart, baignant dans une atmosphère particulière qui les entourait comme un courant invisible, si bien que même au milieu des autres, ils semblaient être intimement seuls.

– Bonjour, lança Mlle Channing quand, se retournant, elle s'avisa de ma présence à la porte. Je t'en prie, entre, Henry.

Je pénétrai dans la pièce à regret, éprouvant un sentiment d'intrusion que je ne m'expliquais pas complètement, sinon par le fait que, de temps en temps, nous ressentons le strict opposé des conséquences : non pas les turbulences du ressac, mais la sombre attraction d'une vague qui s'approche.

– Bonjour, Henry, dit M. Reed.

Je leur répondis par un mouvement de tête, m'engageant dans l'allée centrale en faisant discrètement glisser le carnet à dessins vers l'arrière, tentant de le dissimuler.

– Je pensais que tu serais au match de lacrosse, observa M. Reed, faisant allusion à la rencontre prévue dans l'après-midi. Contre la Prep School de New Bedford. La tradition veut, ajouta-t-il à l'intention de Mlle Channing, que ce collège privé soit notre adversaire le plus redoutable.

– Tu l'as apporté pour moi ? me demanda Mlle Channing.

Elle percevait ma réticence à lui montrer mon carnet à dessins. Pour la contrecarrer, elle me sourit et me dit :

– Tu sais, mon père me plaçait face à un mur nu. Il me disait : « Regarde bien, Libby. Il y a, sur ce mur, une très belle peinture faite par quelqu'un qui n'ose pas la montrer. » Si personne ne voit jamais ton travail, Henry, alors à quoi bon le faire ? Regardons-le.

Je tirai le carnet à dessins de sous mon bras et le lui tendis.

Elle le posa sur son bureau et le feuilleta, examinant mes dessins un à un, faisant parfois un commentaire, mentionnant tel ou tel détail : le léger renflement des arbres, comme s'ils contenaient quelque chose qui ne demandait qu'à en jaillir, ou les assauts de la mer déchaînée.

– Il y a dans tout ça une sorte de… comment dire… de « lâcher-prise contrôlé », non ? suggéra-t-elle, s'adressant à M. Reed.

Il approuva d'un signe de tête, sans la quitter des yeux.

– Oui, tout à fait, dit-il.

Elle prit une profonde inspiration.

– Si seulement on pouvait vivre ainsi, soupira-t-elle, les yeux toujours fixés sur mes dessins.

Elle avait parlé à mi-voix, sans aucune emphase, pourtant M. Reed changea soudain d'expression.

– Oui ! s'exclama-t-il d'une voix sourde mais chargée d'une étrange émotion, comme s'il répondait non pas à une simple remarque faite en passant dans un lieu public, mais à un mot glissé subrepticement sous la porte de sa chambre.

Quelques minutes plus tard, je ressortais de la salle de classe de Mlle Channing, plutôt content de sa réaction, mais, en même temps, un peu troublé et mal à l'aise, comme si je m'étais vu refuser quelque chose, un moment privilégié, seul à seule avec elle.

– J'étais sûre qu'elle les aimerait, asséna Sarah quand je lui eus raconté ce qui s'était passé.

Elle m'avait attendu au bout du couloir de l'école que nous retraversions à présent, frôlés par les garçons que nous croisions et qui, pour certains, se retournaient sur Sarah au passage.

Une fois dehors, nous retournâmes nous asseoir sur le petit banc en ciment à côté du phare. De là, nous voyions Chatham School, juste de l'autre côté de la rue.

– Je voudrais pouvoir partir d'ici, déclarai-je tout de go, d'un ton venimeux, oubliant mes dessins au profit de la voie de sortie qu'ils représentaient pour moi – non pas l'art, je le sais à présent, mais la vie d'artiste telle que je me l'imaginais alors.

Sarah parut surprise de l'ampleur de mon mépris.

– Mais tu as tout, Henry. Une famille. Tout.

Je secouai la tête.

– Je m'en fiche. Je hais cet endroit.

– Où voudrais-tu aller ?

– Je ne sais pas. Ailleurs, n'importe où.

Elle me lança un regard qui en disait long.

– Il y a beaucoup d'endroits pires que Chatham, déclara-t-elle.

Ce fut à ce moment-là que Mlle Channing et M. Reed franchirent la porte de l'école et prirent la direction du parking. Malgré la distance bienséante qu'ils maintenaient entre eux et le fait qu'à aucun moment ils ne se touchaient, il y avait un je-ne-sais-quoi dans leur façon de marcher côte à côte qui attira mon attention, éveilla ces premiers obscurs soupçons qui, par la suite, prendraient des proportions monstrueuses.

– Je te parie qu'eux aussi aimeraient aller ailleurs, murmurai-je.

Sarah ne dit mot, mais tourna la tête vers l'école et suivit des yeux Mlle Channing et M. Reed qui poursuivaient leur chemin vers l'automobile de ce dernier.

Quand ils l'atteignirent, il lui ouvrit la portière, et attendit qu'elle monte pour la refermer.

Peu après, la voiture arrivait bruyamment à notre hauteur, M. Reed au volant, comme toujours, et Mlle Channing assise contre la portière passager. La fraîcheur de la fin de l'après-midi s'était immiscée dans l'air, et je remarquai qu'elle avait remonté sa vitre pour l'empêcher d'entrer. Son visage, qui s'y reflétait, me parut sinistrement diaphane quand l'auto passa devant nous.

Et, surtout, je me rappelle que Mlle Channing paraissait être assise très droite et parfaitement immobile tandis que je la regardais s'éloigner. Exactement comme elle le serait quelques mois plus tard, après que le verdict eut été prononcé, et qu'on l'eut conduite rudement jusqu'au bas des marches puis poussée à l'arrière d'un véhicule de police. En cette occasion aussi, elle était assise contre la vitre et regardait droit devant elle tandis que la voiture commençait à rouler au pas à travers la foule rugissante qui l'encerclait, puis prenait peu à peu de la vitesse à mesure qu'elle s'éloignait, l'emportant loin de là.

11

Je ne pus me résoudre à me rendre directement à mon bureau après avoir quitté le Dalmatian's Café, ce matin-là. Un autre endroit m'attirait plus encore que Milford Cottage ou la maison de M. Reed ou même l'étendue silencieuse du Noir-Étang. Car s'il est vrai que c'était là-bas que le dernier acte s'était joué, c'était ailleurs qu'il puisait ses tragiques origines, dans un complot très différent de celui que Me Parsons était si certain d'avoir démasqué à l'audience le jour où je fus appelé à la barre.

Après une deuxième tasse de café, je regagnai donc ma voiture, quittai le parking du Dalmatian's Café, et partis par la route de la corniche qui montait régulièrement jusqu'à Myrtle Street.

Au sommet de la côte, je tournai sur la droite, puis passai devant le phare qui miroitait dans l'air lumineux du matin sous un ciel d'un bleu azur à peine ourlé de filets de nuages qui rappelaient que le vent et la pluie s'étaient déchaînés sur nous pendant presque toute la semaine précédente.

Dolphin Hall se dressait juste en bas de la route du phare et, même à cette heure matinale, deux ou trois voitures se trouvaient au parking. L'une d'elles, une rutilante BMW rouge vif, ornée de fines et scintillantes baguettes chromées, était garée sous le chêne séculaire qui, autrefois, avait protégé de son ombre la carrosserie cabossée de la vieille Ford T de M. Reed.

Je m'arrêtai à côté et coupai le moteur. À travers le pare-brise, je voyais à quelques mètres de moi le portique dont la colonnade en brique rouge n'avait presque pas changé depuis l'époque où le bâtiment accueillait les garçons de Chatham School.

D'autres éléments avaient été modifiés, bien entendu. Les hautes fenêtres branlantes avaient été remplacées par un solide double-vitrage, et une large rampe d'accès métallique destinée aux handicapés étincelait du côté droit des marches en ciment.

Mais au-delà de ces changements évidents, je remarquai surtout qu'une haute réplique du phare avait été placée sur la pelouse à l'endroit même où la colonne de visages de Mlle Channing s'était brièvement dressée, le mien se trouvant à mi-hauteur, celui de mon père vers le bas où une plate-bande circulaire de tulipes avait été plantée.

Le jour où, sur ordre du conseil d'administration de l'école, cette sculpture fut démolie, mon père était présent et, les bras croisés sur la poitrine, il avait écouté les coups de masse fracasser les visages de plâtre un à un. Immobile, raide comme la justice, tournant le dos au petit groupe de curieux venus assister à cette destruction, vêtu de son costume noir impeccablement repassé, il était resté du début à la fin, regardant en silence et avec une totale dignité. Ce ne fut qu'une fois que tout fut terminé, que les visages furent entassés en une pile poussiéreuse, qu'il s'était retourné vers moi, la tête inclinée selon un angle qui permit à son visage d'être effleuré par le soleil dont le bref éclat fit miroiter ses yeux pleins de larmes.

Le ciment de l'allée menant au portique avait été remplacé par un pavage plus attrayant, mais le tracé en lui-même était toujours aussi rectiligne et étroit que par le passé.

À l'entrée, une petite pancarte indiquait simplement BIENVENUE, alors j'ouvris la porte et la franchis, pénétrant, pour la première fois après toutes les années qui s'étaient écoulées depuis sa fermeture, dans ce qui fut autrefois Chatham School.

Du hall, je voyais le large couloir central qui traversait toute l'école jusqu'à la cour du fond, l'escalier qui s'élevait vers le dortoir du premier étage, et même la porte de la pièce qui, autrefois, servait de bureau à mon père, sa poignée en laiton scintillant sous l'éclairage halogène nouvellement installé.

À côté de la fenêtre de devant se trouvait une petite table jonchée de dépliants sur les différents artistes présentés par la galerie. Je pris le premier qui me tomba sous la main, et, faisant mine de le lire, m'engageai dans le couloir, me comportant sans aucune raison comme si j'étais une sorte d'agent secret que le passé envoyait en mission pour lui rapporter des nouvelles du présent, informer ses légions de fantômes de ce qu'il était advenu.

Je m'étais à peine éloigné dans le couloir qu'on me hélait.

– Ça alors, monsieur Griswald ! Bonjour.

L'homme qui me saluait de la sorte n'était autre que Bill Kipling, le propriétaire de la galerie, dont le grand-père, Joe Kipling, jouait autrefois dans l'équipe de lacrosse de Chatham School. Joe était un grand garçon dégingandé et énergique, qui, plus tard, deviendrait un élu municipal et un magnat de l'immobilier, et plus récemment un vieil homme qui avait avalé des vitamines et des compléments alimentaires par poignées avant de finir par mourir d'un cancer du foie dans une chambre particulière d'une clinique privée de Hyannis.

– Dites-moi, qu'est-ce qui vous a décidé à venir après tout ce temps ? me demanda Kipling Jr d'un ton enjoué.

– Simplement de penser au passé, je suppose, répondis-je. À l'époque où c'était encore Chatham School ici.

– Mon grand-père est allé à Chatham School, vous savez.

– Oui, je me souviens de lui.

À ces mots, je revis le jeune Joe Kipling non pas tel qu'il était quand il s'élançait en avant, brandissant sa crosse à bout de bras, mais bien campé sur ses jambes à côté de la colonne grise, serrant dans sa main une masse qu'il laissait retomber sauvagement sur les visages en plâtre que Mlle Channing avait modelés, une couche de poussière se déposant sur les épaules de la veste de son uniforme scolaire.

– Mon grand-père aimait beaucoup Chatham School, me disait à présent son petit-fils.

– Comme nous tous.

Nous échangeâmes ainsi des banalités pendant quelques minutes, puis il me quitta afin de me laisser visiter l'exposition tranquillement, sachant que j'étais venu non pas pour admirer les tableaux, mais plutôt pour entendre résonner dans ma tête les cris et les rires des garçons quand ils dévalaient l'escalier quatre à quatre à sept heures et demie pile, habillés de pied en cap pour certains, tandis que d'autres passaient encore leurs bretelles sur leurs épaules ou enfilaient leurs vestes, toujours sous l'œil vigilant de mon père. Chaque matin, en effet, il allait prendre position au bas des marches, les bras croisés sur la poitrine tel un centurion romain, et saluait chaque élève par son prénom, ajoutant, très vite : « Travaille bien, amuse-toi bien. » Je me rappelle encore à quel point j'étais gêné en assistant tous les jours à pareille scène : la bousculade des garçons qui faisaient de leur mieux pour lui complaire, pour être ce qu'il attendait d'eux – de « bons citoyens honnêtes et droits ». Dans ces moments-là, je le trouvais presque comique, la caricature du professeur victorien, un objet de curiosité de ces années mortes, aussi desséché qu'un os déterré d'un vieux charnier. De tout ce qui incarnait la médiocrité et l'insensibilité dont je voulais me préserver, mon père remportait la palme. Quant à l'« existence honnête et droite » qu'il évoquait parfois, campé devant les garçons dans sa pose cicéronienne, elle me paraissait surtout être une vie menée sans énergie et sans imagination, qui méritait à peine d'être vécue et à laquelle la mort ne pouvait apporter qu'une douce délivrance.

La pièce qui se trouvait en face de l'escalier était alors son bureau. En m'approchant à présent de sa lourde porte en acajou, c'était tout juste si je ne le réentendais pas prononcer les paroles lourdes de menaces que j'avais surprises en descendant rapidement les marches en cet après-midi bruineux de mai 1927. Elle était encore grande ouverte quand je m'étais élancé du palier supérieur, puis il avait commencé de la fermer, tournant toute son attention vers les personnes qui se trouvaient déjà dans la pièce si bien qu'il ne m'avait pas vu arriver.

– Voici Me Parsons, le procureur général, l'entendis-je déclarer en poussant doucement la porte derrière lui.

J'avais eu le temps de risquer un coup d'œil à l'intérieur et d'apercevoir un homme en costume foncé, un chapeau mou à la main, planté devant le bureau de mon père, un grand carton posé sur la chaise à côté de lui.

– Asseyez-vous, je vous en prie, mademoiselle, l'entendis-je dire.

Par la porte encore entrebâillée alors que j'atteignais le bas de la volée de marches, j'aperçus Mlle Channing immobile, très droite devant Me Parsons, mains croisées devant elle, les cheveux noués en un chignon serré. Au moment où le battant se refermait, j'entendis qu'elle lui répondait, d'une voix douce mais d'un ton qui me parut froid comme la mort :

– Je préfère rester debout.

La porte de l'ancien bureau de mon père portait à présent une plaque indiquant « Privé » qui m'en interdisait l'accès. Je m'arrêtai devant, la fixant des yeux, me rappelant celle, toute différente, qui se trouvait là autrefois et sur laquelle on pouvait lire : « Arthur H. Griswald, Directeur ».

Cette plaque, mon père l'avait retirée lui-même et mise dans une boîte à chaussures qu'il avait rangée dans la cave de la petite maison que nous avions louée après avoir quitté Chatham School. Pourtant, il ne m'était pas très difficile d'imaginer qu'elle était toujours là et que, derrière cette porte, son bureau se trouvait, lui aussi, toujours à la même place, de même que l'encrier en cristal que ma mère lui avait offert pour leur dixième anniversaire de mariage, la vieille plume d'oie dont il se servait pour signer les documents importants, et même la lampe en laiton à l'abat-jour vert sombre qui conférait à la pièce une indéniable autorité.

Je savais que tout un monde avait autrefois régné dans cette petite pièce, livrant ce qui se révélerait être sa dernière bataille. Comme tout cela était pleinement visible sur le visage de mon père le jour où, s'avançant résolument sur la pelouse devant l'école, il avait dit à Joe Kipling de se placer devant la sculpture de Mlle Channing ! Après une courte pause durant laquelle son regard s'était attardé sur la colonne de visages, il s'était tourné vers Joe et lui avait donné l'ordre d'un seul mot : *Vas-y.*

Mes yeux se fermèrent au souvenir du spectacle affligeant des coups de masse frappant la colonne, des visages sévères et fermés des gens qui regardaient Joe Kipling cogner de toutes ses forces dans des nuages de poussière.

Je me détournai de la porte. De chaque côté, de grandes salles étaient pleines de tableaux d'inspiration moderniste, la peinture jetée sur la toile ou répandue dessus en tourbillons chaotiques, fragments de couleurs aux contours déchiquetés accolés les uns aux autres. Je n'imaginais que trop bien à quel point leur disharmonie aurait offensé le goût de mon père, combien il leur aurait préféré les scènes idylliques et les paysages inertes qu'il avait consciencieusement choisis pour décorer ces mêmes murs pendant les années où il avait occupé la fonction de directeur, des œuvres dominées par l'ordre et la symétrie, l'harmonie et la raison, une vision de la vie qu'il s'était évertué à mettre en pratique à Chatham School… en vain.

Au bout du couloir, je pénétrai dans la pièce qui avait été la salle de classe de M. Reed. Elle ne pouvait contenir plus de dix ou douze pupitres, et ses grandes fenêtres donnaient sur la cour. De là, il avait vue sur la petite annexe réaménagée où Mlle Channing enseignait. Que de fois avait-il dû jeter un coup d'œil par ces fenêtres et saisir par le regard cette svelte jeune femme aux cheveux aile de corbeau et aux yeux bleu clair qui, derrière une sellette de sculpteur ou devant un chevalet, nous contait des histoires de terres de légende et de destins tragiques tout en travaillant la peinture ou l'argile. Encore que je n'en aie jamais été témoin, je suis convaincu que, de temps en temps, Mlle Channing avait bien dû elle aussi lancer des coups d'œil vers l'extérieur et surprendre M. Reed en train de l'observer depuis le bâtiment de l'autre côté de la cour, tout d'abord à travers les rideaux de pluie de l'automne, puis à travers les flocons de neige tourbillonnant au vent, et, finalement, dans l'air scintillant de ce dernier printemps. Ils étaient prisonniers des regards qu'ils ne pouvaient éviter d'échanger, l'expression de leur visage aussi désespérée et bouleversante que les paroles que je les avais entendus échanger : *Comment veux-tu que je m'y prenne ? – Sans regarder en arrière.*

Je ne m'attardai pas très longtemps dans l'ancienne salle de classe de M. Reed. Je sentais dans l'air le tranchant d'une chaleur annonciatrice de canicule.

Je ressortis et m'enfuis dans la cour où se dressait encore l'annexe qui fut la salle de cours de Mlle Channing, depuis longtemps convertie en atelier d'encadrement de la galerie.

La porte était ouverte, et, m'arrêtant sur le seuil, je vis qu'un large comptoir courait le long du mur du fond contre lequel étaient calés des tas de châssis. Des échantillons de divers matériaux et couleurs – laiton, bois, aluminium – étaient accrochés sur un panneau de contreplaqué. Sur la droite, là où je m'asseyais autrefois au premier rang, un espace de travail avait été installé. Une couche de sciure et de copeaux de bois recouvrait le sol autour d'un établi muni d'une scie circulaire, au pied duquel était posée une boîte à outils en métal rouge vif.

De tous les lieux où je m'étais rendu ce jour-là, la salle de classe de Mlle Channing était, à l'évidence, celui qui avait subi le plus de transformations. Il ne subsistait plus aucune trace des tables et des chaises où, avec les autres garçons de Chatham School, je m'asseyais et la regardais sculpter et peindre, ni des sellettes, des chevalets et des toiles que nous utilisions pour confectionner nos grossières œuvres d'art, ni de l'armoire où, chaque soir, elle rangeait les modestes fournitures scolaires avant de rejoindre M. Reed afin qu'il la dépose chez elle en rentrant chez lui, ni même les portraits de Washington et de Lincoln qui nous toisaient de leurs murs respectifs de part et d'autre de la pièce, le visage austère mais bienveillant, tels deux pères d'un autre temps.

Pourtant, en dépit de tout cela, dans ce lieu réaménagé et encombré, je ressentis la présence de Mlle Channing plus que dans tous les autres endroits que j'avais revisités. Je sentais aussi celle de M. Reed, tous les deux ensemble comme je les avais surpris en cet après-midi tant d'années auparavant, elle à son bureau, lui à la porte du fond, s'avançant irrévocablement vers elle, parlant si doucement que ce fut à peine si j'entendis ses paroles : *Je t'aime, alors je le pourrai.*

Ce fut plus que je n'en pus supporter. Je pivotai sur mes talons, et traversai la cour en sens inverse, puis empruntai de nouveau le grand couloir du bâtiment d'où je m'empressai de sortir, comme quelqu'un qui cherche à échapper à un incendie dévastateur.

Enfin, je m'arrêtai à hauteur du petit banc en ciment où Sarah et moi nous étions assis il y avait si longtemps, le phare derrière nous, l'école devant. Je revis

Mlle Channing et M. Reed marcher une fois encore jusqu'à la voiture sous le chêne, M. Reed tenir la portière à Mlle Channing qui se glissa à l'intérieur, la voiture démarrer, sortir du parking et s'engager dans Myrtle Street pour finir par passer devant moi comme ce jour-là, tant d'années plus tôt, Mlle Channing regardant droit devant elle, parfaitement silencieuse et totalement calme, avec, seule chose alors risquant de laisser des traces sur son visage, sa mèche rebelle de cheveux bruns.

Je retournai à mon étude, m'assis à mon bureau, et mon regard se porta malgré moi sur les archives rassemblées par mon père, peut-être une manière pour lui de ne jamais oublier sa chute, sans se douter le moins du monde que ce fut aussi la mienne.

Je me levai et marchai jusqu'au classeur à tiroirs. Levant les yeux sur le portrait de mon père accroché au-dessus, je réentendis sa voix d'homme âgé, éraillée par la tristesse de ses dernières années, formuler ce qui fut sans doute sa plus amère déception : *Alors, tu n'auras jamais de femme, Henry ? Jamais d'enfant ?* Ma réponse, toujours aussi lapidaire : *Non.*

Je détournai les yeux du portrait, ouvris un tiroir et pris les formulaires nécessaires au travail que j'allais exécuter pour Clement Boggs, envisageant déjà ce que la dernière étape exigerait de moi, les cruelles paroles d'une affreuse comptine résonnant dans ma tête tandis que je retournais m'asseoir à mon bureau :

Alice Craddock
En loques dans le paddock
Où il est parti, ton papa ?

TROISIÈME PARTIE

12

Au cours des dernières années de sa vie, entre le décès de ma mère et l'inactivité, mon père avait pris goût à flâner dans la nature. J'étais alors un vieux garçon d'une cinquantaine d'années qui n'avait que très peu de centres d'intérêt en dehors de sa pratique notariale, aussi m'arrivait-il souvent de l'accompagner lors de ses promenades. Nous partions en voiture jusqu'à un endroit déterminé, puis allions marcher en forêt. En général, nous nous rendions au parc d'État Nickerson où les chemins étaient les plus praticables. Plus rarement, nous nous aventurions dans des coins plus isolés, garions la voiture au bord de la route, puis suivions un sentier sauvage autour d'une colline toute proche ou à flanc de coteau.

Ces promenades se suivaient et se ressemblaient, mon père parlant tranquillement de ce qu'il avait lu récemment, un livre ou un article de magazine qui avait, sur le moment, retenu son attention. Le passé et surtout ses années à Chatham School semblaient, pour ainsi dire, s'être effacés de sa mémoire.

Puis, un après-midi un peu moins d'un an avant sa mort, nous nous retrouvâmes sur une colline non loin de Chatham, les flèches et les toits de la ville au loin et, en contrebas, l'œil sombre et aveugle des eaux lisses du Noir-Étang.

Il demeura silencieux un moment, mais je voyais bien qu'il luttait intérieurement pour dire quelque chose, exprimer une opinion qu'il gardait pour lui depuis longtemps. Ce combat contre lui-même me surprenait. En effet, excepté les moments où, à l'insistance de ma mère, il avait abordé le sujet, mon père avait l'air plus que satisfait de laisser tout souvenir de l'affaire de Chatham School sombrer sans regret dans l'oubli.

– Quel carnage, Henry, finit-il par soupirer. Là-bas, au Noir-Étang. Quelle destruction.

Je vis des corps tournoyant dans les eaux verdâtres, de petites mains tentant d'agripper des bandes de caoutchouc noir, une femme vieillissante se balançant dans son rocking-chair sous sa véranda, le regard éteint, perdu dans le vide, ses cheveux d'un jaune maladif striés de gris.

Mon père ne détachait pas ses yeux de l'étang, les mains jointes dans le dos, deux pattes griffues et ridées.

– Il m'arrive parfois d'oublier que je les ai connus, reprit-il. Mlle Channing et M. Reed, j'entends.

Il hocha la tête.

– Et toi, Henry ? T'arrive-t-il quelquefois de penser à eux ?

Je regardai autour de moi, me rappelant le jour où nous avions gravi lentement cette colline, M. Reed en tête, Mlle Channing derrière lui. Je sentais encore l'air froid et vif de novembre qui nous piquait les joues, les flocons de neige que nous chassions de nos yeux.

– Je suis venu ici avec eux, répondis-je. En haut de cette même colline. Sarah aussi était avec nous.

Mon regard se porta sur l'endroit où nous nous étions arrêtés pour regarder l'étang.

– Comme tout cela paraissait inoffensif sur le moment, soufflai-je.

Je revis Mlle Channing et M. Reed flâner dans Chatham, s'arrêter pour regarder les vitrines, ou devant l'enclos du centre équestre, Mlle Channing caressant le chanfrein d'un cheval. Un jour, j'étais tombé sur eux chez Warren, le marchand de couleurs, M. Reed tournant dans sa main une maquette de bateau afin de la regarder sous plusieurs angles, expliquant les différentes parties, le mât, le spinnaker, la grand-voile, d'une voix posée qui ne laissait présager, à ce moment-là, rien de grave. *Ce ne devrait pas être très difficile.*

Mon père fouilla du regard la berge du lac la plus proche de nous. Les épais feuillages de l'été empêchaient de voir l'endroit qu'il cherchait des yeux, je le savais.

– Pourquoi allais-tu si souvent à Milford Cottage ? me demanda-t-il, sans cesser de scruter le versant de la colline.

– À cause de Sarah. Je l'accompagnais à ses cours de lecture.

– Pourquoi ça ?

– Je ne sais pas.

Mon père s'exprimait avec détachement, mais je n'ignorais pas qu'il avait le cœur lourd et que bien des questions le taraudaient encore. Enfin, il posa une de celles qu'il gardait pour lui depuis longtemps.

– Étais-tu amoureux d'elle, Henry ?

Je me souvenais de la nuit où je m'étais rendu dans sa chambre : elle m'avait accueilli gentiment, les yeux timidement baissés, le corps sous une chemise de nuit blanche, un ruban en satin pendillant juste au-dessus de sa poitrine.

– C'était une gentille fille, déclarai-je. Et comme elle vivait sous notre toit, il est bien possible que…

– Je ne parlais pas de Sarah, m'interrompit mon père. Je parlais de Mlle Channing.

J'entendis la pluie cingler les vitres de Milford Cottage comme ce fut le cas ce soir-là, le vent faire claquer la porte-moustiquaire, je revis les chandelles allumées dans sa chambre qui nimbaient Mlle Channing de lumière mordorée, la fixité de son regard quand elle prit la parole. *Tu veux bien le faire pour moi, Henry ?* Ce à quoi je répondis, toujours aussi obéissant : *Oui.*

– J'ai toujours pensé que c'est pour ça que tu l'avais si mal vécu, ajouta mon père. Parce que tu avais… des sentiments pour elle.

Le visage de Mlle Channing se dissipa dans des brumes de lumière jaunâtre, et je la visualisai telle qu'elle m'était apparue le jour où nous nous trouvions ici même, sur cette colline, de la neige accrochée à ses cheveux et aux épaules de son long manteau bleu.

– Je voulais qu'elle soit libre, murmurai-je.

– Pour faire quoi ?

– Pour vivre comme elle l'entendait.

Mon père secoua la tête.

– Il n'en aura pas été ainsi.

– Non, c'est certain.

Je sentis le bras de mon père entourer mes épaules, m'étreindre comme un enfant.

– N'oublie jamais, Henry, m'enjoignit-il, en ce qui serait son dernier commentaire sur l'affaire de Chatham School, n'oublie jamais que tout cela a aussi eu du bon.

Je ne suis pas sûr d'y avoir jamais cru tout à fait, même si je ne pouvais nier qu'il y avait eu de bons moments, surtout au début. Notamment ce fameux jour où nous étions montés tous les quatre au sommet de la colline pour regarder tomber la première neige de la saison.

Sarah et moi avions marché jusqu'à Milford Cottage ce matin-là de novembre. Elle était impatiente de poursuivre ses leçons, convaincue qu'elle maîtriserait bientôt les compétences qu'il lui fallait pour « s'améliorer », mue par un enthousiasme d'enfant et une détermination d'adulte.

Comme nous approchions du cottage, je vis Mlle Channing écarter les rideaux blancs d'une des petites fenêtres et regarder dehors. Elle portait un corsage crème, dont elle avait retroussé les manches jusqu'aux coudes, et ses cheveux retombaient librement sur ses épaules. À l'expression de son visage, je compris qu'elle était un peu étonnée de nous voir.

– Rien ne vous obligeait à venir, lança-t-elle en ouvrant la porte. Par ce temps, j'aurais compris…

Sarah secoua énergiquement la tête.

– Oh non, mademoiselle, s'écria-t-elle. Je ne me voyais pas rater une leçon.

Mlle Channing recula vivement à l'intérieur du cottage et nous invita à la suivre.

– Entrez vite, dit-elle. Vous devez être gelés jusqu'aux os.

Nous pénétrâmes dans le petit cottage, et je me rendis compte que l'intérieur avait considérablement changé depuis ma dernière visite. D'anciens dessins de Mlle Channing avaient été remplacés par de plus récents : de paisibles scènes villageoises ainsi que de subtils croquis, richement détaillés, de différentes feuilles ou végétaux qu'elle avait trouvés dans les bois environnants, et dont certains reposaient à présent dans un grand vase en verre posé sur la tablette de la cheminée.

– Vous l'avez rendu très confortable, l'intérieur de cette maison, constata Sarah.

Elle lançait des regards dans la pièce, évaluant les autres changements : le tapis au crochet devant la cheminée, l'étagère dans l'angle du fond, les coussins rouges calés contre le dossier en bois des deux chaises de la pièce.

– Vous en avez fait une vraie maison comme les autres, ajouta-t-elle, ôtant le fichu qui enserrait sa tête. C'est vraiment magnifique, mademoiselle.

Elle tendit le panier qu'elle avait pris en partant de Myrtle Street.

– Je vous ai apporté un cake. Mais comme j'y ai mis un peu d'alcool, indiqua-t-elle avec son petit sourire malicieux, nous ne devons pas en manger beaucoup, sinon nous n'aurons pas les idées claires, vous voyez.

Mlle Channing prit le gâteau et le posa sur la petite table près de la fenêtre.

– Nous en prendrons après la leçon, dit-elle.

Elle la commença aussitôt, ouvrant le cahier que Sarah avait apporté, examinant attentivement les lignes d'écriture, les évaluant avant de les commenter.

– Très bien ! s'écria-t-elle avec enthousiasme. C'est excellent, Sarah.

Puis elles se mirent à travailler comme d'habitude, Mlle Channing écrivant des phrases courtes et simples que Sarah déchiffrait à haute voix. De ma place, assis sur une chaise non loin d'elles, je voyais à quel point elles s'entendaient bien, à quel point Sarah admirait Mlle Channing et, peut-être, rêvait de devenir comme elle, une « grande dame », comme elle le disait toujours.

Je suppose que ce fut en partie cette « grandeur » qui, ce matin-là, me fit sortir mon carnet à dessins et commencer à faire le portrait de Mlle Channing, me concentrant sur sa manière de pencher le buste en avant et d'incliner légèrement la tête de sorte que ses cheveux retombaient en une vague brune sur ses épaules. Je découvris que je pouvais capturer son allure générale, mais qu'il y avait autre chose qui m'échappait, la façon dont, parfois, son regard s'assombrissait, comme si une petite lumière intérieure s'était éteinte, regard que, plus tard, Me Parsons qualifierait de « fatal », pour reprendre le terme qu'il employa au procès.

Elle faisait toujours travailler Sarah quand j'entendis une voiture approcher dans Plymouth Road, son moteur crachotant comme jamais quand elle s'arrêta dans l'allée du cottage.

Mlle Channing se leva, alla à la fenêtre et regarda dehors.

– Nous avons de la visite, s'écria-t-elle, d'une voix légèrement surexcitée que Sarah dut remarquer aussi, car son regard glissa jusqu'à moi, interrogateur.

Mlle Channing qui, entre-temps, avait gagné la porte, l'ouvrit, et une rafale de vent fouetta ses cheveux noirs en travers de son visage.

– Oh, bonjour ! cria-t-elle en agitant la main.

Puis, se tournant vers Sarah et moi, elle ajouta :

– C'est M. Reed.

Je marchai jusqu'à la fenêtre et aperçus, à l'entrée du jardin, M. Reed qui descendait de voiture. Il était vêtu d'un épais manteau de laine, de bottillons marron et d'un feutre gris qu'il portait incliné sur la gauche, d'un air un peu canaille. Il salua Mlle Channing de la main, puis s'avança en clopinant dans l'allée alors recouverte de deux ou trois centimètres de neige.

– Vous arrivez juste à temps pour le cake, lui dit Mlle Channing quand il arriva à la porte.

– Un cake, reprit M. Reed. Bah, c'est de saison !

Il demeura un bref instant sur le seuil du cottage, en bas des marches, face à Mlle Channing, les yeux levés vers elle, la regardant fixement.

– Je voulais…, commença-t-il, puis il s'interrompit en nous voyant, Sarah et moi, à l'intérieur. Ah, je vois que vous avez de la compagnie, fit-il avec un peu plus de raideur.

– Oui, en effet, répondit Mlle Channing. Sarah est venue prendre sa leçon de lecture. C'est elle qui a fait le cake dont je parlais.

M. Reed paraissait ne plus savoir quel parti prendre, s'il devait entrer ou repartir.

– Bon, eh bien, je ne voudrais pas perturber la leçon de Sarah, déclara-t-il.

– Non, non, protesta Mlle Channing. Nous venons de la terminer.

Elle recula dans la pièce.

– Entrez, je vous en prie.

M. Reed hésita un instant, puis pénétra dans le cottage et s'assit à côté de la fenêtre tandis que Sarah et Mlle Channing disparaissaient dans la cuisine pour servir le gâteau.

Pendant un certain temps, M. Reed resta muet. Je voyais bien que ma présence le dérangeait. Peut-être, à ce moment-là, voyait-il en moi un informateur, était-il persuadé que, dès mon retour à Chatham, je m'empresserais de rapporter à mon père qu'il avait rendu visite à Mlle Channing. Soudain, il me jeta un coup d'œil avec une appréhension que je ne lui avais encore jamais vue.

– Alors, Henry, les cours te plaisent, cette année ?

– Oui, plutôt, répondis-je.

Il esquissa un sourire, puis reporta son attention vers la fenêtre.

Il regardait toujours dehors quand, quelques instants

plus tard, Mlle Channing et Sarah revinrent dans la pièce. Mlle Channing déposa le cake sur la table devant lui et entreprit de le découper. La première part échut à Sarah, la deuxième à M. Reed. Puis, se tournant vers moi, elle me demanda :

– Tu veux un gros morceau ?

Je fis non de la tête, par politesse.

Elle sourit, devinant sans doute la faim qui me tenaillait, puis prononça une phrase que la vie s'acharne à ériger en mensonge :

– Ne te prive pas, Henry. Il y en a pour tout le monde.

Quelques minutes plus tard, nous sortîmes tous les quatre du cottage, nous dirigeâmes vers la gauche, marchant derrière M. Reed le long de Plymouth Road, puis gravîmes une pente douce jusqu'à une clairière en haut de la colline toute proche.

Là, nous nous assîmes sur un tronc d'arbre couché, l'un à côté de l'autre, tournés vers le versant de la colline et le Noir-Étang. Sur le sol, la couche de neige s'était épaissie ; une pellicule blanche recouvrait les arbres dénudés et s'était déposée sur le bord du chapeau de M. Reed.

– Quelle neige ! s'exclama Mlle Channing. Les flocons sont tout petits, mais si nombreux. Comme des confettis.

M. Reed lui sourit.

– Est-ce ainsi que vous les peindriez, Élizabeth ? Comme des confettis ?

Elle sourit, mais au lieu de lui répondre elle s'éloigna de quelques pas, tandis que M. Reed la suivait des yeux jusqu'à la crête où elle s'arrêta et promena son regard sur la surface de l'étang en contrebas. Elle se tint parfaitement immobile pendant un moment, comme perdue dans ses pensées. Puis elle leva les bras et les croisa en se tenant les épaules. C'était un geste destiné à se protéger contre le froid, exécuté tout à fait inconsciemment, je pense, mais qui, sur M. Reed, dut faire l'effet d'une vision si belle et si fugitive qu'elle demeura gravée en lui à jamais par la suite, une vision à l'aune de laquelle tout le reste serait en fin de compte mesuré.

Irrégulièrement alignés non loin les uns des autres sur la crête de la colline, nous faisions face à l'est et au Noir-Étang où des spirales de fumée s'échappant d'une cheminée s'élevaient au-dessus des arbres qui bordaient la berge opposée.

– Cette fumée doit venir de chez vous, monsieur Reed, expliqua Sarah en la montrant du doigt.

M. Reed acquiesça, l'humeur étonnamment plus sombre, tout à coup.

– Je dois rentrer, annonça-t-il, échangeant un coup d'œil avec Mlle Channing. Abigail attend.

– Vous savez quoi ? s'écria gaiement Sarah. On dirait une carte de Noël ! Une maison au bord d'un étang. De la neige. Exactement comme une carte de Noël, vous ne trouvez pas ?

M. Reed sourit avec une curieuse mélancolie, comme s'il s'agissait là d'un souvenir qu'il chérissait d'une époque révolue.

– Oui, répondit-il, le regard fixé sur la berge opposée de l'étang. Oui, c'est exactement comme une carte de Noël.

Puis il tourna la tête et je le vis poser le regard sur Mlle Channing, s'attarder un moment sur son profil.

– Dites, vous allez partir pendant ces petites vacances ? lui demanda Sarah.

L'air vif lui donnait des couleurs, et son regard brillait de surexcitation.

Il parut hésiter à répondre, mais finit par s'y résoudre.

– Oui, dit-il. J'irai deux semaines dans le Maine. C'est ce que nous faisons toujours, nous allons dans le Maine.

Là-dessus, il pivota sur ses talons et nous ramena rapidement au bas de la colline jusqu'au cottage de Mlle Channing.

M. Reed s'arrêta à hauteur de son automobile.

– Je vais devoir rentrer, annonça-t-il, s'adressant à Mlle Channing.

– Merci d'être venu, lui répondit-elle d'une voix douce, presque inaudible.

– Je repasserai peut-être, reprit-il d'un ton qui me parut subtilement implorant, comme s'il lui demandait de lui adresser un signe qui l'autorise à revenir.

Si elle lui en donna un, ce fut à mon insu. Je ne la vis que frissonner légèrement.

– Il fait vraiment très froid, dit-elle.

– Oui, reconnut M. Reed d'un ton parfaitement détaché cette fois. Voulez-vous que je vous dépose en ville ? nous proposa-t-il, à Sarah et à moi.

Nous acceptâmes son offre et grimpâmes dans l'auto. M. Reed restait dehors, face à Mlle Channing, sous les flocons de neige qui tombaient entre eux et tout autour d'eux. Il lui dit encore autre chose, des paroles que je n'entendis pas, puis fit un pas vers elle et lui tendit la main. Elle la serra, la retint un bref instant dans la sienne, et la lâcha, souriant tranquillement tandis qu'il s'écartait d'elle. Ce fut à cet instant précis que je perçus dans toute sa puissance brutale la pleine mesure de l'amour qui commençait de submerger M. Reed, et sûrement aussi un soupçon des exquises douleurs qui en étaient le corollaire, pas encore féroces, sûrement pas explosives, mais déjà amorcées.

Au lieu d'aller directement à Chatham, M. Reed tourna à droite et roula jusqu'à sa maison de l'autre côté de l'étang.

– Je dois prévenir ma femme que je vais à la marina, dit-il.

– À la marina ? s'étonna Sarah.

– Oui, acquiesça M. Reed. Je loue un hangar à bateau là-bas depuis quelques années. J'y construis un voilier. Un quinze pieds.

Sarah le considéra d'un air admiratif, ses yeux s'allumant à l'idée d'une si vaste entreprise.

– Quand sera-t-il fini ? voulut-elle savoir.

– Si j'avais un peu d'aide, je l'aurais sans doute terminé cet été, répondit M. Reed.

Impulsivement, sans réfléchir, je fis alors une proposition qui m'a poursuivi tout au long des années, m'a suivi au fil du temps, comme un chien dans la nuit, son museau noir humant à jamais mes talons.

– Je peux vous aider, si vous voulez. J'aimerais bien en savoir plus sur les bateaux.

M. Reed hocha la tête, sans quitter la route des yeux.

– Vraiment, Henry ? J'ignorais que tu t'y intéressais.

– Mais si ! affirmai-je, même si je n'ai toujours pas compris pourquoi j'éprouvai sur le moment un tel intérêt.

Ce que je sais, en revanche, c'est qu'il ne me venait pas des romans d'aventures maritimes que je lisais souvent, alors que ce fut la raison que je donnai à Me Parsons le jour où nous parcourûmes ensemble le hangar à bateau. Il est plus probable qu'il avait jailli d'une obscure pulsion de voyeur, l'attrait de l'interdit agissant déjà comme une drogue sur mon esprit.

Nous arrivâmes chez lui quelques minutes plus tard.

Sarah et moi attendîmes dans la voiture pendant que M. Reed entrait dans la maison.

– Ce qu'il est gentil, cet homme ! soupira Sarah. C'est pas un vieux schnock comme y en a des, à Chatham School.

– Oui, c'est sûr, approuvai-je.

Il ressortit presque aussitôt, tenant sous son bras un long rouleau de papier attaché par de la ficelle, comme un parchemin. Je le regardai traverser le jardin, sa fille Mary dévalant les marches derrière lui alors que Mme Reed s'était arrêtée sur le bord de la véranda et s'essuyait les mains à son tablier en le suivant des yeux tandis qu'il cheminait vers nous sous la neige. Elle était toujours dans cette position quand il grimpa en voiture, mais Mary avait gambadé vers nous, puis s'était immobilisée, souriant malicieusement en essayant de faire une boule de neige.

À peine assis au volant, M. Reed fit démarrer le moteur et commença à rouler. Nous avions parcouru seulement deux ou trois mètres en marche arrière quand Mary s'élança soudain et lança la boule de neige vers nous. Elle atterrit sur le capot et explosa à la base du pare-brise, projetant des gerbes blanches sur le verre. M. Reed actionna les essuie-glaces et, au gré de leur va-et-vient, j'entrapercevais Mme Reed, toujours sous la véranda, qui nous regardait, immobile, pendant que M. Reed continuait de reculer loin d'elle, laissant deux balafres noirâtres dans la neige.

J'avais rapporté cette scène à mon père le jour où nous nous trouvions ensemble sur la colline qui surplombe le Noir-Étang.

– Tu crois qu'elle le pressentait déjà ? me demanda-t-il, quand j'eus terminé mon récit. Avant Noël, je veux dire ? Avant qu'ils partent tous dans le Maine ? Tu crois que Mme Reed avait déjà des soupçons ?

– Je ne sais pas, assurai-je, haussant les épaules.

Son regard obliqua vers la gauche, et je devinai qu'il le portait vers l'endroit où M. Reed avait vécu avec sa femme et sa fille.

– Si elle savait, reprit-il, ou avait déjà des soupçons à ce moment-là, alors c'est qu'elle devait les nourrir depuis déjà un certain temps…

– Oui, c'est sûr, répliquai-je.

À ces mots, je revis alors Abigail Reed se tenant à côté de moi dans le hangar à bateau, les yeux baissés sur un carton, fixés sur ce qu'il contenait : la corde, le couteau, une carte marine sur laquelle un trajet était déjà tracé à l'encre rouge.

– Je me demande bien ce qui a fini par avoir raison d'elle. Ce qui l'a menée à une pareille extrémité, je veux dire.

Je gardai le silence.

Il se tourna vers moi, toujours en proie à une aussi grande perplexité.

– Nous ne connaîtrons jamais le fond de l'affaire, n'est-ce pas, Henry ? Nous ne saurons jamais ce qui lui est passé par la tête, à la fin.

Je ne lui répondis pas, mais la revis encore en cet ultime instant, son visage tendu vers moi depuis les profondeurs boueuses, ses cheveux roux ondulant derrière elle comme un étendard déchiqueté.

13

Toutefois, hormis ces moments où les circonstances me forçaient à repenser à la toute fin, comme avec mon père ce jour-là sur la colline, je me surprenais le plus souvent à être ramené au tout début, et tout particulièrement à une histoire que Mlle Channing raconta en classe très peu de temps après le jour où nous avions tous les quatre partagé le cake et étions allés nous promener dans les bois enneigés.

À Chatham School, la pause du déjeuner durait une heure, de midi à treize heures, et, après le repas au réfectoire de l'étage, j'étais allé en ville à pied, chez Peterson, le droguiste, vaguement intéressé par un tout dernier modèle de canne à pêche, puis j'étais reparti par la côte recouverte de neige en direction de l'école.

À hauteur de Myrtle Street, j'aperçus Mlle Channing assise sur un banc en bois au bord de la falaise, en compagnie de M. Reed, debout derrière elle, appuyé sur sa canne, le vent s'engouffrant sous les pans de sa veste et lui ébouriffant les cheveux, si bien que, sur le moment, il me parut physiquement captif du tourbillon de passion effrénée que Me Parsons décrirait plus tard comme étant à l'origine du drame. Je vis sa main effleurer l'épaule de Mlle Channing, puis s'en écarter vivement comme d'un poêle brûlant. Il dit quelque chose qui la fit se retourner vers lui en souriant.

Ce fut alors qu'elle m'aperçut du coin de l'œil, me fixa un bref instant, se leva et s'avança résolument vers moi. Elle portait un long manteau foncé et, tandis qu'elle venait dans ma direction depuis la corniche, le col relevé et plaqué contre sa nuque, je me rappelle avoir songé qu'elle ressemblait à une femme d'un autre temps, à l'héroïne d'un de ces romans que nous avions lus pour le cours de littérature de M. Reed l'année précédente, Eustacia Vye[1] ou Madame Bovary, impulsive et esclave de ses passions, capable de ce fatal libertinage que Me Parsons dépeindrait par la suite aux jurés, et en présence duquel, arguerait-il, M. Reed « n'était plus guère qu'une brindille proche d'une flamme rugissante ».

Cependant, ce matin-là, Mlle Channing n'avait rien d'une femme légère. Elle s'était habillée de façon classique, comme à son habitude, les cheveux noués par un ruban bleu marine, un camée au cou.

C'était M. Reed qui paraissait quelque peu téméraire, se tenant très droit à côté d'elle, l'air particulièrement déterminé quand il prit la parole.

– Tu as vu Sarah ? demanda-t-il.

Je fis non de la tête.

– Pas depuis ce matin.

Mlle Channing prit le livre qu'elle tenait sous le bras. C'était un vieux volume à la couverture râpée et aux pages écornées et jaunies, au dos brisé depuis longtemps, au point que certaines pages tenaient à peine en place.

– Je voulais lui donner ça, me dit-elle.

1. Dans *Le Retour au pays natal*, de Thomas Hardy.

– Mon manuel d'apprentissage de la lecture, expliqua M. Reed. Du primaire. Je l'ai conservé toutes ces années, Mlle Channing pense qu'il pourra lui servir pour les leçons de Sarah.

Je me tournai vers Mlle Channing.

– Je peux le lui remettre ce soir en rentrant de l'école si vous voulez.

– Merci, Henry, répondit Mlle Channing, me le tendant. Dis-lui bien de l'apporter quand elle viendra pour sa leçon dimanche prochain.

J'acquiesçai.

– Encore merci, Henry, murmura Mlle Channing.

Puis elle tourna les talons, et tous deux regagnèrent le banc au bord de la falaise, M. Reed s'asseyant à présent à côté d'elle, mais à distance respectueuse, sa canne posée entre eux en guise de fossé strictement imposé.

Je ne revis Mlle Channing que plus tard dans l'après-midi, cette fois debout derrière le bureau de sa salle de classe.

– Aujourd'hui, nous allons commencer quelque chose de nouveau, annonça-t-elle. Les paysages.

Elle se retourna et traça un grand arc de cercle d'un bout à l'autre du tableau, puis hérissa la partie supérieure de sa courbe par quelques rapides coups de craie.

– Voici la forme grossière, indiqua-t-elle, d'un volcan.

À ces mots, son visage s'empreignit de cette curieuse intimité à laquelle je m'étais accoutumé alors, faite de ces étranges recoupements entre l'enseignement qu'elle prodiguait et sa vie.

– Il n'y a rien sur terre, pas même la mer, devant

quoi l'on se sente aussi petit que face à un volcan, dit-elle.

Puis elle nous raconta la fois où son père l'avait emmenée découvrir l'Etna. Son immensité ne pouvait se concevoir par ceux qui ne l'avaient pas vu de leurs propres yeux. Il jaillissait de sa base jusqu'à plus de trois mille mètres de hauteur, et la ligne de chemin de fer qui le contournait faisait près de cent cinquante kilomètres de long, soit à peu près la même distance qu'entre Chatham School et Boston.

– Mon père était effaré par la violence de l'Etna, relata-t-elle. Par sa puissance, par sa suprême indifférence à tout ce qui n'était pas lui. Il voulait que je comprenne comment la lave d'une des éruptions s'était autrefois précipitée jusqu'à la mer, détruisant tout sur son passage.

Elle paraissait se représenter cette coulée incandescente roulant sur les pentes, se déversant dans la vallée, détruisant tout par les flammes, consumant des villages entiers dans sa course effrénée vers la mer.

Puis, de but en blanc, son visage s'illumina.

– Mais ce qui m'a le plus marquée sur l'Etna, c'est qu'il y avait des fleurs partout. Sur la pente et dans la vallée. Il y en avait tant que même au bord du cratère où je voyais monter les fumerolles et les vapeurs, même là, où tout était désolé, je sentais le parfum des fleurs en contrebas.

Elle semblait réellement stupéfiée par le processus qu'elle venait de décrire.

– Des fleurs qui poussaient dans des cendres.

Durant les années qui ont suivi, j'ai considéré que l'affaire de Chatham School était l'exact opposé, correspondait au processus radicalement inverse : une chose avait fleuri brièvement, exhalé un parfum exquis puis, en un instant déchirant, tout réduit en cendres.

Cependant, comme le dirait ultérieurement mon père, elle eut aussi du bon. Surtout pour M. Reed, lequel, je l'appris par la suite, n'avait jamais connu cette forme de passion qui porte notre regard vers l'horizon lointain, annule le passé comme le chiffon efface la poussière de craie du tableau noir, nous réveille d'entre les morts aussi sûrement qu'elle précipite tous les autres dans la tombe.

Ce jour-là, je me présentai à son hangar à bateau après le cours de Mlle Channing, des images de volcan en éruption se succédant encore dans ma tête, mon carnet à dessins déjà rempli par mes tentatives de reproduire une violence explosive et primitive que, j'en étais persuadé, je ne connaîtrais jamais.

M. Reed était assis à un petit bureau placé en encoignure et jonché d'un tas de papiers. Il tourna la tête vers moi quand je franchis la porte.

– Bonjour, Henry.

– Je me demandais si vous aviez toujours besoin de mes services pour le voilier.

Il sourit.

– Ça t'intéresse vraiment, alors ? demanda-t-il, tendant déjà la main vers sa canne.

– Oui.

– Eh bien, le voici, fit-il, me le montrant. Qu'en penses-tu ?

Il se trouvait sur une structure en bois qui s'étirait sur presque toute la longueur de la pièce. L'armature de la coque n'était que partiellement réalisée, si bien que je voyais ses entrailles encore incomplètes. Hissé sur ses cales, sans mât, des lattes manquant à son habillage, il faisait davantage penser au squelette d'un animal préhistorique qu'à un bateau.

– Comme tu le vois, indiqua M. Reed, il reste encore beaucoup à faire. Mais pas autant qu'on pourrait le penser. Vers la fin, brusquement, tout ne fait qu'un.

Il ménagea une pause, jaugeant ma réaction, puis ajouta :

– Nous pouvons commencer tout de suite, si ça te dit.

Nous nous mîmes au travail, M. Reed m'apprenant les rudiments de la construction d'un bateau, m'initiant à la patience, à la précision des mesures que cela exigeait.

– Tu ne dois pas te précipiter, m'expliqua-t-il à un moment donné. Laisse les choses se mettre en place, ajouta-t-il avec un petit sourire. C'est comme avec une femme qu'il ne faut pas bousculer.

Cet après-midi-là, je fus frappé par le fait que M. Reed n'était pas comme d'habitude, qu'une part de son impénétrable lassitude qui, depuis toutes les années que je le connaissais, favorisait chez lui une mélancolie qui enveloppait toute sa personne et paraissait inhérente à son caractère, l'avait quitté au profit d'une nouvelle énergie vitale. C'était comme si un feu consumait lentement les détritus de sa vie d'avant, le rendant plus alerte et plus vif que jamais, l'entrain remplaçant la pondération qui le caractérisait si profondément jusqu'alors, et que j'en suis venu depuis à identifier non pas comme l'effet d'un rêve qui se réalise, mais seulement comme celui d'un espoir précairement ranimé.

Nous travaillâmes tout l'après-midi, M. Reed plus loquace que je n'avais jamais eu l'occasion de le voir en dehors des cours. Il me parla des écrivains qu'il admirait, cita des phrases extraites de leurs œuvres, non pas à la manière d'un professeur mais simplement comme un homme dont l'esprit et le cœur étaient nourris et élevés par ses lectures. Il me décrivit aussi son bateau, sa vitesse, sa résistance, ses capacités.

– Avec un voilier de cette taille, construit de cette façon, déclara-t-il, on peut faire le tour du monde.

Il réfléchit un temps, comme s'il envisageait une telle possibilité.

– Il faudrait longer les côtes et passer d'île en île, ajouta-t-il. Mais ce serait réalisable.

L'espace d'un instant, son ancienne mélancolie reprit le dessus.

– On n'a qu'une vie, Henry, murmura-t-il, regardant par la fenêtre du hangar, les yeux fixés sur la baie et, au-delà, sur l'immensité de l'océan. Qu'une vie, et pas de seconde chance.

Il se tourna vers moi.

– Là est toute la tragédie.

Le moment me sembla particulièrement bien choisi pour émettre une opinion personnelle.

– C'est exactement ce que dit le père de Mlle Channing. Dans son livre. Il écrit que si on se retourne sur son passé en se demandant : « Qu'est-ce que j'ai fait ? », alors ça veut dire qu'on n'a rien fait du tout.

M. Reed acquiesça, l'air songeur, et je vis bien qu'il tournait et retournait cette phrase dans sa tête.

– Oui, murmura-t-il. C'est juste. Tu crois que c'est aussi l'avis de Mlle Channing ?

Sans raison aucune, je répondis :

– Oui, je crois.

Ma réponse parut le satisfaire.

– Eh bien, oui, tu as raison, Henry. C'est tout à fait vrai. Que la majorité des gens le croie ou non.

Ce fut, je pense, de ce moment que je sentis qu'il existait entre M. Reed et moi cette complicité qui me donnerait envie de travailler avec lui sur son bateau tous les après-midi et les week-ends s'il le fallait pour le terminer, de l'écouter pendant les semaines qui suivraient me parler d'un ton insouciant et enjoué au début, puis de plus en plus sombre jusqu'à ce que, vers la fin, il semble embourbé dans une nuit sans fin.

Le soir tombait quand je finis par rentrer chez moi, et je me rappelle que, tandis que je gravissais la route de la corniche, le crachin de l'automne me fit l'effet d'une pluie printanière, non pas annonciateur d'un froid plus vif, mais de l'imminence d'une floraison.

À mon arrivée à la maison, le couvert du dîner était déjà dressé, mes parents occupaient leurs places respectives à chaque bout de la table, et Sarah allait de l'un à l'autre en fredonnant, mais tout bas afin que ma mère ne l'entende pas.

Au moment où je m'assis, mon père jeta un coup d'œil à sa montre de gousset.

– Tu sais l'heure qu'il est, Henry ?

Je l'ignorais, mais affirmai que oui, puis lui donnai une raison qui, je le savais, justifierait mon retard.

– J'étais à la marina, j'aidais M. Reed.

– Tu aidais M. Reed ? s'étonna ma mère d'un air incrédule. À faire quoi ?

– À construire son bateau, répondis-je, lançant un coup d'œil à Sarah qui m'adressa discrètement un petit sourire complice. Il y travaille depuis longtemps. Il veut l'avoir terminé pour l'été.

Ma mère ne put se retenir d'exprimer sa réprobation.

– C'est plutôt sa maison au bord de l'étang qui aurait bien besoin de travaux, fit-elle d'un air pincé, et non je ne sais quel bateau à la marina.

– Voyons, Mildred ! se récria mon père, toujours soucieux que les professeurs de Chatham School ne soient pas critiqués devant moi. Ce que fait M. Reed de son temps libre ne regarde que lui. Mais il te revient d'être à l'heure pour le dîner, Henry, alors veilles-y dorénavant.

– Oui, père, répondis-je, jetant un autre coup d'œil à Sarah dont je vis le sourire s'élargir et le regard briller d'une lueur de malice.

Sa chambre se trouvait sous les combles.

Le petit coup frappé à la porte dut la surprendre.

– C'est qui ? demanda-t-elle, une pointe d'appréhension dans la voix.

– C'est moi, Henry, répondis-je dans l'obscurité totale de l'escalier étroit. Mlle Channing m'a chargé de te remettre un livre.

Elle entrouvrit sa porte, son visage baignant dans la clarté d'une bougie.

– Tu ne devrais pas être ici, Henry, chuchota-t-elle. Imagine que tes…

– Ils dorment, l'interrompis-je.

Je lui adressai un sourire finaud avant d'ajouter :

– Je le sais : j'entends ma mère ronfler.

Elle pouffa de rire, plaquant vivement la main sur sa bouche.

– Vite, alors, m'intima-t-elle en ouvrant complètement sa porte.

La pièce, minuscule, était mansardée, le lit calé contre le mur du fond, à l'autre bout se trouvaient une petite table et une chaise, ainsi qu'une petite commode sur laquelle trônaient une cuvette et un broc de toilette en faïence. Aujourd'hui, quand je me remémore cette pièce, elle me paraît encore plus petite, particulièrement lorsque je la compare aux attentes de la jeune fille qui y a vécu, à l'existence à laquelle elle aspirait.

– Mlle Channing m'a demandé de te donner ça,

dis-je en lui tendant le manuel scolaire qu'elle tenait de M. Reed.

Sarah le prit et alla s'asseoir sur son lit. Je restai à quelques pas d'elle, la regardant ouvrir le livre.

– C'était le livre d'apprentissage de la lecture de M. Reed, précisai-je. Celui qu'il avait en primaire. Mlle Channing veut que tu l'apportes dimanche.

Elle le feuilleta jusqu'à la fin. Puis elle revint au début.

– Regarde, Henry, murmura-t-elle, les yeux fixés sur la page de garde.

Je m'approchai du lit et m'assis à côté d'elle.

– Regarde ce que M. Reed a écrit pour Mlle Channing, dit-elle.

Les mots avaient été tracés à l'encre bleu foncé, de la petite écriture torturée de M. Reed reconnaissable entre toutes, mais ils étaient mille fois plus tendres que lui.

Ma chère Élizabeth,

Puissiez-vous faire bon usage de ce livre, bien qu'il soit, comme son propriétaire, vieux et usé.

Amitiés,

Leland

Le regard de Sarah s'attarda un moment encore sur cette dédicace, puis elle le leva vers moi, sa main effleurant la mienne, contact très doux, presque soyeux, aussi léger qu'un ruban.

– Tu as déjà été amoureux, Henry ? voulut-elle savoir, butant étrangement sur les mots, me considérant d'un air tendre et implorant qui ne m'a jamais quitté depuis, et me visite souvent par les nuits venteuses où la neige s'amoncelle jusqu'à la fenêtre, et où je suis seul avec mes souvenirs d'elle.

Ma réponse tomba, rapide et sûre.

– Non.

Je vis ses épaules ployer légèrement, sentis sa main se retirer. Elle ferma le livre et le posa à côté d'elle sur le lit.

– Il vaut mieux que tu t'en ailles maintenant, dit-elle, gardant les yeux baissés cette fois.

Je gagnai la porte, l'ouvris et sortis sur le petit palier.

– Bon, alors, bonne nuit, Sarah, chuchotai-je, me retournant pour refermer la porte.

Elle ne releva pas la tête, qu'elle tournait légèrement, si bien que le rideau noir de ses cheveux recouvrait son profil droit.

– Bonne nuit, Henry.

Ce furent les seules paroles qu'elle prononça.

Je fermai la porte, puis regagnai ma chambre. Je ne crois pas avoir repensé à Sarah cette nuit-là. En revanche, j'ai souvent songé à elle depuis, me suis souvent demandé si les choses auraient tourné autrement au Noir-Étang si j'étais resté un peu plus longtemps dans sa chambre. Peut-être aurais-je fini par saisir le ruban qui pendillait à sa chemise de nuit, le dénouant doucement d'une main fébrile, en venant ainsi à connaître à la fois l'ivresse du premier baiser et les plaisirs inhérents au grand amour. Je ne sais si Sarah se serait donnée à moi cette nuit-là, mais l'eût-elle fait qu'il est probable que c'est vers elle que je serais retourné par la suite plutôt qu'au hangar à bateau ou à Milford Cottage. J'aurais probablement alors connu l'amour de près, traversé toutes ses saisons, et, ce faisant, en serais sans doute venu à ne pas considérer le printemps comme une cruelle déception et l'hiver comme l'atroce vérité des choses.

14

Au bout du compte, j'ai préféré théoriser sur la vie plutôt que de la vivre.

C'est le constat que j'avais exprimé un beau jour, alors que je me trouvais à mon cabinet. Je m'adressais au fils de Me Parsons, Albert Parsons Jr, lui et moi avions environ cinquante-cinq ans à l'époque, et son père était devenu affreusement vieux et sénile, silhouette vissée sur un banc devant la mairie, marmonnant dans sa barbe en jetant des miettes aux pigeons.

– Que de livres, Henry ! s'exclama-t-il d'un ton vaguement accusateur. Tu les as tous lus ?

J'eus un sourire forcé.

– Ils sont ce que j'ai en guise de femme et d'enfants.

Albert s'esclaffa.

– Tu es impayable, Henry ! Un vrai philosophe de comptoir.

Il s'enfonça dans son siège et laissa errer son regard sur les étagères qui tapissaient les murs de mon bureau.

– Grecs et Romains, dit-il. Pourquoi eux en particulier ?

– C'étaient les auteurs de prédilection de mon père.

– Pourquoi ça ?

Je haussai les épaules.

– Il pensait sûrement qu'ils avaient une vision plus claire de la chose.

– De quelle chose ?

– La vie.

Il se remit à rire.

– Tu es impayable, Henry ! répéta-t-il.

Nous venions d'aboutir à un accord qui nous semblait à tous deux acceptable par nos clients, le sien étant le plaignant dans un litige concernant un contrat de construction, et le mien, un entrepreneur en bâtiment local nommé Tom Cannon.

– Tu sais, Henry, j'ai été un peu surpris de voir apparaître le nom de Tom Cannon dans une telle action en justice, reprit Albert. Il a souvent travaillé pour moi, et je n'ai jamais eu à m'en plaindre.

Il but une gorgée du cognac que je venais de lui servir pour sceller notre transaction.

– C'est même lui qui a construit la petite pièce dont mon père s'est servi comme bureau pour écrire ses Mémoires.

Une partie du passé s'imposa brutalement à moi, et je revis en imagination Me Parsons campé devant les jurés lors du dernier jour du procès de Mlle Channing, un homme d'une quarantaine d'années alors, encore jeune et vigoureux, certain d'avoir découvert la vérité sur elle, qu'il révélait afin que tous voient le complot meurtrier qu'elle avait ourdi avec Leland Reed.

– Comment se porte Me Parsons en ce moment ? m'enquis-je.

– Oh, aussi bien qu'on puisse l'espérer, dirais-je, répondit son fils. Évidemment, vu son état, il ne peut plus faire grand-chose à part rester assis, indiqua-t-il, buvant goulûment une autre gorgée de cognac. Il passe le plus clair de son temps autour du tribunal. Ou sur son banc devant la mairie, ajouta-t-il avec un haussement d'épaules. Il parle tout seul. Le grand âge, tu sais ce que c'est.

J'eus la vision de Me Parsons sur son banc solitaire, sa main s'enfonçant à un rythme régulier dans un sac en papier rempli de miettes de pain ou de pop-corn qu'il lançait sur la pelouse, un cercle de pigeons s'agitant autour de lui comme la surface mouvante d'une flaque d'eau grise.

Albert tira une bouffée de son gros cigare, puis fit tomber la cendre dans le cendrier en verre ambré posé sur mon bureau.

– Il parle de ma mère, bien sûr, et puis de ma sœur et de moi, poursuivit-il d'un air absent. Et aussi de certaines de ses grandes affaires. Elles lui reviennent à l'esprit de temps en temps.

– L'affaire de Chatham School, ne pus-je m'empêcher d'éructer.

Albert me regarda, comme s'il était surpris que j'y aie tout de suite pensé.

– Oui, surtout celle-là, admit-il. Il a été très impressionné par cette femme… comment s'appelait-elle, déjà ?

– Channing, répondis-je. Élizabeth Channing.

Albert hocha la tête.

– Personne n'aurait pu imaginer qu'elle causerait autant d'ennuis, ajouta-t-il avec un petit rire. Surtout pas ton père.

Inévitablement, il me revint que les habitants de Chatham avaient fini par tenir mon père en partie responsable des faits qui s'étaient produits au Noir-Étang. Ce fut le prix qu'il paya pour avoir en premier lieu embauché Mlle Channing, et en second lieu, selon eux, fermé les yeux sur son comportement, faute que le voisinage ne fut pas près d'oublier, et sa femme de lui pardonner.

– Tu crois qu'à un moment il a eu des soupçons, Henry ?

Je revis la tête que faisait mon père en refermant la porte de son bureau ce jour-là, et Me Parsons dans son costume sombre, plongeant les mains dans le carton qu'il avait posé sur la chaise à côté de lui, en sortant un livre et une longueur de corde grise, et les présentant à Mlle Channing qui se tenait devant lui en robe blanche.

– Pas sur ce dont on l'a accusée, répondis-je. Non, je ne crois pas qu'il l'ait jamais soupçonnée d'avoir fait cela.

– Je me demande bien pourquoi, remarqua Albert avec désinvolture, comme s'il ne parlait que d'une curiosité locale. Elle était quand même un peu bizarre, non ?

L'espace d'un instant, je crus la voir assise, silencieuse, à l'autre bout de la pièce, me fixant du regard pour la dernière fois, ses cheveux gras, emmêlés, sales, le teint livide, mais pourtant rayonnante dans la pénombre. D'une voix désincarnée, je l'entendis murmurer les ultimes paroles qu'elle devait m'adresser : *Maintenant, va-t'en, Henry. S'il te plaît.*

– Non, elle n'était pas bizarre, objectai-je. C'est ce qui lui est arrivé qui l'était.

Albert haussa les épaules.

– Tu sais, j'étais tout petit à l'époque, alors la seule chose dont je me souvienne réellement, c'est que c'était une jolie femme.

Je revis l'expression de mon père, cet été-là, quand elle s'était avancée vers nous à travers la pelouse de Milford Cottage, marchant pieds nus dans l'herbe humide, puis celle de M. Reed quand il la regardait sur la colline en cette matinée neigeuse de novembre.

– Une belle femme, rectifiai-je. Mais elle n'y pouvait rien, hein ? ajoutai-je en portant le regard vers la fenêtre, puis au-delà, sur le phare d'où elle s'était enfuie en ce terrible après-midi.

– Une chose est sûre, décréta Albert. On peut dire que c'est l'homme qui a fait sensation dans cette histoire. L'autre professeur, je veux dire.

– Leland Reed.

– Lui, oui, confirma Albert en laissant échapper un petit rire moqueur. Enfin, Dieu du ciel, qui aurait cru qu'un homme comme lui attirerait une jeune femme aussi séduisante que cette Channing ?

Il hocha la tête devant les étrangetés des êtres humains, leurs pauvres incohérences, leur imprévisibilité, l'inextricable jungle qu'ils font de la vie.

– Mince alors ! poursuivit-il. Ce type, Reed, il ressemblait à un fichu monstre de foire, autant que je m'en souvienne, avec son visage couvert de cicatrices. Une loque, comme disait mon père. C'est le terme qu'il a employé. Une loque.

Je détachai mon regard du phare et l'arrêtai sur le vieux chêne qui, juste en face, brandissait ses branches dénudées, tordues et enchevêtrées en un réseau chaotique. Au-delà, dans une rue lointaine qui menait à la marina, je distinguais le toit gris du vieux hangar où M. Reed et moi avions trimé pour construire son bateau. Dans les souvenirs que j'ai gardés de cette époque, je le revois travailler fébrilement toute la soirée, peindre, vernir, boucler les derniers préparatifs du voyage inaugural. Comme si un être invisible murmurait à mon oreille, je l'entends dire : *Disparaître, disparaître*, sinistre incantation de ses derniers jours.

– Cela étant, cette Channing a bien dû lui trouver quelque chose, remarqua Albert en souriant. Qu'en dis-tu, Henry ? Les mystères de l'amour.

Mais la nature de ce que Mlle Channing avait pu trouver à Leland Reed n'intéressait guère Albert Parsons Jr. Il écrasa son cigare dans le cendrier.

– Ils ne s'en sont pas bien tirés, en tout cas, dit-il. C'est l'essentiel. Mon père m'a dit un jour qu'il ne serait jamais allé jusqu'au fond de l'affaire – qu'il aurait simplement pensé que tout cela n'avait été qu'un tragique accident – si tu n'avais pas été là.

Je sentis une brèche s'ouvrir dans les épaisses murailles que j'avais bâties autour de mes souvenirs de cette époque. Je revis en imagination Me Parsons face à moi, alors que nous nous trouvions sur le terrain de sport de Chatham School et qu'il tournait soudain la tête en direction du Noir-Étang avant de reporter le regard sur moi tandis que sa main se posait doucement sur mon épaule en un geste paternel. *Merci, Henry. Je sais bien que la vérité n'est pas facile à dire.*

La une du journal l'annonçait sans détour : TÉMOIGNAGE D'UN ÉLÈVE DANS L'AFFAIRE DE CHATHAM SCHOOL.

Une photographie s'étalait sous ce gros titre, celle d'un jeune homme en pantalon foncé et veste grise, aux cheveux bruns lissés en arrière et peignés avec soin pour l'occasion, personnage qui ne ressemblait en rien au garçon au regard égaré qui s'était trouvé au sommet du phare quelques semaines plus tôt, dessinant comme un forcené, donnant de Chatham des visions vacillantes et cauchemardesques d'un autre monde.

En ville, on ne se souvient sans doute plus de ce que j'ai déclaré à la barre, mais moi, je ne l'oublierai jamais. C'est pour cette raison que, ce jour-là, plus de quarante ans plus tard, alors que j'étais assis dans mon bureau en compagnie d'Albert Parsons Jr, le regardant allumer un deuxième cigare, je vis tout défiler de nouveau devant mes yeux ; moi dans le box des témoins, vêtu du pantalon noir et de la veste grise de Chatham School, bien coiffé, toutes mes grandes idées de fuite et de liberté bridées par la première question que me posa Me Parsons : *Quand as-tu vu Élizabeth Channing pour la première fois ?*

Puis il poursuivit gentiment son interrogatoire, allant et venant devant moi qui étais assis très raide dans le box des témoins, sous l'éclatant soleil matinal qui entrait à flots par les hautes fenêtres et se reflétait à intervalles réguliers dans les verres de ses lunettes tandis qu'il traversait d'aveuglants rais de lumière.

Me Parsons : Donc, tu es élève à Chatham School, c'est bien ça, Henry ?

Témoin : Oui, maître.

Me Parsons : Où tu suivais des cours de littérature avec M. Leland Reed et d'arts plastiques avec l'accusée, Mlle Élizabeth Channing ?

Témoin : Oui.

Me Parsons : Dirais-tu que M. Reed s'intéressait particulièrement à toi ?

Témoin : Oui, c'est vrai.

Me Parsons : Mlle Channing également ?

Témoin : Oui.

Me Parsons : Comment décrirais-tu l'intérêt que Mlle Channing te portait, Henry ?

Témoin : Eh bien, elle s'intéressait surtout à ma manière de dessiner. Elle m'a dit que j'avais du talent, que je devais m'acheter un carnet à dessins et dessiner à mes moments perdus.

Assis dans le box des témoins, entendant résonner ma voix dans la salle d'audience, je me rappelai toutes les fois où, ce carnet coincé sous mon bras, j'étais parti de la maison de Myrtle Street, silhouette solitaire marchant en ville d'un air solennel ou me promenant sur la plage, enthousiaste à l'idée de mener une vie d'artiste, de parcourir le monde comme le père de Mlle Channing, créature sans port d'attache.

Me Parsons : Tu dessinais beaucoup à ce moment-là.
Témoin : Oui, beaucoup.
Me Parsons : Mais ce n'était pas ta seule activité, n'est-ce pas, Henry ?
Témoin : Pas ma seule activité ?
Me Parsons : Eh bien, tu t'es aussi impliqué dans un autre projet cette année-là à Chatham School, n'est-ce pas ? Avec M. Reed, j'entends.
Témoin : Ah, oui.
Me Parsons : De quelle activité s'agissait-il ?
Témoin : Je l'aidais à construire son bateau.

En prononçant ces paroles, je me revis me rendant très souvent au hangar à bateau que M. Reed louait près du port, assis à ses côtés tandis que nous roulions doucement le long de la route côtière dans sa vieille automobile, M. Reed me parlant tranquillement, moi l'écoutant en silence, mes doigts tambourinant incessamment sur le carnet à dessins posé sur mes genoux, des visions de plus en plus extravagantes se succédant dans mon imagination : l'existence vagabonde à laquelle j'aspirais tant, des trains s'engouffrant dans des tunnels de montagne, des bateaux de nuit en partance pour Tanger.

Mais ce n'étaient ni mes fantasmes d'adolescent ni même ma relation avec M. Reed que Me Parsons souhaitait explorer le jour où il m'interrogea au procès, et je me rappelle très bien la façon dont je me suis raidi quand il commença de tendre ses filets pour capturer la seule proie qu'il visait.

Me Parsons : Donc, au cours de cette dernière année que tu as passée à Chatham School, tu en es venu à bien connaître Mlle Channing ?
Témoin : Oui.
Me Parsons : Et, parfois, tu lui rendais visite à son cottage du Noir-Étang, c'est bien cela ?
Témoin : Du Noir-Étang, oui, maître.
Me Parsons : En compagnie de Sarah Doyle, c'est exact ?
Témoin : Oui.

Toutes ces nombreuses occasions défilèrent dans ma tête tandis que les questions se succédaient, suivies de mes réponses, Me Parsons guidant alors la salle silencieuse dans les méandres d'un conte de plus en plus sinistre, mon esprit s'évertuant à éviter la partie dont il ignorait encore tout, à ne pas revoir ce que j'avais vu en ce jour fatal : une femme assise sous une véranda, équeutant des haricots qu'elle piochait dans le grand saladier bleu posé sur ses genoux et dont elle laissait tomber les pointes coupées dans un seau à ses pieds, puis se levant lentement en me voyant venir vers elle au loin, et me fixant intensément de ses yeux devant lesquels elle avait mis une de ses mains talées en visière pour les protéger du soleil d'été trop éclatant.

Sans rien révéler de tout cela, mes réponses avaient continué de s'adapter aux questions de Me Parsons, n'ajoutant rien, progressant avec lui au fur et à mesure, apportant les éclaircissements qu'il demandait sur des points qui semblaient très anodins mais qui, j'en avais conscience, visaient mortellement la seule coupable désignée dans la salle.

Me Parsons : As-tu eu l'occasion de voir Mlle Channing dans sa salle de classe à Chatham School dans l'après-midi du vendredi 21 décembre 1926 ?

Témoin : Oui.

Me Parsons : Pourrais-tu rapporter à la cour la teneur de cette entrevue ?

Cela s'était passé la dernière semaine d'école avant les vacances de Noël, avais-je alors expliqué à la cour, environ un mois après le jour où, arrivant par la route côtière, j'avais vu Mlle Channing et M. Reed bavarder ensemble au bord de la falaise. Ce même après-midi-là, j'étais ressorti du cours de Mlle Channing plutôt démoralisé car elle n'avait pas été très enthousiasmée par les dessins que je lui avais montrés, des mers démontées et des forêts inextricables, et m'avais suggéré de m'essayer à « un sujet moins ambitieux », un vase de fleurs ou une coupe de fruits.

Pendant presque toute la journée du lendemain, j'avais ruminé sa suggestion. Puis une idée m'était venue pour regagner un peu l'estime dont j'avais terriblement besoin à l'époque. Dans ce but, j'étais retourné dans la salle de classe de Mlle Channing le lendemain en fin de journée.

Me Parsons : Mlle Channing était seule à ton arrivée ?

Témoin : Oui, elle était seule.

Jusqu'à ce moment-là de ma déposition, j'avais répondu aux questions de Me Parsons de manière directe et concise. Puis, d'un seul coup, je me mis à donner des détails inutiles. J'étais allé trouver Mlle Channing en ayant une idée précise en tête, lui expliquai-je, le regardant droit dans les yeux, parlant à voix basse, chuchotant presque, comme si je m'étais convaincu moi-même que tout ce que je dirais dès lors resterait entre lui et moi, qu'il n'y avait pas de jurés, pas de bancs occupés par l'assistance, pas de journalistes pour noter mes propos et s'en faire l'écho dans le vaste monde.

Mlle Channing préparait ses cours du lendemain, racontai-je à la cour. J'étais entré sans faire de bruit, et elle fut un peu étonnée de me voir.

Me Parsons : Étonnée ? Pourquoi donc ?
Témoin : Probablement parce qu'elle attendait quelqu'un d'autre.
Me Parsons : Qui ?
Témoin : M. Reed, je suppose.
Me Parsons : Que s'est-il passé ensuite ?
Témoin : Elle m'a parlé.
Me Parsons : Qu'a-t-elle dit ?

– Henry ? dit-elle.

J'étais à la porte, face à elle. À sa façon de me regarder, je devinais qu'elle ne s'attendait pas à me voir là.

– Qu'y a-t-il, Henry ?

Je voulais lui répondre ouvertement, lui dire franchement pourquoi je revenais la voir à cette heure, mais l'expression de son visage me réduisit au silence.

Me Parsons : Quelle était cette expression, Henry ?

Témoin : Eh bien, Mlle Channing avait une façon bien à elle de vous regarder qui vous... qui vous faisait...

Me Parsons : Qui vous faisait quoi ?

Témoin : Je ne sais pas. Elle était différente, c'est tout. Différente des autres professeurs.

Me Parsons : Différente ? En quel sens ?

Témoin : Eh bien, elle avait une autre façon de faire cours. Je veux dire, elle nous parlait des lieux qu'elle avait visités, de choses qui s'étaient passées dans ces lieux.

Me Parsons : Ces « choses qui s'étaient passées », étaient-ce d'agréables choses ?

Témoin : Pas toujours.

Me Parsons : En fait, bon nombre d'entre elles étaient même très cruelles, je me trompe ? Elle vous parlait de la violence ? De la mort ?

Témoin : Parfois.

Me Parsons : Elle a bien raconté à la classe l'histoire d'une certaine sainte Lucie ? Une femme qui s'était elle-même arraché les yeux ?

Témoin : Oui. Elle nous a parlé de l'église, à Venise, où se trouvent ses reliques.

Me Parsons : Une autre de ses histoires concernait un meurtre d'enfants, non ?

Témoin : Oui. Les petits princes. C'est ainsi qu'elle les appelait.

Me Parsons avait poursuivi mon interrogatoire avec des questions similaires, exhumant d'autres récits que nous avait relatés Mlle Channing, ceux d'enfants enterrés vivants ou de femmes noyées, avant de finir par en revenir à l'après-midi où j'étais allé la trouver dans sa salle de classe.

Me Parsons : Bien. Maintenant, dis-moi, Henry, finalement, as-tu expliqué à Mlle Channing pourquoi tu venais la voir ?

Témoin : Oui.

Me Parsons : Et que lui as-tu dit ?

– J'aimerais vous dessiner.

– Me dessiner ? répéta-t-elle. Pourquoi ?

– J'ai déjà essayé une fois, répondis-je, dissimulant la véritable motivation qui me poussait à vouloir faire un portrait d'elle, mais ce n'était pas très bon.

Je brandis le carnet à dessins que j'avais coincé sous mon bras.

– J'aimerais réessayer, si ça ne vous ennuie pas.

– Tu voudrais que je pose pour toi, Henry ?

J'acquiesçai d'un mouvement de tête.

– Seulement jusqu'au moment où… vous irez retrouver M. Reed.

Je me rendis compte que l'expression que j'avais utilisée, la façon dont j'avais dit « vous irez retrouver M. Reed », lui parut lourde de sous-entendus, mais je n'ajoutai rien de plus.

Me Parsons : Donc, il était clair pour toi que Mlle Channing avait déjà conscience que tu avais des soupçons sur la nature de sa relation avec M. Reed ?

Témoin : Je crois, oui.

Me Parsons : Et comment a-t-elle réagi au fait qu'on pouvait avoir de tels soupçons sur elle ?

Témoin : Comme si elle s'en fichait.

Me Parsons : Qu'est-ce qui t'a donné cette impression ?

Témoin : Ce qu'elle a dit et sa façon de le dire.

Elle redressa la tête en un mouvement qui lui donna un air presque fier, et dit :

– Justement, M. Reed sera bientôt là.

– Je peux vous dessiner jusqu'à ce qu'il arrive, rétorquai-je.

Je fis gauchement un pas dans sa direction, noyé dans la lumière de l'après-midi qui entrait à flots par la fenêtre donnant sur la cour.

– Pour m'exercer un peu, insistai-je.

– Où veux-tu que je me mette ? demanda-t-elle.

Je fis un signe de tête vers la table en bois qui lui servait de bureau.

– Juste assise à votre bureau, ce serait bien, répondis-je.

Me Parsons : Donc, Mlle Channing a posé pour toi cet après-midi-là ?

Témoin : Elle n'a pas vraiment posé. Elle s'est seulement assise à son bureau et elle a travaillé pendant que je dessinais.

Me Parsons : Pendant combien de temps ?

Témoin : À peu près une heure. Jusqu'à ce que M. Reed vienne la chercher. Il commençait à faire nuit.

Me Parsons : En fait, il faisait déjà suffisamment nuit pour tu aies dû allumer la lumière dans la salle de classe, n'est-ce pas, Henry ?

Témoin : C'est-à-dire que je la voyais, mais j'avais besoin de plus de lumière, oui.

Me Parsons : Tout ce que j'essaie de démontrer c'est qu'il était très tard dans l'après-midi quand M. Reed est venu dans la salle de classe de Mlle Channing.

Témoin : Oui, il était très tard.

Me Parsons : Peut-on raisonnablement en conclure

que tous les autres professeurs avaient quitté Chatham School à ce moment-là ?

Témoin : Oui.

Me Parsons : Et où étaient les autres élèves ?

Témoin : Dans le dortoir, pour la majorité d'entre eux. Au premier étage. C'était presque l'heure du dîner.

Me Parsons : Donc, quand M. Reed est arrivé dans la classe de Mlle Channing, il devait sûrement s'attendre à la trouver seule, non ?

Témoin : Oui.

Me Parsons : Quand Mlle Channing s'est avisée de la présence de M. Reed, as-tu remarqué une réaction de sa part ?

Témoin : Oui.

Me Parsons : Quelle a été cette réaction ?

Le regard de Mlle Channing s'éclaira d'un coup, indiquai-je à la cour, et elle sourit.

– Je pensais que vous m'aviez oubliée, s'exclama-t-elle, son attention braquée sur l'entrée de la pièce.

Je tournai la tête et vis M. Reed appuyé sur sa canne, dans l'encadrement de la porte.

– Je vous dérange ? s'excusa-t-il en s'avançant dans la salle, tournant le regard vers moi avant de le reporter sur Mlle Channing.

– Non, assura-t-elle. Henry voulait seulement s'entraîner à dessiner.

Elle se leva et rassembla ses affaires.

– Nous reprendrons ça une autre fois, me lança-t-elle.

J'acquiesçai d'un signe de tête, et m'apprêtais à refermer mon carnet, mais à ce moment-là M. Reed parcourut l'allée, les yeux fixés sur mon dessin.

– Pas mal, commenta-t-il, mais il manque encore quelque chose dans le regard.

Il se tourna vers Mlle Channing.

– Ce doit être impossible de rendre votre regard, murmura-t-il.

Elle lui sourit gentiment.

– Je suis prête, annonça-t-elle.

Elle se dirigea vers la porte. M. Reed recula d'un pas et la lui ouvrit, puis il la suivit des yeux quand elle la franchit.

– Tu viens, Henry ? demanda-t-il, jetant un coup d'œil derrière lui.

Je fermai mon carnet à dessins et sortis dans la cour où Mlle Channing attendait à côté de l'arbre, serrant quelques livres contre sa poitrine.

– Bon, eh bien, bonne nuit, Henry, dit-elle au moment où M. Reed la rejoignait, et avant que tous deux traversent la cour et pénètrent dans l'école, tandis que je marchais derrière eux à une courte distance.

Me Parsons : Donc, tu as plus ou moins suivi Mlle Channing et M. Reed, c'est bien ça ?

Témoin : Oui. Mais je me suis arrêté à la porte de l'école. Ils sont allés au parking. Jusqu'à la voiture de M. Reed. Puis ils sont partis.

Me Parsons : Sais-tu où ils se sont rendus ?

Témoin : Je l'ai appris plus tard.

Me Parsons : Comment l'as-tu appris, Henry ?

Témoin : C'est M. Reed qui me l'a dit. Le lendemain. En allant à Boston.

Me Parsons : Donc, à ce moment-là, M. Reed et toi aviez développé une relation qui l'autorisait à te confier ce genre de choses ?

Témoin : Oui, c'est ça.

Me Parsons : Pourrais-tu nous décrire la nature de cette relation ?

Ce fut en répondant à cette question que je proférai le seul mensonge que je fis à la barre, un mensonge dont la cruauté irrémédiable ne m'avait pas effleuré l'esprit avant que je le dise.

– M. Reed était un vrai père pour moi, racontai-je à Me Parsons, avant de lancer un coup d'œil en direction de mon propre père qui me fixait avec une triste question dans le regard : *Et moi, qu'étais-je donc pour toi, mon fils ?*

15

Contrairement à ce que j'affirmai à Me Parsons ce jour-là, M. Reed ne fut jamais comme un père pour moi. Ni un frère ni même un ami. Je dirais plutôt que nous menions des conspirations parallèles, égarés dans des fantasmes différents mais apparentés, les siens se concentrant sur Mlle Channing, les miens sur une existence libérée, indifférents lui et moi à ce qui pourrait arriver si nos rêves romantiques convergeaient.

Ma relation avec M. Reed évolua rapidement, si bien que, quelques semaines à peine après que nous eûmes commencé à travailler ensemble à son bateau, elle avait déjà pris la forme figée qui la caractériserait par la suite, M. Reed toujours vaguement dans le rôle du prof, et moi dans celui de l'élève, mais rehaussée d'une connivence inattendue, comme si nous étions au courant de choses ignorées de tous, dépositaires de vérités que le monde était trop lâche pour admettre.

Aux yeux des autres professeurs et des autres élèves de Chatham School, nous devions, pendant ces derniers mois, former un curieux tandem, M. Reed marchant lentement appuyé sur sa canne, et moi traînant toujours à ses côtés, mon carnet à dessins sous le bras, tous deux gravissant de temps à autre les marches du phare et nous plaçant le long du parapet métallique qui en faisait le tour, M. Reed pointant le bout de sa canne vers l'horizon comme pour montrer un endroit lointain, et peut-être inaccessible, jusqu'où il aspirait à voguer.

– Au-delà de la pointe de Monomoy Island, c'est le grand large, me dit-il un jour. Après, plus rien ne t'arrête.

Nous nous rendîmes à Boston en voiture la veille du jour de son départ pour le Maine avec Mme Reed et leur fille. Il voulait acheter une plaque pour le bateau, ainsi que des cordages.

– Ce qui se fabrique de plus élégant, c'est à Boston qu'on le trouve, m'expliqua-t-il. C'est fait non seulement pour être utilisé, mais aussi pour être… admiré.

Nous empruntâmes l'ancienne route qui s'incurvait le long de la côte et traversait Harwichport et Dennis, puis Hyannis pour continuer jusqu'au canal. C'était tout juste un large fossé boueux à l'époque, le pont de Sagamore n'était pas encore construit, si bien que nous le traversâmes en brinquebalant sur la passerelle en bois qu'on avait jetée d'un bord à l'autre des années auparavant, construction branlante faite d'acier et de planches, fonctionnelle mais, pour reprendre les termes employés par M. Reed, imparfaite à l'image de la majeure partie de la vie.

De l'autre côté du canal, je me retournai vers le cap qui rapetissait derrière nous.

– Vous savez ce que Mlle Channing a pensé la première fois qu'elle a vu le cap ? demandai-je.

M. Reed fit non de la tête.

– Qu'il avait l'air tourmenté, dis-je. Comme un martyr.

– Oui, c'est bien d'elle d'avoir dit ça, remarqua-t-il avec un petit sourire étrangement satisfait.

Il resta silencieux un moment, les yeux rivés sur la route plus large qui menait à Boston.

– Tu as dû nous voir partir de l'école, Mlle Channing et moi, hier après-midi.

J'affectai de ne pas en avoir fait grand cas.

– Vous partez toujours ensemble.

Il hocha la tête.

– D'habitude, je la reconduis directement chez elle, reprit-il, mais hier, nous sommes allés au vieux cimetière de Brewster Road.

Il attendit que je pose une question. Comme aucune ne vint, il poursuivit :

– Nous voulions bavarder un petit moment. Être seuls.

Il fixait la route, la mèche de cheveux bruns qui lui était retombée sur le front tremblotant légèrement à présent au gré du déplacement de la voiture.

– Donc, nous sommes allés au cimetière. Juste pour échapper… aux autres, acheva-t-il en souriant. J'avais promis à Mlle Channing de la ramener chez elle avant la tombée du soir.

Le paysage défilait de part et d'autre. Je n'avais pas quitté le cap depuis plus d'un an, et puisais une indéniable surexcitation dans la vitesse de l'automobile, le déroulement du paysage, le vaste monde qui semblait s'étendre, inconnu, tout juste hors de ma portée.

– Je ne sais pas trop pourquoi j'ai choisi ce cimetière, poursuivit M. Reed comme s'il tournait autour du pot. Pour ce qu'on y trouve, sans doute. Le silence, la solitude.

– Mlle Channing a bien aimé ? demandai-je.

– Oui. Au milieu, il y a un petit bosquet. Des arbres à feuilles persistantes, autour d'un bassin en rocaille.

Il eut un rire forcé.

– C'est surtout moi qui ai parlé. De ma vie, vois-tu.

Là-dessus, M. Reed s'épancha beaucoup sur ce dont il avait parlé à Mlle Channing dans le cimetière la veille en fin d'après-midi : le fait qu'il était né dans un quartier populaire de Boston, un univers étriqué fait d'usines vibrantes, de bruits de ferraille et d'immeubles crasseux où les gens vivaient sous des nuages de vapeurs industrielles et de poussière de charbon.

– Mon père est parti quand j'étais petit. Ma mère était… heu… différente de la tienne, Henry, remarqua-t-il avec un sourire. Elle ressemblait plutôt à Sarah. Avec ses longs cheveux noirs, j'entends, et son teint pâle. Le noir irlandais, comme on dit. Ma mère voulait que je devienne employé de bureau. Dans une banque, ou autre. Que je m'habille en costume-cravate.

Il baissa un bref instant les yeux sur sa veste marron, les poignets effilochés, les traces de craie.

– Mais il en aura été autrement, acheva-t-il.

– Comment se fait-il que vous soyez devenu enseignant ?

– Tout simplement en lisant des livres, je suppose. Il y avait une école à Baintree. C'est là que je suis allé. La guerre a tout interrompu, mais à mon retour j'ai obtenu un poste à la Boston Latin School.

Je vis ses doigts se serrer autour du volant.

– C'est drôle qu'on doive prendre tant de décisions sans s'y être préparé, murmura-t-il. Toutes les plus importantes, je dirais. Sur ta vie. Ton travail. La femme que tu épouses.

Soudain, il me regarda avec une gravité qui me frappa.

– J'espère que tu prendras les bonnes décisions, Henry. Si tu ne le fais pas, la vie peut tellement te… prendre en traître. On en arrive à se demander pourquoi on s'acharne à la vivre.

Personne ne m'avait jamais parlé aussi intimement, avec autant de sollicitude, de considération pour mon bonheur futur. Il me semblait que mon père m'avait seulement exposé des règles de comportement sans jamais m'expliquer toutes les possibilités que la vie offrait, que son monde était une route droite et toute tracée, et celui de M. Reed un petit chemin semé d'ornières et d'embûches aux virages en épingle à cheveux, une voie contre laquelle il fallait me mettre en garde avant qu'il soit trop tard, que je sois devenu non pas ce que je voulais être, mais ce que mon père était déjà.

– Le plus important, c'est de ne pas se fixer trop vite, ajouta M. Reed au bout d'un moment. Dans la vie… comme en amour.

Un terrible manque envahit ses traits, comme s'il mesurait pour la première fois la profondeur de sa solitude et de son désespoir. J'eus envie de lui offrir quelque chose, un témoignage de la haute estime en laquelle je le tenais.

– Chatham School serait très différente sans vous, monsieur, lui dis-je.

Ma déclaration parut ne lui faire ni chaud ni froid.

– Oui, c'est sûr, répondit-il d'un ton sec. Que feraient les garçons sans moi ?

Je n'ajoutai rien, et me contentai de regarder M. Reed qui restait concentré sur la route, le visage figé dans cette expression d'intense aspiration que j'avais tenté de calmer de mon mieux, et qui demeurerait à jamais gravée dans ma mémoire, tant et si bien que je finis par penser que nous n'avions pas été créés à l'image de Dieu, mais à celle de Tantale, ce que nous désirons le plus dansant perpétuellement devant nos yeux et demeurant éternellement hors de notre portée.

Une fois en ville, M. Reed m'entraîna d'une boutique à l'autre, achetant les articles qu'il lui fallait, des poignées et des gonds en laiton qu'il manipulait délicatement avant d'en choisir certains, faisant courir légèrement ses doigts sur la surface lisse du métal, ou bien brandissant tel ou tel objet dans la lumière, le contemplant d'un air songeur avec, parfois, un sourire émerveillé, comme les pirates des temps jadis se délectaient de la vue d'un doublon d'or.

À midi, nous étions venus à bout de la liste des emplettes de M. Reed. Emmitouflés dans nos manteaux d'hiver, nous avions ensuite déjeuné sur un banc du Boston Common, près du jardin botanique, en face de l'imposante façade de l'hôtel Ritz, mâchant tous deux les sandwiches que Mme Reed nous avait préparés, et que M. Reed avait sortis, avec une Thermos de citronnade, d'une boîte en fer-blanc.

– Je m'étais lassé de Boston avant de venir à Chatham, déclara M. Reed. Mais maintenant…

– Maintenant quoi ?

– Maintenant, je pense m'être lassé de Chatham.

– Où voudriez-vous aller ?

Il haussa les épaules.

– N'importe où, soupira-t-il.

– Mme Reed s'est-elle lassée de Chatham, elle aussi ?

– Non, elle est parfaitement satisfaite d'y vivre, répondit-il, avec une étrange agitation dans le regard. Elle s'est toujours contentée de… peu.

Il réfléchit un petit moment, puis ajouta :

– Elle a peur de tout, Henry, murmura-t-il, tournant son regard vers moi. Parfois même de moi, je crois.

Sur ces mots, il détourna la tête et plaça la Thermos dans la boîte en fer-blanc qu'il referma d'un geste sec.

– Il est temps de repartir, indiqua-t-il en se levant,

déterminé, semblait-il, à clore cette discussion sur Mme Reed.

Ce fut cette fois-là que je me rendis compte que M. Reed avait déjà relégué sa femme dans une partie de sa vie reculée et inaccessible, qu'il l'avait enfermée dans un grenier ou une cave imaginaire où elle se tenait dans l'ombre, seule, à l'écart, guettant, avec je ne sais quel mélange d'impatience et de crainte, le bruit des pas de son époux dans l'escalier.

Comme nous regagnions la voiture, M. Reed s'arrêta net devant une bijouterie dans une rue latérale, non loin de l'endroit où nous nous étions garés.

– Regarde comme il est beau, Henry, dit-il, me montrant un collier en verre coloré.

Il le contempla comme si c'était un talisman qui pourrait par enchantement transfigurer un monde beaucoup trop terne.

– Il est très cher, remarquai-je, en ayant déchiffré la petite étiquette.

Il me considéra comme si je venais de le défier.

– Il faut peut-être, une fois de temps en temps, faire une folie, chuchota-t-il. Ne serait-ce que pour se prouver qu'on existe.

Sur ces bonnes paroles, il sourit et entra dans la boutique.

Je le suivis à l'intérieur, puis restai au comptoir pendant que le vendeur prenait le collier dans la vitrine et le tendait à M. Reed. Ce dernier le fit rouler lentement dans sa paume, si bien que le verre coloré scintilla dans la lumière.

– Je le prends, conclut-il.

Le vendeur enveloppa le bijou dans du papier de

soie, puis le plaça dans une petite boîte rouge. M. Reed le remercia, et glissa la boîte dans sa poche.

Quelques minutes plus tard, nous reprenions la route, M. Reed soudain d'excellente humeur, comme s'il avait en quelque sorte fait ses preuves en achetant ce collier, sa main rampant jusque dans la poche de sa veste, remuant doucement à l'intérieur, retournant délicatement la boîte, la caressant du bout des doigts, avec une curieuse excitation dans le regard.

Le soir tombait quand nous arrivâmes à Chatham. M. Reed me ramena directement chez moi, à Myrtle Street, la vieille automobile vibrant violemment en s'immobilisant dans mon allée.

– Merci de m'avoir accompagné, Henry, me dit-il.

Je hochai la tête, puis jetai un coup d'œil vers la maison. Je vis que ma mère me regardait entre les rideaux du salon.

– Je ferais mieux de rentrer, déclarai-je. Ma mère vit dans la crainte.

– La crainte de quoi ? demanda-t-il.

Je lui adressai un sourire entendu.

– De tout.

Il rit.

– Comme la majorité des gens, Henry.

Je descendis de voiture et me dirigeai vers les marches du perron. Au moment où je les atteignais, j'entendis M. Reed me héler.

– Henry ? Sarah et toi allez à Milford Cottage demain ?

– Sans doute.

– Dis à Mlle Channing que je passerai la voir à mon retour du Maine.

– D'accord, répondis-je, puis je me retournai et gravis les marches.

La soirée se déroula selon le train-train habituel. Je dînai avec mes parents, puis fis une courte promenade avec Sarah, au cours de laquelle nous allâmes nous asseoir tous les deux quelques minutes sur le banc de la falaise avant que le froid ne nous incite à rentrer.

– Je n'aime pas l'hiver au cap, murmura-t-elle en frissonnant.

– Moi non plus, renchéris-je. Ni l'automne, ni le printemps, ni l'été.

Elle rit et me donna un petit coup d'épaule.

– Encore un peu de patience, Henry, dit-elle. Tu iras bientôt à l'université. Rien ne t'obligera à revenir ici ensuite.

Je la regardai bien en face. Ne plaisantant qu'à demi, j'ajoutai :

– Si jamais je reviens ici, tue-moi.

Son visage s'assombrit.

– Ne dis jamais de choses pareilles, Henry. Même pour plaisanter.

Puis elle prononça des paroles qui sont restées gravées en moi depuis.

– Il faudrait savoir se contenter du simple fait d'être vivant.

Quelques minutes plus tard, seul dans ma chambre, je repensai à la journée que j'avais passée avec M. Reed, l'affection que je ressentais pour lui allant grandissant, de même que mon admiration, surtout pour l'audace que je voyais s'épanouir chez lui, rendant peut-être possible qu'il se libère de ses entraves. Je repensai au collier qu'il avait acheté sous le coup de l'impulsion, puis au fait que Noël approchait. Il me vint l'envie de lui faire un cadeau. Je réfléchis à quelque chose pour le bateau, une plaque en laiton peut-être, ou bien, pourquoi pas, une lanterne pour la petite cabine que nous avions presque terminée. Puis j'avisai le carnet à dessins posé sur mon bureau, et je sus alors quel serait le cadeau idéal.

Mais quelques mois plus tard, au terme de la première heure de ma déposition, il était clair que Me Parsons ne se préoccupait pas du tout de savoir ce que j'avais décidé d'offrir à M. Reed pour Noël. C'était un autre cadeau qui l'intéressait au plus haut degré : le collier rapporté de Boston.

Me Parsons : Donc, M. Reed a acheté un collier. Que s'est-il passé ensuite ?

Témoin : Il l'a mis dans sa poche, nous sommes retournés à sa voiture et rentrés à Chatham.

Me Parsons : M. Reed t'a-t-il dit à qui il destinait ce bijou ?

Témoin : Non.

Me Parsons : As-tu revu ce collier ?

Témoin : Oui, je l'ai revu.

Me Parsons : Où cela ?

Témoin : À Milford Cottage. Dans la chambre de Mlle Channing. Posé sur l'étagère à côté de son lit.

Me Parsons : Comment se fait-il que tu l'aies vu ?

Témoin : C'était le vendredi soir avant... les morts. Mlle Channing est allée dans sa chambre. C'est là que je l'ai vu. Elle l'a pris sur l'étagère, et elle me l'a donné.

Me Parsons : Que t'a-t-elle dit en te le donnant, Henry ?

Témoin : Elle m'a dit : « Débarrasse-m'en. »

Me Parsons : As-tu fait ce qu'elle te demandait ?

Témoin : Oui.

Me Parsons : Comment t'es-tu « débarrassé » de ce collier ?

Témoin : En le jetant dans le Noir-Étang.

Je me souviendrai toujours des murmures qui s'élevèrent alors parmi les personnes présentes dans la salle du tribunal, puis des coups de maillet du juge Crenshaw pour demander le silence. Comme on était en fin d'après-midi, il ajourna la séance.

Ce soir-là, pendant le dîner, mes parents et moi restâmes longtemps silencieux, tandis que la nouvelle bonne embauchée depuis peu entrait et sortait de la salle à manger, vive comme l'éclair, les cheveux d'un roux flamboyant. Puis, le regard brûlant, ma mère se tourna soudain vers moi.

– Ils se croyaient au-dessus de tout, dit-elle avec une amertume qui, dès lors, marquerait toute sa vie. Cette femme et M. Reed. Ils s'imaginaient que tout leur était permis, et que personne n'en saurait jamais rien.

Mon père, penché sur son assiette, redressa brusquement la tête, les yeux exorbités.

– Mildred, je t'en conjure.

– Qu'ils valaient mieux que nous tous, voilà ce qu'ils se disaient, s'obstina ma mère dont le regard noir s'était porté sur mon père. Sans se préoccuper de savoir qui ils faisaient souffrir.

– Mildred, je t'en conjure, répéta mon père, mais avec moins d'énergie. Ce n'est ni l'heure ni le lieu pour…

– Mais ils ont fini comme ils ont commencé : dans la mort, déclara ma mère, faisant allusion à leur rencontre au cimetière que j'avais décrite à l'audience quelques heures auparavant.

Je réentendais ce que j'avais déclaré, les réponses

que j'avais données, toujours soucieux de dire la vérité et rien que la vérité, m'écoutant en dire une, puis une autre, les accumuler chacune à ma manière en un faisceau de preuves qui, peu à peu, prenait la forme d'un mensonge monstrueux.

Ma mère redressa le menton.

– Je suis fière de toi, Henry, décréta-t-elle. Que tu te sois souvenu de ceux qu'ils ont assassinés.

J'entendis mon père soupirer.

– Mildred, tu sais très bien que…

Elle leva la main pour lui intimer silence. Elle me décocha un regard pénétrant qui me mit au supplice.

– N'oublie jamais ceux qui en sont morts, Henry.

Je ne les ai jamais oubliés. Mais chaque fois que je me souvenais d'eux, je repensais aussi à Mlle Channing et à M. Reed d'une manière que ma mère aurait exécrée. Car malgré tout, longtemps, très longtemps, j'ai persisté à les considérer comme deux figures romantiques, des versions modernes de Catherine et Heathcliff, côte à côte, tantôt au sommet d'une colline enneigée, tantôt marchant au bord de la mer en hiver, au lieu de courir l'un vers l'autre à travers la lande balayée par le vent.

Par moments, pourtant, me revenait l'image d'une rangée de pierres tombales en marbre dans ce même cimetière où, cet après-midi-là, il y a si longtemps, ils s'étaient rendus pour être seuls, et je les revoyais tels qu'ils m'étaient apparus en ce dernier printemps : M. Reed regardant vers la cour, attardant son regard sur Mlle Channing qui travaillait à sa colonne de visages.

Mais cela, c'était vers la fin, le rideau ne tarderait pas à tomber, tous les personnages commençaient à se placer pour la scène finale : Abigail Reed, se grattant les mains en regardant vers la berge opposée du Noir-Étang ; la petite Mary au bas des marches, les yeux braqués sur la remise obscure ; moi, marchant péniblement à travers bois le long de Plymouth Road sous la chaleur torride de l'été et, tournant en boucle dans ma tête, une phrase empruntée à William Blake et citée par M. Reed dans la cour de Chatham School, un jour qu'il regardait Mlle Channing sculptant sa colonne à quelques mètres de lui. *Plutôt étouffer un enfant au berceau que nourrir des désirs inassouvis.*

QUATRIÈME PARTIE

16

M. Reed et sa famille rentrèrent de leur séjour dans le Maine peu après le nouvel an, le 3 janvier 1927. Je sortais de l'épicerie-bazar, un gobelet de cidre chaud encore fumant à la main, quand leur automobile me dépassa à vive allure. Mme Reed était assise à l'avant, Mary à l'arrière, et une vieille malle vert olive ayant un coin légèrement enfoncé était solidement attachée sur le toit.

M. et Mme Reed ne me virent pas, car tous deux regardaient droit devant eux, le visage de M. Reed dans l'ombre de son feutre gris, et celui de sa femme figé dans un silence minéral, mais les yeux de Mary se tournèrent vers moi au moment où la voiture passait à ma hauteur, un sourire fragile apparut sur ses lèvres, sa petite main s'éleva, esquissant un geste pour me signifier qu'elle m'avait reconnu. *Coucou, Henry.*

Presque deux semaines s'étaient écoulées depuis le départ de M. Reed, et le fait de le voir revenir à Chatham me mit dans un état d'heureuse expectative, comme si, après un long intermède, le rideau venait de se lever de nouveau sur l'aventure à laquelle il m'avait associé.

Quand, après m'être précipité à la maison, j'appris à Sarah que je venais de voir M. Reed passer en voiture devant l'épicerie, elle se réjouit tout autant que moi de son retour.

– Vous allez pouvoir reprendre la construction du bateau ! s'écria-t-elle, tout heureuse. Peut-être le terminer pour cet été.

Pendant les vacances de Noël, Sarah et moi nous étions souvent retrouvés seuls à la maison, mes parents étant partis, ma mère à l'église aider des voisines à préparer le spectacle de la crèche vivante, et mon père à Chatham School travailler dans son bureau. Les vacances scolaires nous avaient donné l'occasion de nous parler plus intimement et plus longtemps que jamais. Sarah évoquait avec passion le jour où elle irait à l'université, son ardente ambition ne se satisfaisant plus du seul but d'acquérir les connaissances de base, mais se tournant résolument vers celui d'en maîtriser de plus hautes. Dans les années qui suivraient, il m'arriverait souvent de me dire que c'était elle qui aurait dû être l'enfant de mon père, fière et reconnaissante de l'éducation qu'elle avait reçue à Chatham School, et moi un garçon illettré arrivé par bateau d'un pays lointain, futur auteur de sa propre ruine.

Car, à ce moment-là, mon caractère et mes ambitions s'étaient beaucoup éloignés des préceptes paternels. C'était M. Reed qui m'attirait, et en particulier la vive insatisfaction que je percevais chez lui, son besoin de se dépasser, de se libérer de Chatham, de découvrir un monde nouveau, comme si la vie était une corne d'abondance, vaste et infinie, et non un petit panier mal garni où choisir un fruit revenait à devoir renoncer définitivement à un autre.

J'allai le retrouver au hangar à bateau le lendemain de son retour. Franchissant la porte en tenant fermement sous mon bras le cadeau de Noël que je lui apportais, je m'attendais à le trouver occupé, comme d'habitude, à raboter des planches d'épicéa pour le gréement, à calfater la coque ou simplement à y passer du papier de verre, de la peinture ou du vernis.

Au lieu de quoi, il était assis, inactif, à la poupe du bateau, les mains sur les genoux, sa canne calée à sa gauche contre le garde-corps encore brut.

Il redressa vivement la tête à mon entrée, comme tiré brusquement d'un long moment de profonde introspection, le visage encore modelé par cet air inquiet que je lui avais vu la veille.

– Je pensais bien vous trouver ici, lançai-je. Je vous ai aperçu en voiture, en ville, hier.

Il esquissa un sourire.

– Va te réchauffer, dit-il, montrant le poêle. Ensuite, nous pourrons nous mettre au travail.

J'allai me placer devant le calorifère, puis me retournai vers M. Reed, le regardant en silence appliquer une couche d'enduit d'étanchéité sur la face interne de la coque du bateau. Il semblait préoccupé, un peu distrait, plissait de temps en temps les paupières, sa lèvre inférieure remuant très légèrement comme s'il se récitait des phrases tout bas.

– Vous avez passé un agréable séjour dans le Maine ? demandai-je, alors que je voyais bien qu'il n'en était rien.

Il secoua la tête en suivant le pinceau des yeux.

– Pas vraiment.

Je suggérai une raison possible, même si j'en doutais.

– Le froid est sûrement encore plus vif qu'à Chatham.

M. Reed me répondit sans lever les yeux de son travail.

– Je me fiche bien du Maine. J'aurais préféré rester ici.

Il n'ajouta rien de plus sur le moment, puis finit par me demander :

– Tu es allé à Milford Cottage pendant les vacances ?

– Une fois. Avec Sarah.

Le pinceau s'immobilisa.

– Et Mlle Channing… comment va-t-elle ?

– Bien, je crois.

Pourtant, tout en lui disant cela, il me revint que Mlle Channing m'avait paru différente des autres fois où j'avais accompagné Sarah à Milford Cottage, que je l'avais trouvée un peu plus éteinte, se murant dans ce qui m'apparaissait être la même concentration que je remarquais à présent chez M. Reed. Pendant la leçon, elle jetait de temps en temps des coups d'œil par la fenêtre, entre les rideaux entrouverts, vers la pelouse déserte, le regard empreint d'une légère agitation, comme, imaginais-je, celui des femmes de marins qui, depuis leurs belvédères, scrutaient l'horizon avec appréhension dans l'espoir de voir apparaître le bateau qui leur ramènerait leurs époux. Désormais, je ne doutais plus que c'était à M. Reed qu'elle avait pensé dans ces moments-là.

M. Reed se remit au travail, le pinceau bougeant de droite à gauche à un rythme régulier.

Je l'observai quelques instants encore, conscient qu'il songeait à Mlle Channing. Je sentais le cadeau que je comptais lui faire toujours coincé sous mon bras. Le moment me parut opportun pour le lui donner.

– J'ai quelque chose pour vous, annonçai-je. Un cadeau de Noël. Je l'ai terminé pendant que vous étiez dans le Maine. J'espère qu'il vous plaira. Joyeux Noël, monsieur Reed.

Je l'avais enveloppé dans du papier vert clair et entouré de bolduc rouge.

– Merci, dit-il, le prenant délicatement en souriant.

À sa forme, il avait dû deviner que c'était un dessin, mais quand il l'ouvrit, je vis bien que ce que j'avais fait le surprit agréablement.

– Mlle Channing, murmura-t-il.

Je l'avais dessinée à l'encre de Chine, mais dans une pose à laquelle M. Reed ne s'attendait sûrement pas : cheveux emmêlés retombant en masse sur ses épaules dénudées, regard intense et interrogateur, lèvres charnues légèrement entrouvertes, tête inclinée mais regard droit devant, figure à la fois réelle et irréelle, éthérée mais engageante, représentée dans une attitude indéniablement séductrice.

– C'est très beau, Henry, affirma M. Reed, les yeux fixés sur le portrait.

Il le contempla un moment, puis marcha jusqu'à un petit bureau dans un coin.

– Je vais l'accrocher ici, dit-il.

Il prit un clou dans la poche de sa veste et le planta dans le mur mais, avant d'y suspendre le portrait, il s'immobilisa, comme si une autre pensée lui était venue.

– Tu sais quoi, Henry ? Nous devrions le montrer à Mlle Channing.

– Vous croyez qu'elle l'aimera ?

– Bien sûr que oui.

Je n'en étais pas aussi convaincu, mais M. Reed avait l'air sûr de lui, donc quelques minutes plus tard nous sortîmes en voiture de l'allée du hangar à bateau et partîmes en direction de Milford Cottage, M. Reed de bien meilleure humeur, le portrait encadré appuyé contre son flanc.

Ainsi, ce jour-là, il se trouva que je ne travaillai pas sur les finitions du bateau. Mais au cours des semaines qui suivirent, je retournai souvent au hangar pour finir de calfater, isoler, construire le mât et la bôme, assembler le gréement. Suffisamment de travail pour que, quatre mois plus tard, après que les gardes-côtes eurent retrouvé le bateau dérivant dans la baie du cap Cod, l'eurent remorqué jusqu'à Chatham et amarré dans le port, je puisse encore, en marchant jusqu'au bord de l'eau, regarder par-delà les autres bateaux l'autre extrémité de la marina et voir la proue blanche de l'*Elizabeth* osciller à vide au loin, mes yeux à jamais fixés sur la partie – le mât mis à nu, la voile roulée – que j'avais aidé à construire.

Mlle Channing était au bord du Noir-Étang quand nous nous engageâmes dans l'allée, là où Sarah et moi la trouvions parfois en arrivant à Milford Cottage le dimanche matin, et où, dans mon esprit, je la revois toujours, vêtue de blanc, me tournant le dos, encadrée par des drapés d'eau sombre.

Elle se retourna en entendant la voiture de M. Reed, s'élança vers elle, mais se contint aussitôt quand elle s'avisa de ma présence sur le siège passager, si bien que ce fut sans empressement qu'elle nous rejoignit.

– Bonjour, Élizabeth, dit M. Reed d'une voix douce en descendant de voiture.

– Bonjour, Leland, répondit Mlle Channing.

C'était la première fois que je l'entendais appeler M. Reed par son prénom.

Il prit le dessin qu'il tenait sous son bras.

– Je veux vous montrer quelque chose. C'est un cadeau de Noël. Que Henry m'a fait.

Elle regarda le portrait bien plus longtemps que je ne m'y attendais. Aujourd'hui, je me rends compte qu'il est impossible qu'elle ait pu s'intéresser à la façon dont je l'avais représentée – vision d'elle purement romantique, atrocement adolescente – et que, tout en continuant de l'examiner cet après-midi-là, il est fort probable qu'elle ait pensé mot pour mot ce qu'elle dirait plus tard à Me Parsons, le regard baissé sur ses mains. *Ce n'était pas du tout moi.*

– Très joli, finit-elle par dire à mi-voix.

Elle se tourna vers moi, me sourit, puis rendit le portrait à M. Reed.

– Je vous offre un thé ? proposa-t-elle.

– Oui, répondit M. Reed sans la moindre hésitation. Avec plaisir.

Nous entrâmes directement dans le cottage.

– Depuis quand êtes-vous de retour ? se renseigna Mlle Channing auprès de M. Reed après avoir préparé le thé et nous l'avoir servi.

– Seulement depuis hier.

– Et comment c'était, le Maine ?

– Comme toujours, marmonna M. Reed.

Il but rapidement une gorgée de thé, puis ajouta :

– Et vous ? Qu'avez-vous fait pendant mon absence ?

– Je suis restée ici. J'ai lu, la plupart du temps.

M. Reed prit une courte inspiration.

– Dites-moi, Élizabeth… vous arrive-t-il parfois de penser que vous vivez uniquement dans votre tête ?

Elle haussa les épaules.

– Serait-ce un si mauvais endroit ? répliqua-t-elle.

M. Reed sourit, l'air grave.

– Tout dépend de la tête de qui, je suppose.

– Oui, c'est sûr, dit Mlle Channing.

Il y eut un bref temps mort avant que M. Reed n'ajoute :

– Le bateau sera achevé pour l'été.

Mlle Channing, sans rien dire, porta sa tasse à ses lèvres en regardant M. Reed dans les yeux.

– Ensuite, reprit-il, il sera possible…

Il se tut, comme pour se rappeler à la prudence et ne pas parler sans réfléchir, mais poursuivit :

– … possible d'aller n'importe où, je suppose.

Mlle Channing plaça sa tasse sur ses genoux.

– Où aimeriez-vous aller, Leland ?

M. Reed la regardait attentivement.

– Dans les endroits où vous êtes déjà allée, je suppose.

Ils se regardèrent un bref instant en silence, mais avec une telle intensité et une telle attirance que la petite distance qui les séparait semblait plus qu'ils ne pouvaient supporter. Ce fut en cet instant que je mesurai pour la première fois la profondeur de ce qu'ils en étaient venus à éprouver l'un pour l'autre. Ça avait émergé lentement, graduellement, ça s'était construit de jour en jour, de parole en parole, de regard en regard jusqu'à ce que, finalement, ça brise la surface de leur éternel respect des convenances et flamboie irrésistiblement entre eux, transformant la moindre démonstration d'amitié en ruse d'amants.

Nous sortîmes du cottage quelques minutes plus tard, M. Reed et Mlle Channing marchant juste devant moi en direction de l'étang où nous nous engageâmes sur le vieux ponton de bois qui s'avançait au-dessus de l'eau.

– Au printemps, nous irons faire de la barque, proposa M. Reed. Sur la rivière Bass. Tous ensemble.

J'apercevais sa maison au loin, et la petite embarcation blanche calée sur la terre ferme. Il me revint que, à peine quelques semaines plus tôt, du sommet de la colline enneigée, la vue de sa propre maison avait paru troubler M. Reed, lui tarauder l'esprit comme un souvenir désagréable. À présent, on eût dit qu'elle était devenue invisible à ses yeux.

Il n'en allait pas de même pour Mlle Channing, pourtant, car, lorsqu'elle tourna la tête vers la rive opposée de l'étang, je vis son regard s'assombrir, une petite lumière s'y éteindre.

– Vous devriez rentrer, Leland, lui dit-elle.

– Oui, c'est vrai, répondit-il, sans pour autant donner le moindre signe de vouloir le faire. C'est le premier bateau que j'ai construit, cette petite barque que vous apercevez là-bas, sur la berge, ajouta-t-il d'un ton évocateur qui laissait penser que ce fut en la fabriquant qu'il avait découvert une part de lui-même laissée à l'abandon, part qui, depuis lors, n'avait cessé de grandir et menaçait de le dévorer.

– Je crois que j'avais besoin de quelque chose qui me permette de me laisser flotter, ajouta-t-il. Pas de naviguer vers un but. Tout juste de me laisser flotter. Ni vu ni connu.

Il prit une lente et pénible inspiration.

– Votre père m'aurait méprisé, Élizabeth, fit-il remarquer.

Elle lui décocha un regard.

– Ne pensez jamais cela, Leland, lui dit-elle. Ce n'est pas vrai.

Elle me jeta un coup d'œil, puis détourna les yeux, essayant à l'évidence de déterminer exactement ce qu'elle pouvait se permettre de faire ou de dire en ma présence. Puis, comme s'inquiétant subitement du fait que je sois tout simplement là, elle lui rappela d'un ton brusque :

– Vous feriez mieux de rentrer, Leland.

M. Reed acquiesça en silence, et quitta le ponton, Mlle Channing à ses côtés, tous deux avançant lentement à travers le jardin jusqu'à la voiture garée dans l'allée, tandis que je m'éloignais un peu sur la droite, m'efforçant de leur laisser le plus d'intimité possible, tout en sachant que c'était beaucoup moins qu'ils ne le désiraient.

– Je passerai vous chercher lundi matin, lui rappela M. Reed comme nous atteignions la voiture. Nous irons à l'école ensemble, pour reprendre les bonnes vieilles habitudes.

Mlle Channing esquissa un sourire, puis, en un geste qui donna l'impression de jaillir du plus profond d'elle-même, elle fit soudain un pas vers lui et posa la main sur sa joue.

– Oui, chuchota-t-elle. À lundi.

Ce fut le seul contact physique que je surpris jamais entre eux. Pourtant, ce fut suffisant pour que, quelques mois plus tard, lorsque Me Parsons posa la question : *Henry, avais-tu l'impression que Mlle Channing était amoureuse de M. Reed ?* je puisse répondre, comme toujours, la vérité.

Témoin : Oui.

17

Dès lors, je fus loin d'être surpris de les revoir côte à côte sur la photographie prise environ deux mois plus tard, M. Reed appuyé sur sa canne, Mlle Channing bras ballants, les arbres qui se dressaient au-dessus d'eux encore serrés dans la poigne de ce long hiver, les branches dénudées et glaciales, aussi dépouillées et stériles qu'une vie de célibataire peut l'être.

Mais M. Reed et Mlle Channing ne sont pas que tous les deux sur cette photo. À son grand désespoir, Me Parsons n'en trouva aucune d'eux seuls. En l'occurrence, ils se trouvent parmi une multitude de professeurs et d'élèves de Chatham School, avec le personnel administratif et de surveillance, tout ce petit monde réuni sur la pelouse devant l'école, mon père fièrement campé au premier rang, en noble capitaine de leur petit navire, vêtu, comme toujours, de son costume noir et de sa chemise blanche amidonnée. Les garçons sont déployés en éventail de chaque côté du directeur, tous en uniforme d'hiver, chaussures bien cirées et bien brillantes, et autour du cou leur écharpe de laine bleu foncé à franges dorées, aux couleurs de Chatham School. Je me trouve presque au bout d'un rang, mon carnet à dessins pressé virilement contre ma poitrine, en guerrier derrière son fidèle bouclier.

C'est à tous les égards une photo de groupe typique pour l'époque, sans prétention artistique et censée n'avoir aucune valeur sinon pour ceux qui figurent dessus. D'ailleurs, je ne m'en serais pas souvenu plus que cela si mon père ne l'avait découpée de l'album scolaire quelques mois après sa publication afin de l'insérer dans ses petites archives, pour une raison expliquée par ce qu'il nota au verso : *Chatham School, 7 mars 1927, dernière photographie connue de Leland Reed.*

Mais pour Me Parsons, le principal intérêt de ce cliché résidait dans le fait qu'il montrait M. Reed et Mlle Channing l'un près de l'autre aussi tard dans l'année que la première semaine de mars 1927, leur « relation illicite », ainsi qu'il la désignait, n'étant, manifestement, toujours pas terminée. Car leurs bras s'effleurent légèrement, comme il le fit remarquer aux jurés, détail qui suggère indiscutablement, pour reprendre les termes qu'il employa dans sa plaidoirie finale, qu'« Élizabeth Channing et Leland Reed étaient toujours unis par une relation dont la nature adultère et malveillante a d'ores et déjà été établie par la succession de témoins cités à la barre ».

Les dépositions de ces témoins furent consciencieusement retranscrites dans le livre de Me Parsons, mais ne l'aurais-je pas lu que je me serais souvenu de leurs déclarations, un catalogue de choses vues par hasard tout au long de l'hiver et jusqu'au début du printemps suivant, quelques mots épars surpris lors de conversations, souvent innocents en eux-mêmes, mais qui, dans le contexte de ce qui se passa par la suite au Noir-Étang, devenaient aussi profondément sinistres et troublants qu'une traînée d'empreintes sanglantes autour du lieu d'un massacre.

Transcription du procès, Commonwealth du Massachusetts contre Élizabeth Rockbridge Channing, audience du 16 août 1927.

Témoin : Eh bien, j'étais assis là-bas, sur une des dunes de la First Encounter Beach[1]*. C'est alors que j'ai vu deux silhouettes qui marchaient sur la plage, un homme et une femme.*

Me Parsons : Est-il inhabituel que des gens soient sur la plage fin janvier, monsieur Fletcher ?

Témoin : Oui, maître. Le froid, ça empêche de sortir. Mais je n'y aurais sans doute pas fait attention, à part que l'homme avait une canne, et c'est plutôt rare de voir ce genre d'estropié sur la plage, quelle que soit la période de l'année.

Me Parsons : Que faisaient ces deux individus sur la plage ce matin-là ?

Témoin : Ils ont marché un peu, puis se sont assis au pied d'une des dunes.

Me Parsons : Qu'avez-vous observé à ce moment-là ?

Témoin : Ben, ils ont bavardé, mais je n'entendais pas ce qu'ils disaient, bien sûr. Ils étaient blottis l'un contre l'autre, l'homme avait passé le bras autour de la taille de la femme et la serrait contre lui. Ils sont restés assis là de longues minutes, puis j'ai vu l'homme sortir une feuille de papier de la poche de son manteau. Elle était roulée, mais l'homme l'a déroulée, et tous les deux l'ont regardée. L'homme parlait en montrant des choses du doigt sur la feuille.

Me Parsons : Vous souvenez-vous de la couleur de cette feuille de papier ?

1. Plage de la Première Rencontre : c'est là que des colons du *Mayflower*, qui avaient débarqué quelques jours plus tôt, rencontrèrent pour la première fois des Indiens d'Amérique.

Témoin : Dans les verts. Plutôt vert clair.

Me Parsons : Avez-vous reconnu soit l'homme soit la femme que vous avez vus ce matin-là ?

Témoin : Non, je ne les ai reconnus que plus tard. En voyant leurs photos dans le journal.

Transcription du procès, Commonwealth du Massachusetts contre Élizabeth Rockbridge Channing, audience du 17 août 1927.

Me Parsons : Bien, comme capitaine de port de Chatham, vous êtes responsable de divers locaux et zones de stockage loués aux particuliers qui utilisent le port, c'est bien cela ?

Témoin : Oui.

Me Parsons : Vous rappelez-vous avoir loué un de ces hangars à Leland Reed en novembre 1923 ?

Témoin : Oui, en effet. Il avait le projet de construire un bateau.

Me Parsons : A-t-il, par la suite, réalisé ce projet ?

Témoin : Oui, il a construit son bateau. Il l'a terminé vers la fin du mois de mai dernier.

Me Parsons : Au cours de cette période, avez-vous eu l'occasion d'entrer dans le local loué par M. Reed ?

Témoin : J'y suis allé quelquefois. Pour voir si tout se passait bien.

Me Parsons : Vous est-il arrivé de voir une feuille de papier étalée sur le bureau de ce local ?

Témoin : Oui, maître. Une carte marine, voilà ce que j'ai vu. Qui allait de la côte Est jusqu'aux Caraïbes.

Me Parsons : Cette carte vous a-t-elle paru présenter quoi que ce soit d'inhabituel ?

Témoin : Disons que j'ai remarqué que quelqu'un y avait tracé un itinéraire. À l'encre rouge.

Me Parsons : Et cet itinéraire, cette route maritime, allait d'où à où ?

Témoin : De Chatham à La Havane, à Cuba.

Me Parsons : Vous souvenez-vous de la couleur de cette feuille de papier ?

Témoin : Elle était de la couleur habituelle des cartes marines. Vert pâle.

Me Parsons : Maintenant, monsieur Porter, pouvez-vous nous dire s'il vous est arrivé de voir l'accusée, Élizabeth Channing, en compagnie de M. Reed dans le local où il construisait son bateau ?

Témoin : Pas dans ce local, non, maître. Mais je les ai vus à l'extérieur marcher dans la marina, une fois.

Me Parsons : Quand cela ?

Témoin : À peu près à la période où j'ai vu la carte, je pense. Début février, je dirais. M. Reed tendait le bras vers la baie en faisant plus ou moins tournoyer sa canne, comme pour indiquer des directions à Mlle Channing.

Me Parsons : Si un bateau, en partant de Chatham, suivait la direction générale qu'il indiquait avec sa canne, où cela le mènerait-il, monsieur Porter ?

Témoin : En haute mer.

Me Parsons : Cette fois-là, avez-vous remarqué autre chose chez Mlle Channing et M. Reed ?

Témoin : Seulement que, lorsqu'ils se sont retournés vers le hangar à bateau, Mlle Channing a comme qui dirait renversé la tête en arrière et ri.

Transcription du procès, Commonwealth du Massachusetts contre Élizabeth Rockbridge Channing, audience du 19 août 1927.

Me Parsons : Madame Benton, quelle est votre profession ?

Témoin : J'enseigne le latin à Chatham School.

Me Parsons : Connaissez-vous bien l'accusée ?

Témoin : Oui, maître. Son espace... sa salle de classe à l'école, j'entends... est juste de l'autre côté de la cour, en face de la mienne.

Me Parsons : Donc, vous êtes bien placée pour voir ce qui se passe dans cette salle, c'est exact ?

Témoin : Oui, maître.

Me Parsons : Vous est-il arrivé de voir M. Leland Reed dans cette salle de cours ?

Témoin : Oui, maître.

Me Parsons : Souvent ?

Témoin : Pratiquement tous les jours. Il venait y déjeuner avec Mlle Channing. Puis il repassait dans l'après-midi.

Me Parsons : Dites-moi, madame Benton, placée comme vous l'étiez, si près de la salle de Mlle Channing, vous est-il arrivé d'entendre tout ou partie d'une conversation entre l'accusée et M. Reed ?

Témoin : Oui, ça m'est arrivé.

Me Parsons : Dans quelles circonstances ?

Témoin : Eh bien, je longeais la classe de Mlle Channing, et j'ai entendu des voix.

Me Parsons : Vous souvenez-vous à peu près de la date où vous avez entendu ces voix ?

Témoin : C'était le 4 mars. Je le sais parce que j'avais acheté un cadeau d'anniversaire pour mon fils, et je l'emportais chez moi cet après-midi-là.

Me Parsons : Les voix que vous avez entendues ce jour-là provenaient-elles de la salle de classe de Mlle Channing ?

Témoin : Oui, absolument, alors j'ai jeté un coup d'œil à l'intérieur, en passant, et j'ai vu Mlle Channing légèrement tournée vers le meuble de rangement contre le mur, et M. Reed debout derrière elle.

Me Parsons : Avez-vous saisi la teneur de leur conversation à ce moment-là ?

Témoin : Un peu. « Nous trouverons un autre moyen », c'est ce que disait M. Reed.

Me Parsons : Et c'est tout ?

Témoin : Oui.

Me Parsons : Mlle Channing lui a-t-elle répondu ?

Témoin : Eh bien, elle ne s'est pas retournée vers lui, mais je l'ai entendue dire : « Un autre moyen ? Il n'y a pas d'autre moyen. »

Transcription du procès, Commonwealth du Massachusetts contre Élizabeth Rockbridge Channing, audience du 20 août 1927.

Me Parsons : Madame Krantz, vous êtes vendeuse chez M. Peterson, le droguiste, c'est exact ?

Témoin : Oui, maître.

Me Parsons : Voici le ticket de caisse d'un achat effectué dans ce magasin le 15 mars 1927. Reconnaissez-vous ce ticket de caisse ?

Témoin : Oui, maître.

Me Parsons : Quels articles ont été achetés selon ce ticket de caisse ?

Témoin : Eh bien, le premier est un flacon d'arsenic.

Me Parsons : Vous souvenez-vous de la personne qui a acheté cet arsenic le 15 mars ?

Témoin : Oui, je m'en souviens.

Me Parsons : Qui était-ce, madame Krantz ?

Témoin : M. Leland Reed.

Me Parsons : Voulez-vous bien nous lire quels autres articles M. Reed s'est procurés ce jour-là ?

Témoin : Il y a marqué : un couteau et six mètres de corde.

Transcription du procès, Commonwealth du Massachusetts contre Élizabeth Rockbridge Channing, audience du 20 août 1927.

Me Parsons : Madame Abercrombie, quelle profession exercez-vous ?

Témoin : Je suis la secrétaire de M. Griswald.

Me Parsons : Par « M. Griswald », vous voulez dire Arthur Griswald, le directeur de Chatham School ?

Témoin : Oui.

Me Parsons : Madame Abercrombie, avez-vous vu ou entendu quoi que ce soit qui ait pu vous donner à penser que l'accusée et M. Leland Reed entretenaient des rapports qui allaient bien au-delà de ce qu'on serait en droit d'attendre de la part de deux collègues de travail, ou disons même de deux amis ?

Témoin : Oui, maître.

Me Parsons : Pourriez-vous en faire part à la cour, je vous prie ?

Témoin : Un après-midi – c'était au cours de la dernière semaine de mars, je crois –, bref, je traversais le parking. Il était tard. Je veux dire, il faisait déjà nuit. Tout le monde était parti. Mais M. Griswald préparait le budget de l'année suivante, c'est pourquoi j'étais restée plus tard pour l'aider. Bref, j'ai remarqué que la voiture de M. Reed était encore là, garée, comme d'habitude, à côté de l'arbre, et au moment où je suis passée à sa hauteur, j'ai vu qu'il était assis au volant et que Mlle Channing était dans la voiture avec lui.

Me Parsons : Mlle Channing était assise sur le siège passager, c'est cela ?

Témoin : Oui, c'est cela. Elle avait porté les mains

plus ou moins à sa gorge, et j'ai vu M. Reed se pencher vers elle, les lui prendre et les abaisser.

Me Parsons : Dites-moi, en votre qualité d'assistante de M. Griswald, aviez-vous déjà parlé avec lui du comportement de Mlle Channing et de M. Reed, notamment de la scène dont vous aviez été témoin sur le parking de Chatham School ?

Témoin : Oui, je lui en ai fait part. J'ai estimé qu'il fallait le mettre au courant. Alors, je lui ai dit ce que j'avais vu ce soir-là dans la voiture de M. Reed, et aussi que la relation de Mlle Channing et de M. Reed commençait à faire jaser les autres professeurs.

Me Parsons : Comment M. Griswald a-t-il réagi à vos propos ?

Témoin : Il m'a dit qu'il ne s'intéressait pas aux ragots.

Me Parsons : Et ce fut là la seule réaction du directeur à ce que vous lui aviez rapporté ?

Témoin : À ma connaissance, oui.

Or, ce ne fut pas la seule réaction de mon père, ce que je savais déjà bien avant que Mme Abercrombie prenne place dans le box des témoins, car, quelques jours après cette conversation avec elle, il était passé voir M. Reed avant le cours qu'il nous donnait dans l'après-midi.

Je me rappelle que, au moment où j'entrais dans la classe, j'avais eu la surprise de voir mon père assis à l'un des pupitres du fond. Il salua chacun de nous de la tête à mesure que nous entrions, puis il observa silencieusement M. Reed commencer son cours, s'enfonçant dans sa chaise, affichant un air détaché, mais avec une attention soutenue.

Mon père conserva cette attitude, sinon que, de

temps à autre, son regard était attiré vers l'extérieur et la salle de classe de Mlle Channing au fond de la cour. Mais à part cela, il s'intéressa exclusivement à M. Reed, attentif non seulement à ce qu'il disait, mais sans doute aussi à sa façon de le dire, n'observant pas uniquement le professeur exerçant son métier, mais l'homme derrière l'enseignant, cherchant cette fêlure qui lui inspirait la plus grande méfiance et qu'il redoutait tant de découvrir chez M. Reed, non pas la part de lui-même brisée par la guerre, mais celle qui, selon ses conceptions, l'avait été bien longtemps auparavant, lors de l'effroyable chute d'Adam.

À la fin du cours, mon père se leva lentement et rejoignit M. Reed. Il lui adressa quelques mots, hocha poliment la tête, puis sortit dans le couloir et repartit vers son bureau. Je le regardai s'éloigner, sa silhouette sombre et massive d'ancien vaisseau se frayant un passage parmi la flotte impétueuse de jeunes garçons, silencieux, pensif, personnage mélancolique en complet noir, qui avançait, tête baissée, épaules avachies, comme sous le poids de nos cœurs en perdition et intraitables.

18

Le printemps finit par se montrer et, vers la mi-avril, nous allâmes faire de la barque, exactement comme M. Reed l'avait promis en cette froide journée de janvier où, tous les trois à l'extrémité du ponton, nous regardions l'étendue du Noir-Étang.

C'était un samedi chaud et ensoleillé, avec, partout autour de nous, ce que mon père appelait la « lumière de Pâques ». Pendant les mois précédents, j'avais participé aux finitions du bateau avec M. Reed et assisté aux cours de Mlle Channing, et ne les avais vus ensemble que lors de leurs arrivées et de leurs départs habituels de Chatham School. Tous leurs « rendez-vous secrets », comme les appellerait plus tard Me Parsons, s'étaient discrètement tenus à mon insu.

Je m'étais rendu au hangar à bateau de bonne heure ce matin-là, et m'étais déjà mis au travail à l'arrivée de M. Reed, m'attendant à ce que nous trimions toute la journée, comme toujours, puis, en fin d'après-midi, allions faire une longue promenade sur la plage de la marina.

Mais M. Reed avait en tête un projet tout différent qu'il m'annonça dès qu'il ouvrit la porte et regarda à l'intérieur.

– Il fait trop beau pour rester enfermé, décréta-t-il, n'ayant mis qu'un pied dans le hangar.

Il s'écarta de la porte et recula dans la chaleur de l'air printanier.

– Viens, Henry, dit-il, me faisant signe de le suivre.

Je le rejoignis dehors, puis lui emboîtai le pas le long de la passerelle en planches et jusqu'à la route. Au loin, j'apercevais sa voiture, à moitié cachée derrière une des vieilles annexes de la marina, mais suffisamment visible pour que je distingue la petite barque blanche fixée sur le toit à l'aide de sangles.

M. Reed s'installait au volant comme je tournai à l'angle du bâtiment.

– Viens, Henry, me pressa-t-il, avec un signe de la main. Nous voulons partir tôt.

Ce fut alors que je vis Mlle Channing assise sur le siège avant, un gros panier posé sur les genoux, ses yeux bleu pâle telles deux lumières lointaines et un peu floues derrière le pare-brise poussiéreux.

– Bonjour, mademoiselle, lançai-je en prenant place sur la banquette arrière.

Elle fit un signe de tête, mais ne me répondit pas, et je suppose que c'est à cet instant-là que je remarquai pour la première fois la tension et le malaise qui, étrangement, ne la quitteraient jamais plus par la suite, l'impression de se sentir coincée, à l'étroit, la vaste étendue du monde se resserrant à présent autour d'elle comme un nœud coulant.

M. Reed se pencha en avant et mit le contact.

– En route pour la rivière Bass ! s'écria-t-il d'un ton guilleret qui, je n'aurais su dire pourquoi, me parut forcé, comme s'il essayait de remonter le moral de Mlle Channing.

Il la regarda un moment, avec un petit sourire.

– Nous avons toute la journée, Élizabeth, lui assura-t-il. Comme promis.

Une heure nous suffit pour atteindre la Bass, à un endroit que M. Reed avait choisi par avance, parce qu'il était « isolé et retiré », affirmerait plus tard Me Parsons, entouré de hautes herbes, au pied du versant d'une butte, de sorte que ni la voiture ni la barque n'étaient visibles de la route principale distante d'une centaine de mètres.

– Dans cette partie de la rivière, il y a plus d'un kilomètre d'un coude à l'autre, nous expliqua M. Reed en commençant à dénouer les sangles qui attachaient la barque au toit du véhicule. Nous pouvons descendre le courant, puis remonter avec la marée.

Mlle Channing marcha jusqu'au bord de la rivière d'où elle regarda le courant filer devant elle en emportant des morceaux de bois et des débris végétaux, la surface de l'eau bougeant lentement en reflétant un ciel sans nuages.

Une fois la barque détachée, M. Reed la saisit par l'avant et la tira à lui, puis vers le bas, la faisant glisser du toit suivant un angle aigu, sa proue allant se planter dans le sol mou.

– Henry, cria-t-il, soulève-la par l'arrière, là !

J'obtempérai et nous portâmes tous deux l'embarcation jusqu'au bord de la rivière où nous la posâmes sur la terre humide.

Mlle Channing n'avait pas bougé, toujours face à l'eau, les yeux fixés sur une pellicule de pollen jaune qui s'était formée dans une flaque sur la rive opposée.

– Vous êtes prête, Élizabeth ? demanda tout doucement, presque timidement, M. Reed, comme si l'humeur de Mlle Channing était aussi fragile qu'un vase précieux qu'il craignait de briser.

Elle fit oui de la tête sans se retourner, et M. Reed lui tendit la main pour l'aider à monter dans la barque.

– Merci, dit-elle avant de lui lâcher la main.

– À ton tour, Henry, dit M. Reed.

Je grimpai à bord, et tournai la tête juste au moment où M. Reed poussait l'embarcation en avant, puis se redressait et sautait par-dessus le plat-bord, mouvement qui me frappa par sa fluidité et son agilité extrêmes, tandis que sa canne restait sur la rive derrière nous, la rivière léchant doucement son pommeau légèrement bombé.

Je n'oublierai jamais les quelques heures qui suivirent, le lent glissement de la barque le long du lit étroit de la rivière, entre deux murs de verdure, M. Reed maniant les rames, Mlle Channing face à lui à l'autre extrémité de l'embarcation, sa main droite baissée vers l'eau qu'elle fendait du bout d'un doigt, laissant une traînée luisante sur sa surface si lisse.

En cet instant, elle me paraissait plus belle qu'aucune femme ne l'avait été et ne le serait jamais. Je pris mon carnet à dessins et commençai à crayonner son portrait, comptant cette fois lui faire plaisir, la représenter telle qu'elle était réellement. Elle jetait un regard vers la gauche au moment où je commençais à dessiner son profil tandis qu'elle suivait des yeux une mouette qui se dandinait sur la rive. Tournant la tête vers moi, elle remarqua alors le carnet ouvert sur mes genoux, le fusain dans ma main, mon regard concentré sur elle. Ses traits se crispèrent, comme si elle pensait qu'on m'avait envoyé pour consigner sa présence dans la barque afin de l'utiliser par la suite comme preuve contre elle.

– Non, Henry, objecta-t-elle.

– Mais je ne…

Elle secoua résolument la tête, me fixant sans ciller de ce regard d'acier que, plus tard, Me Parsons associerait à la froideur de son cœur.

– Non, répéta-t-elle fermement. Pose ça.

Je jetai un coup d'œil à M. Reed, le vis éviter mon regard, porter son attention sur le courant devant nous, clairement peu enclin à la contrarier.

– Bien, mademoiselle, répondis-je, refermant le carnet et le posant à côté de moi sur le banc.

Il y eut, après cela, un silence interminable, Mlle Channing immobile sur son siège tandis que nous glissions sur l'eau, la barque progressant à présent dans un labyrinthe de passes étroites, M. Reed tirant soudain plus férocement sur les rames, comme s'il cherchait déjà à échapper à la main terrible d'un poursuivant.

Au bout d'un moment, nous atteignîmes un méandre de la rivière, mais au lieu de le négocier, M. Reed nous ramena sur la berge.

Là, nous étalâmes au bord de l'eau une nappe à carreaux que le vent fit tourbillonner le temps que nous l'aplatissions par terre. M. Reed s'assit à un coin, et Mlle Channing à un autre, puis elle sortit les fruits et les sandwiches du panier.

Nous mangeâmes lentement, dans un silence que j'appris par la suite à identifier comme étant celui qui s'instaure après le dernier recours, quand le débat est clos, que ce qui a été dit ne peut être ni retiré ni reconsidéré, que la décision est irrévocable, même si elle n'a pas encore été rendue.

Pour détendre l'atmosphère, M. Reed se tourna soudain vers Mlle Channing et lui dit :

– Racontez-nous une histoire, Élizabeth.

Elle fit non de la tête.

M. Reed inclina légèrement le buste vers l'avant.

– Un de vos souvenirs de voyages, insista-t-il doucement, presque précautionneusement, comme si les sentiments qu'elle éprouvait étaient des tisons qu'il craignait de toucher.

Elle refusa encore d'un autre mouvement de tête.

– Juste un, Élizabeth, persista-t-il d'un ton si implorant qu'il en parut presque servile.

Sans un mot, elle se leva et s'éloigna au plus près de l'eau jusqu'à un enchevêtrement de bois flotté dont les branches perçaient la terre humide tels des os décharnés.

M. Reed la suivit des yeux tandis qu'elle nous quittait, puis, avançant lentement, chancelant sans sa canne, il marcha jusqu'à elle.

Je me faisais un devoir de ne pas les regarder, mais mon attention revenait constamment vers eux, vers leurs corps ceints de murs d'herbes et de tourbillons d'eau au point qu'ils semblaient pris au piège, comme deux animaux capturés dans un filet invisible se débattant, cherchant de toutes leurs forces à se libérer, mais que chaque sursaut, chaque mouvement enserrait fatalement de plus en plus. Je pensais à la joie que j'avais vue briller dans le regard de M. Reed quand il avait acheté le collier en perles de verre à Boston, puis à l'expression de Mlle Channing quand elle avait appuyé sa main sur la joue de M. Reed et suivi du doigt la ligne brisée de sa cicatrice, et enfin au désespoir et à la vacuité qui paraissaient les avoir terrassés depuis lors. Le fait que la passion que j'étais certain d'avoir perçue entre eux soit en train de se désintégrer me semblait inconcevable, et tandis que je les observais qui continuaient de bavarder avec animation à seulement quelques mètres de moi, je sentis sourdre en moi une colère brûlante contre toute l'organisation de la vie, sa toile de devoirs et d'obligations, Chatham étant un puits ténébreux au fond duquel Mlle Channing et M. Reed se retrouvaient coincés, et au bord duquel se tenait Mme Reed, figure sinistre et inflexible, vêtue de noir, les bras implacablement croisés sur la poitrine, version féminine de mon père.

– Henry, je crois qu'il est temps de rentrer, me signifia M. Reed d'un ton solennel quand Mlle Channing et lui m'eurent rejoint.

Je les aidai à rassembler les affaires qui étaient sur la nappe et à les remettre dans le panier.

En arrivant à la barque, M. Reed présenta sa main à Mlle Channing. Elle la prit délicatement, monta à bord, et retourna s'asseoir à l'arrière.

– Le retour sera rapide, lui garantit M. Reed en nous poussant loin de la berge. La marée monte.

Il grimpa à nos côtés et s'empara des rames, regardant Mlle Channing dans les yeux en disant :

– « Se séparer est un chagrin si doux », *et cetera*.

C'était une réplique de *Roméo et Juliette*, bien entendu, et Mlle Channing continuait certainement à y penser car, après que le coude de la rivière eut disparu derrière nous, elle brisa le silence.

– J'ai visité la maison de Juliette à Vérone, j'avais seize ans, soupira-t-elle. Il y avait foule. On se serait cru dans un lieu saint.

Elle serra ses bras autour du panier posé sur ses genoux.

– Mon père m'a montré le balcon en me disant

d'aller me mettre là où Juliette se penchait vers Roméo, poursuivit-elle.

Son regard prit une indéniable intensité, comme si elle revivait ce moment : elle sur le balcon de pierre, son père dans la cour en contrebas, tous deux se fixant des yeux.

– C'était ce qu'il cherchait, je crois, murmura-t-elle. Un amour idéal.

M. Reed tirait lentement sur les rames.

– S'il avait trouvé un tel amour, murmura-t-il, je suis sûr qu'il aurait aussi trouvé le moyen de ne pas le perdre.

Mlle Channing, très raide, ne souffla mot, continuant de regarder droit devant elle tandis que la barque filait vers l'intérieur des terres, la marée du soir exerçant à présent sa formidable poussée. Je n'avais jamais vu quelqu'un aussi tourmenté par une grave détermination.

La nuit tombait quand nous regagnâmes Milford Cottage. La brume du soir flottait au-dessus de l'étang. Je restai dans la voiture pendant que M. Reed raccompagnait Mlle Channing à sa porte. Ils s'attardèrent un moment sur le seuil, M. Reed s'étant arrêté une marche avant Mlle Channing qui baissait les yeux sur lui. Finalement, il lui prit la main, la tint brièvement dans la sienne, puis la lâcha et rebroussa chemin vers moi.

Elle avait allumé une chandelle le temps que M. Reed remonte en voiture. Une douce lueur mordorée chatoyait aux fenêtres de la pièce de devant.

– C'est très dur, Henry, murmura M. Reed, les yeux rivés sur le cottage tout en repartant en marche arrière. C'est la chose la plus pénible qui soit.

Je n'ai jamais rapporté ces paroles à Me Parsons, étant donné qu'elles me semblaient concerner une question bien plus vaste que l'affaire de Chatham School, pas seulement le délit d'un amour interdit, seule préoccupation de Mᵉ Parsons, mais un crime plus profond, préparé dès l'origine de la vie, et qui décrète inflexiblement qu'un amour ne peut naître que d'un amour qui meurt.

Quand nous arrivâmes chez M. Reed, de l'autre côté de l'étang, Mary jouait dans le jardin, construisant une maison avec des bouts de bois et des feuilles, assise au bord de l'eau, dans la pénombre bleutée du crépuscule. Elle se précipita vers nous comme nous descendions de voiture, puis nous regarda détacher la barque et la porter jusqu'à son point d'amarrage, au pied de l'arbre près de l'eau.

– Tu as attrapé des poissons ? demanda-t-elle gaiement à M. Reed en sautillant à ses côtés.

– Nous ne sommes pas allés pêcher, lui répondit-il. Seulement faire un tour en barque.

Il jeta un coup d'œil en arrière et croisa mon regard.

– Rien qu'Henry et moi, ajouta-t-il.

Nous posâmes la barque, et Mary grimpa dedans pendant que M. Reed l'attachait à l'arbre, s'asseyant à la proue, faisant de légers bonds, tapant des mains au rythme d'un petit air qui lui trottait dans la tête.

– Où est ta mère ? s'enquit M. Reed après avoir attaché la barque.

Mary pointa le doigt vers la véranda.

– Elle est restée assise là toute la journée.

Je me retournai vers la maison. Dans l'ombre du soir, je ne l'avais pas vue, mais à présent je la distinguais nettement. Assise tout au fond de la véranda, elle se balançait doucement dans son rocking-chair, ses yeux verts sans éclat braqués sur nous à travers l'obscurité, comme deux petits cailloux non polis.

19

Depuis l'affaire de Chatham School, mon père a toujours considéré qu'il était inévitable que les plus grandes tragédies se produisent lentement, atteignent leur point culminant dans les cris et les larmes, puis demeurent gravées à jamais dans l'esprit de ceux qui les vécurent d'assez près pour ressentir les effets de leur violence fatale et pourtant y survivre.

Certains, bien entendu, n'y résistent pas.

Ceux qui périrent me reviennent le plus souvent à l'esprit par le truchement d'une photographie parue dans le journal au moment du procès et qu'un soir je découvris posée sur le bureau de mon père, à Chatham School, alors que lui-même se tenait à la fenêtre, les mains jointes dans le dos, contemplant dans la cour les vestiges de la sculpture de Mlle Channing rassemblés en un simple tas de gravats gris, empilement presque surréaliste de visages fracassés.

Sur cette photo, Mme Reed est assise dans la barque blanche de son mari, et tient Mary sur ses genoux. Toutes deux sourient gaiement sur ce cliché qui, selon le journal, a été pris par M. Reed « au temps du bonheur ».

Je me rappelle encore à quel point j'ai eu le cœur déchiré en voyant cette photo pour la première fois, ce soir-là. C'est la raison pour laquelle je n'étais jamais étonné quand il m'arrivait de la prendre dans les petites archives dont j'ai hérité à la mort de mon père, de la regarder à la lueur du feu, de la laisser m'évoquer Mme Reed et sa fille, ce qu'elles étaient, ce qu'elles n'étaient plus, et ainsi de m'empêcher de céder à la tentation que j'avais parfois de trouver une épouse et d'avoir, moi aussi, des enfants.

Bien entendu, il n'a pas manqué de témoignages pour me les rappeler à l'époque, surtout Mme Reed, ceux de voisins et de parents convoqués par Me Parsons, et qui, en répondant à ses questions, s'évertuaient à lui redonner vie, la dépeignant invariablement comme une femme dévouée et plutôt enjouée, fidèle et travailleuse, bonne mère et bonne épouse, qui méritait incontestablement une indéfectible dévotion de la part de son mari.

Je réentendais Mme Hale, la femme du coroner, expliquer posément comment Mme Reed s'était si bien occupée de ses parents pendant leur maladie et leurs vieux jours. Puis, juste après elle, Mme Lancaster parler tout aussi calmement de la gentillesse dont elle avait fait preuve envers sa sœur faible d'esprit, expliquer qu'elle ne manquait jamais de lui apporter un gâteau et un pot de cidre pour son anniversaire.

Mais de toutes les personnes qui vinrent parler d'Abigail Reed à la barre, celle qui m'a le plus marqué, c'est ma mère.

De fait, elle connaissait Mme Reed depuis toujours, se souvenait d'elle quand elle portait encore le nom d'Abbey Parrish, fille unique de William et Dorothy Parrish, lui, un pêcheur qui amarrait son bateau dans le port de Chatham, et elle, une femme de pêcheur de la vieille école, qui, tous les jours, portait au marché de la ville des bacs de homards et de tassergaux fumés. Petite fille, Abigail accompagnait souvent sa mère et restait à ses côtés, l'aidant à vendre la marée derrière un étal en bois placé sous une toile miteuse, s'égratignant les mains, que le travail avait déjà rendues calleuses, au contact des écailles et des nageoires.

Dans le box des témoins, ma mère s'était exprimée avec plus d'agressivité que Mme Hale ou Mme Lancaster. C'était d'une voix tranchante qu'elle répondait aux questions de Me Parsons, ne pouvant s'empêcher de lancer à Mlle Channing des regards étincelants de colère, notamment quand elle raconta l'après-midi où Mme Reed s'était présentée à la porte de notre maison de Myrtle Street, complètement désespérée, ses yeux rougis reflétant une terreur indicible, pour reprendre les termes employés par ma mère.

Pourtant, malgré la force de son témoignage, ma mère ne fit ni ne dit rien à la barre qui me stupéfia autant que ce qui se passa aussitôt après.

– Raccompagne ta mère à la maison, Henry, m'ordonna mon père comme elle quittait le box des témoins et s'engageait dans l'allée vers le fond de la salle.

Je la rattrapai au moment où elle franchissait déjà l'imposante porte à deux battants, avançant de cette démarche rapide et déterminée qu'elle adoptait souvent, comme si elle était poursuivie par quelque chose à quoi elle essayait d'échapper.

– Tu as soif, maman ? lui demandai-je tandis que nous nous frayions un chemin dans la cohue qui s'était formée sur les marches du tribunal. Tu veux qu'on s'arrête en chemin pour boire quelque chose ?

Elle me répondit sans se retourner, jouant brutalement des coudes pour fendre la foule, lançant des regards ardents en direction de la rue.

– Non, je préfère rentrer.

En bas des marches, elle tourna brusquement à droite

et s'éloigna dans la grand-rue à une allure tout aussi frénétique, avançant à petits pas rapides, ses grosses chaussures noires résonnant bruyamment sur le trottoir.

Jusqu'au pâté de maisons suivant, elle garda le silence, puis, tout à coup, dans un souffle, d'une voix sifflante et acerbe, je l'entendis éructer :

– Cette femme, on devrait la pendre.

J'écarquillai les yeux, horrifié par ses propos.

– Mlle Channing ? fis-je, le souffle coupé, ma participation au sort qui était le sien me submergeant sous une vague d'amertume. Mais elle n'a…

D'un geste, ma mère m'imposa le silence, tout en continuant d'avancer de la même démarche impitoyable, les yeux brillants de colère.

À son regard dur, je compris qu'elle n'avait pas l'intention d'en dire davantage, aussi me contentai-je d'allonger le pas pour me maintenir à sa hauteur, en jetant des coups d'œil à la foule agitée, aux groupes de gens agglutinés à chaque coin de rue et devant chaque boutique. On avait l'impression que la terre entière s'était donné le mot pour se retrouver dans notre petite ville, attirée par le triste spectacle de l'affaire de Chatham School.

– Je ne comprends pas pourquoi ces gens sont si fascinés par tout ça, dis-je à ma mère tandis qu'elle se pressait dans la rue noire de monde, observation à laquelle je ne croyais qu'à moitié et que je jugeais inoffensive tant elle était neutre, me semblait-il, ne touchant pas plus au témoignage de ma mère qu'à la fausseté de ses soupçons ou à l'insupportable réalité de mes fautes.

Néanmoins, elle ne dit rien, indifférente, du moins était-ce mon sentiment, non seulement à ma dernière remarque mais aussi à la circulation fluide dans les rues, aux voitures et piétons nous côtoyant, à tous ces hommes et ces femmes qui s'éparpillaient aux quatre coins de la vaste pelouse devant la mairie.

Au cœur de cette agitation incessante, il me parut tout aussi inoffensif de me risquer à faire une autre remarque, une à laquelle je m'accrochais désespérément depuis plusieurs semaines, comme si, ce faisant, je pouvais garder la tête hors de l'eau dans cette tragédie qui en avait englouti tant d'autres.

– C'est l'histoire d'amour qui les attire, je suppose. Que ce soit, dans le fond, une histoire d'amour.

À ces mots, ma mère s'arrêta avec une soudaineté si foudroyante qu'on eût dit qu'elle avait heurté de plein fouet un mur invisible.

– Une histoire d'amour ? s'écria-t-elle, le regard flambant d'une rage que je ne lui avais encore jamais vue et dont je ne l'aurais pas crue capable.

– Bah, c'est ce que Mlle Channing et M. …

– Tu penses que c'est une histoire d'amour, Henry ? cracha-t-elle en butant sur les mots.

L'atmosphère s'alourdit autour de nous, ma mère brûlait d'indignation.

– Bah, en un sens, c'en est une, rétorquai-je. C'est sûr que Mlle Channing…

– Mlle Channing ? hurla ma mère. Que fais-tu de Mme Reed ? Que fais-tu de l'amour qu'elle vouait à son mari ? Ce n'est pas une histoire d'amour, ça aussi ?

C'était le genre de question que Me Parsons avait tout à fait pu poser aux douze jurés à qui l'on avait demandé de juger Mlle Channing, et finalement de la condamner, et je pris conscience que je ne savais pas quoi répondre à ma mère, que je n'avais jamais connu le genre d'amour dont elle parlait, un sentiment qui s'enracinait dans de très vieux serments et était supposé durer toujours, l'« histoire d'amour » d'un mariage.

– Toi, tu ne penses qu'à cette femme, reprit ma mère. Cette Mlle Channing. Tout ça te paraît très romantique. Elle et M. Reed. Se promenant sur la plage. Faisant de la barque. À ton avis, où était Mme Reed pendant ce temps-là ?

Je la revis soudain telle qu'elle m'était apparue sous la véranda le jour où nous revenions de la rivière Bass, je réentendis les paroles de sa fille, frappé par l'infinie souffrance, l'immense solitude dont elles se chargeaient à présent. *Elle est restée assise là toute la journée.*

– J'ai honte de toi, Henry, lâcha ma mère en colère, ses mots me criblant comme du petit plomb. Honte de ta façon de penser.

La fixant des yeux en silence, je mesurai à quel point je n'avais pas compris que, depuis le début du procès, ma mère n'avait, à aucun moment, envisagé les événements sous l'angle obstinément romantique de ma vision des choses, mais sous celui de la terrible angoisse d'Abigail Reed, de la peur, de la rage et du sentiment de trahison insupportables qui avaient dû la terrasser à mesure qu'elle voyait son mari lui échapper.

– Excuse-moi, maman, chuchotai-je.

Ce qu'elle dit alors avec force me sidéra par son caractère irrévocable.

– Vous êtes tous les mêmes, Henry, vous, les hommes.

Elle me regarda un long et pénible moment, puis se détourna et s'éloigna, me laissant dans un monde qui s'était remis à tourner, agité par de multiples et graves complications, un tissu d'interactions et de conséquences qui semblait plus vaste, plus profond et plus durable que les histoires d'amour, mais encore très loin de mon entendement, un monde que je venais tout juste d'entrapercevoir, en réalité, à travers les yeux de ma mère.

Elle ne me reparla jamais plus de l'affaire de Chatham School. Et je me rappelle que, quelques heures plus tard, après un dîner presque silencieux, j'étais monté dans ma chambre, m'étais étendu sur mon lit et avais essayé de penser à Mme Reed, pas à la panique et au désespoir de ses derniers instants, contrairement à ce que je n'avais cessé de faire pendant tout le procès de Mlle Channing, mais à la femme qu'elle était avant, une épouse et une mère.

Peu avant l'aube, je me réveillai, et elle était là, devant moi, Abigail Reed, comme si elle était encore de notre monde, avec ses cheveux roux et ses yeux verts, me considérant en silence parmi les ruines de sa confiance détruite. Et, pour la première fois, tandis que je restais allongé dans la pénombre du petit jour, je me surpris à pouvoir imaginer ce qu'avaient dû être pour elle ces semaines où M. Reed avait commencé à se détourner d'elle, passant de longues heures avec moi dans le hangar à bateau, lui et moi travaillant jusque très tard dans la soirée pour achever son voilier, alors qu'elle-même restait à la maison, s'occupant de leur fille, lui donnant le bain, lui faisant revêtir des chemises de nuit en flanelle épaisse, la couchant.

Je la vis au cours de toutes ces soirées où l'heure tournait et où M. Reed n'était toujours pas rentré, où elle avait dû s'interroger sur les changements qu'elle percevait chez son mari, sur son air de plus en plus préoccupé, de plus en plus distrait, comme s'il ne pouvait s'empêcher de laisser divaguer ses pensées loin d'elle, vers un attachement lointain dont elle se refusait à considérer la nature.

Pourtant, elle avait bien dû finir par s'y résoudre, par se rendre compte qu'il ne la touchait plus avec la même affection, et sans grand désir, que, même s'il jouait toujours avec Mary, il préférait le plus souvent être seul avec sa fille, l'emmenant faire de longues promenades ou même de la barque sur le Noir-Étang où, emmitouflés contre le froid de ce long hiver, ils pêchaient dans les eaux glaciales.

Peut-être, pour échapper aux implications insupportables des changements qu'elle remarquait chez lui, était-il arrivé à Mme Reed de se remémorer la première fois qu'elle avait vu cet homme grand et mince : appuyé sur sa canne, il faisait ses courses à l'épicerie. Ils étaient sortis en même temps du magasin, il lui avait tenu la porte et adressé un petit signe de tête quand elle était passée, avant de lui emboîter le pas à distance respectueuse ; elle s'était arrêtée, puis retournée vers lui et lui avait demandé sans détour s'il n'était pas Leland Reed, le nouveau professeur de Chatham School.

Mais où était-il donc passé cet homme dont elle partageait la vie depuis plus de cinq ans, qui lui avait donné une fille, l'avait choyée et aimée comme aucun autre homme ne l'avait jamais fait et ne le ferait jamais plus, mais qui, à présent, semblait s'être éloigné, peut-être même au-delà du centre de gravité sacré du foyer conjugal.

Comme Mme Reed avait dû souffrir durant toutes ces longues nuits, songeais-je ce matin-là tandis que la lumière du jour montait au-delà de la fenêtre de ma chambre. Comme elle avait dû aspirer à reconquérir M. Reed, pas seulement pour une nuit, mais pour toujours.

Mais comme je ne le savais que trop bien, M. Reed n'était jamais revenu vers elle. Alors je me doutais que, à mesure que les jours passaient, que les nuits devenaient plus longues et plus froides, elle s'était sûrement postée à la fenêtre à intervalles réguliers, écartant les rideaux et scrutant l'obscurité au-dehors, les yeux fixés sur la route déserte, quêtant le moindre signe de l'approche de sa voiture. En un pareil moment, figé par la crainte, le visage de Mme Reed ne devait aucunement ressembler à celui des grandes amoureuses mythiques, Iseult sous sa voile blanche gonflée par le vent, ou Guenièvre attendant héroïquement d'être brûlée vive. Pourtant, malgré tout, elle m'apparaissait à présent héroïque à sa manière, comme ma mère la considérait sans doute en partant précipitamment du tribunal ce jour-là, convaincue, et elle avait toutes les raisons de l'être, qu'aucun homme, y compris son propre fils, ne pourrait jamais concevoir et encore moins mesurer le supplice de son long tourment.

20

Pas plus, je pense, que mon père ne l'avait réellement mesuré. Du moins, à l'époque. Car s'il avait une très grande estime pour Mme Reed, je suis convaincu qu'il restait fixé sur une tout autre orbite, laquelle tournait autour de Mlle Channing, de sa vie, de sa perte, qui en constituaient l'astre central.

Aussi ne fus-je nullement surpris qu'il s'évertue à prendre le contre-pied de l'accusation en cet après-midi d'août lorsque vint son tour d'être appelé à la barre.

Me Parsons : Donc, vous avez engagé Mlle Élizabeth Rockbridge Channing comme professeur à Chatham School, c'est bien cela, monsieur Griswald ?

Témoin : Oui, c'est bien cela.

Me Parsons : Au début, aviez-vous des raisons de douter de la sagesse de votre décision d'avoir choisi Mlle Channing pour ce poste à Chatham School ?

Témoin : Non, aucune.

Me Parsons : Ensuite, avez-vous commencé à émettre des réserves sur sa personnalité ?

Témoin : Absolument pas.

Me Parsons : Toutefois, comme vous avez pu l'entendre, un témoin précédent a déclaré vous avoir fait part de certaines rumeurs concernant la nature de la relation que l'accusée entretenait avec M. Leland Reed.

Témoin : Oui, j'ai été informé que certaines personnes s'était fait une opinion.

Me Parsons : Pourtant, vous avez choisi d'ignorer leurs avertissements ?

Témoin : Je n'avais aucune preuve de leurs dires, maître.

Me Parsons : Néanmoins, vous aviez remarqué certains comportements un peu curieux, n'est-ce pas ? Aussi bien chez M. Reed que chez Mlle Channing. Certains comportements alarmants.

Témoin : Je n'emploierais pas ce terme.

Me Parsons : Par exemple, n'est-il pas exact qu'aussi bien M. Reed que Mlle Channing semblaient extrêmement tendus pendant les dernières semaines de l'année scolaire ?

Témoin : Oui, c'est exact.

Me Parsons : Cette tension, n'est-elle pas devenue palpable, sous votre propre toit, monsieur Griswald ? À l'occasion d'une soirée donnée, je crois, le 23 avril.

Témoin : Oui, en effet.

Me Parsons : Mlle Channing et M. Reed étaient-ils arrivés ensemble, à cette soirée ?

Témoin : Non. Mlle Channing était passée me voir dans mon bureau dans le courant de l'après-midi avant la soirée et m'avait demandé si je pouvais aller la chercher.

Me Parsons : Vous, monsieur Griswald ? Elle ne souhaitait pas que M. Reed passe la prendre ?

Témoin : Apparemment pas.

Me Parsons : Et avez-vous accepté de le faire, d'amener Mlle Channing chez vous ce soir-là ?

Témoin : Oui, j'ai accepté.

Ainsi donc, comme il l'avait fait si souvent par le passé, mon père exigea que je l'accompagne à Milford Cottage ce soir-là, et nous roulions tous les deux jusqu'à elle dans un crépuscule bleuté. Je me rappelle, en chemin, avoir surpris un certain agacement dans ses yeux, comme quelqu'un aux prises avec un service qu'il se serait bien passé de rendre mais dont il estimait que c'était son devoir de s'acquitter. À ce moment-là, bien sûr, il devait savoir qu'une chose très grave avait commencé d'assombrir l'atmosphère de Chatham School, une chose qu'il avait beaucoup de mal à regarder en face, à moins qu'il ne sût tout simplement pas sous quel angle l'aborder. Je me suis souvent interrogé sur ce que j'aurais bien pu dire s'il s'était tourné vers moi ce soir-là et m'avait demandé sans détour ce que je savais au sujet de Mlle Channing et de M. Reed. Peut-être lui aurais-je menti, comme je l'ai fait plus tard, d'un air faussement innocent.

Mais, en l'occurrence, il évoqua la soirée, les longues tables disposées sur la pelouse, les lanternes chinoises qu'il avait suspendues au-dessus d'elles, l'ambiance festive qui s'en dégageait.

Ce ne fut qu'en approchant de Milford Cottage qu'il devint silencieux.

Mlle Channing sortit aussitôt, vêtue d'une longue jupe noire et d'un corsage rouge sombre, les cheveux noués en un chignon serré. Elle avait le regard fiévreux et le teint très pâle.

Je descendis de voiture et lui tins la portière.

– Merci, Henry, murmura-t-elle, prenant place à l'avant à côté de mon père.

– Bonsoir, mademoiselle, dit-il.

Elle fit un petit signe de tête.

– Bonsoir, monsieur.

Ce fut à peine s'ils échangèrent quelques mots pendant les premières minutes du trajet de retour vers Chatham. Puis, tout à trac, mon père s'écria :

– Je pensais vous passer une commande, mademoiselle. À titre personnel, j'entends. Un portrait de moi.

Il lui lança un coup d'œil, puis reporta son regard sur la route avant d'ajouter :

– Vous peignez des portraits ?

– Oui, répondit-elle. J'en ai fait quelques-uns. Mon oncle. Sa femme. Quand j'étais en Afrique.

– Alors, ça vous dirait de tenter le coup ?

Elle esquissa un sourire.

– Oui, je veux bien.

Mon père parut s'en réjouir.

– Formidable ! s'exclama-t-il.

Ils poursuivirent leur conversation en convenant des différents moments où mon père serait disponible afin de poser pour elle et, durant les semaines qui suivirent, je les vis souvent tous les deux dans son bureau, dont la porte restait toujours ouverte, bien entendu, Mlle Channing en blouse grise à son chevalet, et mon père posant à la fenêtre, regardant dans la cour, le corps capturé par un rai de lumière.

Pendant le reste du trajet, mon père parla d'un air un peu absent du dernier trimestre, faisant remarquer qu'il paraissait toujours très bref comparé aux deux autres, avertissant Mlle Channing que les garçons deviendraient « de plus en plus dissipés » à l'approche de la fin de l'année.

– Alors, ayez la main ferme avec eux, lui dit-il, car ils en auront sûrement besoin.

Ce ne fut qu'au moment où nous tournâmes dans la grand-rue de Chatham qu'il lança tout à coup :

– Au fait, M. Reed ne sera sûrement pas des nôtres, ce soir.

Je portai immédiatement mon attention sur Mlle Channing et la vis se raidir à la mention de M. Reed.

– Mme Reed est souffrante, poursuivit mon père. Des douleurs à l'estomac, je crois.

Mlle Channing tourna la tête vers la vitre de son côté, mouvement vif et instinctif, du moins telle fut mon impression sur le coup, pour dissimuler son visage aux regards de mon père. Tout en l'observant, je la revis assise, très raide, tandis que nous faisions de la barque sur la rivière Bass une petite semaine auparavant, la trouvai encore plus repliée sur elle-même à présent que ce jour-là, au point qu'elle paraissait curieusement effrayée du tournant que sa vie avait pris, comme si elle avait soudain une épée de Damoclès au-dessus de la tête.

Il faisait suffisamment chaud pour que mon père ait baissé sa vitre et, tandis que nous longions la route côtière, il jetait des coups d'œil aux étendues de hautes herbes des marais.

– J'aime le printemps au cap Cod. L'été aussi, bien sûr. Comptez-vous rester ici, au cap, cet été, mademoiselle Channing ?

– Je n'ai pas vraiment réfléchi à ce que je ferai cet été, murmura-t-elle comme si cette possibilité ne lui était jamais venue à l'esprit.

– Remarquez, vous avez encore bien le temps d'y penser, rétorqua mon père qui s'en tint là.

Peu après, nous nous engagions dans l'allée de la maison. Je descendis de voiture et ouvris la portière de Mlle Channing.

– Merci, Henry, dit-elle en posant le pied par terre.

Certains professeurs étaient déjà là, les autres arrivèrent à peine quelques minutes plus tard, tout le monde se servant au buffet copieux que ma mère et Sarah avaient disposé sur une longue table dans le jardin derrière la maison, puis s'asseyant par petits groupes sur les chaises que mon père et moi avions placées aux quatre coins du terrain en fin d'après-midi.

Il m'incombait d'aider Sarah à tenir le buffet et, de cette position, je voyais Mlle Channing assise parmi un groupe non loin de là, ma mère en face d'elle, M. Corbett à sa droite, Mme Benton, la prof de latin, à sa gauche, et, enfin, Mme Abercrombie, la secrétaire de mon père, tout juste à la périphérie du cercle, ses jambes longues et fines nécessitant un peu plus de place.

Ma mère faisait de son mieux pour se montrer conviviale ce soir-là, parlant, avec ce débit un peu rapide qui lui était coutumier, de ce qui, selon elle, était susceptible d'intéresser les gens qui l'entouraient.

À un moment, je l'entendis déclarer :

– Certes, Chatham, ce n'est pas une grande ville, mais on devrait quand même pouvoir y trouver de bons partis.

Elle se tourna vers Mlle Channing, seule femme célibataire du groupe, et lui demanda :

– Qu'en pensez-vous, Élizabeth ?

Je me rappelle que Mlle Channing paraissait incapable de répondre à la question de ma mère, peut-être parce qu'elle la soupçonnait d'avoir une arrière-pensée en la posant.

Pendant ce bref silence, je vis ma mère plisser légèrement les paupières en ajoutant :

– Je me demandais l'expérience que vous en aviez.

Mlle Channing ne répondait toujours pas, et je surpris le regard entendu que Mme Benton lança à Mme Abercrombie.

Finalement, Mlle Channing murmura :

– Je n'en ai strictement aucune.

Je m'attendais à ce que ma mère n'insiste pas, mais je me trompais.

– Ah bon ? fit-elle d'un ton très étonné. Oh, je suis sûre que vous finirez par rencontrer quelqu'un, ajouta-t-elle avec un sourire crispé.

Elles changèrent de conversation. Chaque fois que je jetais un coup d'œil en direction de Mlle Channing, elle paraissait figée dans la même posture, mains sur les genoux, dos très droit, une assiette de nourriture à laquelle elle n'avait pas touché nichée dans l'herbe au pied de sa chaise.

À neuf heures, presque tout le monde était parti. Nous étions en avril, une fraîcheur imprégnait encore l'air du soir, aussi mon père pria-t-il les quelques invités encore présents de le rejoindre au salon.

Ma mère prit son fauteuil habituel devant la cheminée, mon père le rocking-chair placé à proximité. Mme Abercrombie et Mme Benton se partagèrent le petit canapé, tandis que Mlle Channing choisissait un fauteuil un peu plus à l'écart. Je tirai le tabouret du piano et m'assis devant la fenêtre.

Je ne sais plus de quoi ils parlèrent pendant les minutes qui suivirent, sinon que Mlle Channing participa très peu à la conversation, son visage demeurant plutôt inexpressif pendant qu'elle écoutait les autres, ses mains posées sur les genoux, comme elles l'avaient été depuis son arrivée.

Elle aurait pu garder cette attitude toute la soirée si elle n'avait entendu une automobile passer dans Myrtle Street. Elle reconnut sans conteste le bruit pétaradant du moteur, se tourna vers la fenêtre, écarta un peu les rideaux et regarda dehors, son visage soudain baigné de lumière au moment où la voiture s'engageait dans notre allée et s'arrêtait devant chez nous. Ses yeux s'écarquillèrent et sa bouche s'entrouvrit, mais elle ne dit rien tandis qu'elle regardait une silhouette s'avancer vers la maison et gravir les marches du perron. Une de ses mains glissa tout doucement dans le creux de l'autre quand elle se détourna de la fenêtre, écoutant d'abord les coups frappés à la porte, puis l'accueil joyeux de Sarah quand elle alla ouvrir.

– Oh, bonsoir, monsieur Reed !

Il se présenta directement au salon, tenant son chapeau à la main, sa vieille veste marron drapée autour de ses épaules comme une cape.

– Bonsoir, lança-t-il. J'espère que je ne vous dérange pas.

– Non, pas le moins du monde, entrez, je vous en prie, répondit mon père, mais pas avec son enthousiasme habituel.

Ce fut avec une certaine raideur qu'il se leva de son fauteuil pour serrer la main à M. Reed.

– J'espère que Mme Reed va mieux.

– Oui, acquiesça M. Reed. Elle va mieux.

– Asseyez-vous, je vous en prie, lui dit mon père.

M. Reed prit un siège près de la porte, et fit le tour de la pièce du regard jusqu'à ce qu'il voie Mlle Channing. Le coin de ses lèvres se retroussa en un semblant de sourire, mais son expression demeura profondément triste et grave.

– Bonsoir, mademoiselle, dit-il.

Elle hocha la tête avec froideur.

– Monsieur, répondit-elle.

Le regard de mon père alla de l'un à l'autre.

– Bon, eh bien, fit-il, s'efforçant manifestement de ramener l'attention de M. Reed vers le groupe, nous discutions tous de la possibilité d'ajouter un cours sur Shakespeare au programme de l'année prochaine.

M. Reed se tourna vers lui, mais ne répondit rien.

– Nous nous demandions qui serait le mieux à même de l'assurer, poursuivit mon père.

M. Reed regardait mon père droit dans les yeux.

– Je ne vois vraiment pas, répondit-il avec ce que mon père dut prendre pour une indifférence choquante, comme si Chatham School ne tenait plus un rôle significatif dans sa vie, mais continuait seulement d'y pendre, insensible, flasque, inutile, appendice atrophié destiné à être amputé.

Ce ton dérangea clairement mon père, mais, ne pouvant y réagir de front, il se contenta de prendre une petite inspiration d'un air pincé, et reporta son attention sur le groupe.

– Que diriez-vous d'un porto ? proposa-t-il.

Toutes les têtes approuvèrent, suite à quoi mon père appela Sarah pour faire le service.

– Nous avons beaucoup de chance de l'avoir, remarqua ma mère à propos de Sarah après que celle-ci eut fini de servir et quitté la pièce. Nous avions une charmante petite négresse avant elle. Elle s'appelait Amelia, et elle était tout à fait compétente. D'ailleurs, ajouta-t-elle, lançant un coup d'œil à Mlle Channing, cela l'aurait sûrement intéressée de parler avec vous, Élizabeth.

Les doigts de Mlle Channing se crispèrent autour de son verre.

– Pourquoi cela ? demanda-t-elle d'un ton égal.

– Parce qu'elle aurait été ravie de vous entendre lui raconter votre vie en Afrique, répondit ma mère.

Elle prit son tricot dans un panier à côté de son fauteuil et les longues aiguilles argentées étincelèrent sous la lumière de la lampe tandis qu'elle les faisait cliqueter de droite à gauche.

– Amelia était une disciple de Marcus Garvey, voyez-vous, indiqua mon père. Elle était séduite par l'idée de retourner en Afrique, de vivre libre et ainsi de suite.

Il haussa les épaules.

– Tout cela était terriblement irréaliste, bien entendu, reprit-il. Sur toute la ligne.

Il tira une pipe du râtelier posé sur la table à côté de son rocking-chair, et tassa du tabac dans son fourneau en bruyère sombre.

– Mais que faire face à une vision aussi romantique ? soupira-t-il.

C'était une question purement rhétorique. Il ne s'attendait pas à ce qu'on lui réponde, qui plus est brutalement.

– On peut l'écraser, éructa M. Reed qui lança un regard à Mlle Channing avant de le reporter sur mon père.

Celui-ci le considéra d'un air intrigué, la main immobile au-dessus du fourneau de sa pipe, les yeux écarquillés pour mieux le jauger.

– L'écraser ? s'étonna-t-il.

– Exactement, répliqua M. Reed. On peut lui dire à quel point il est absurde d'avoir une telle conception de la liberté. Absurde et ridicule de s'imaginer qu'on peut un jour échapper à quoi que ce soit, ou changer quoi que ce soit, ou vivre de la façon qu'on…

Il s'interrompit, son regard se tournant alors vers Mlle Channing qui le fixait d'un air furieux, le visage tendu, inerte.

Puis mon père murmura :

– Eh bien, voilà qui serait cruel, vous ne croyez pas, monsieur ?

Et ce fut d'une voix étonnamment douce et retenue qu'il poursuivit, sans quitter M. Reed des yeux :

– Ou peut-être peut-on simplement la mettre en garde – Amelia, j'entends – en lui rappelant que la vie a mieux à nous offrir que ce genre de désirs poussés à l'extrême.

M. Reed secoua la tête, détourna le regard de Mlle Channing et agita la main.

– Cela n'a aucune importance, de toute façon, proféra-t-il d'un air las.

Il y eut des échanges de regards entre les invités puis, comme pour éteindre le feu de la discussion, Mme Benton, se tournant vers ma mère, s'écria d'une voix perçante :

– Vous avez là une pièce ravissante, chère madame. Les rideaux sont… ravissants.

La conversation prit alors une tournure moins explosive, dont je ne me souviens absolument pas, sinon que ni M. Reed ni Mlle Channing n'intervinrent. Mme Abercrombie prit congé quelques minutes plus tard, puis ce fut au tour de Mme Benton, chacune d'elles souhaitant bonne nuit à mes parents.

M. Reed se leva aussitôt après. Il avait l'air exténué, comme si son éclat précédent l'avait profondément affaibli. À la porte du salon, il se retourna.

– Je vous dépose, mademoiselle ? proposa-t-il, mais avec une résignation manifeste, la réponse qu'elle lui ferait étant d'ores et déjà évidente pour lui dans le regard tourmenté qu'elle lui lança.

– Non, dit-elle, n'ajoutant rien de plus tandis qu'il lui tournait le dos et quittait silencieusement la pièce.

Ce fut donc mon père et moi qui raccompagnâmes Mlle Channing en voiture ce soir-là, roulant sans encombre jusqu'à la sortie de notre petite ville déserte à cette heure, puis le long de Plymouth Road où, tout au bout, nous finîmes par nous arrêter, la lumière des phares de la voiture de mon père illuminant brièvement la façade de Milford Cottage avant de se dissoudre dans les profondeurs impénétrables du Noir-Étang.

– Bon, eh bien, bonne nuit, mademoiselle, lui dit posément mon père.

Je m'attendais à ce que Mlle Channing descende de voiture, mais elle ne bougea pas.

– Vous permettez que je vous pose une question, monsieur ? demanda-t-elle.

Mon cœur cessa de battre, car j'eus la certitude qu'elle allait tout lui avouer, lui révéler l'évolution et la nature de sa relation avec M. Reed, solliciter le sage conseil que je sais qu'il n'aurait pas manqué de lui donner si elle l'avait fait.

Mais elle ne fit rien de la sorte. À la place, elle dit :

– J'ai envie de réaliser quelque chose pour l'école. Une sculpture. Des masques en plâtre de tous les élèves et de tous les professeurs, de l'ensemble du personnel de l'école. Je pensais en faire une colonne. En témoignage de tous ceux qui sont passés par Chatham School cette année.

– Ce serait beaucoup de travail pour vous, vous ne croyez pas, mademoiselle ? demanda mon père.

– Oui, c'est sûr. Mais dans les semaines qui viennent…

Elle s'interrompit, comme si elle cherchait ses mots.

– Dans les semaines qui viennent, reprit-elle, il faudra que je m'occupe…

Mon père se pencha légèrement vers elle, la regarda attentivement, et je sus que ce qu'il s'était toujours refusé à admettre jusqu'à cet instant, il en percevait à présent toute la dimension fatale, la tristesse et la détresse de Mlle Channing étant si évidentes que lorsque Me Parsons finirait par lui poser la question : *Monsieur Griswald, vous saviez, n'est-ce pas, que le soir où vous avez organisé votre petite fête, Mlle Channing était désespérée ?* il ne put faire autrement que répondre : *Oui.*

Mais ce soir-là, à Milford Cottage, il dit seulement :

– Très bien, dans ce cas, c'est d'accord. Je suis sûr que votre sculpture fera la fierté de l'école.

Mlle Channing hocha la tête, puis descendit de voiture et s'éloigna rapidement dans l'allée étroite de son cottage.

Mon père la suivit des yeux avec une bienveillance muette pour une épreuve à laquelle il semblait beaucoup plus compatir que je ne m'y attendais, ce qui, plus tard, me fit me demander si, peut-être, un jour, quelque part sur une route isolée ou sur une autre rive, une femme l'avait attendu, une femme qu'il aurait souhaité aller retrouver sans jamais oser le faire, et qu'en récompense de ce refus il ait reçu ce petit supplément de compréhension atrocement douloureux.

Si une telle femme avait existé, dont l'appel serait resté sans réponse, il n'en parla jamais.

Pour ce qui est de Mlle Channing, qu'il regardait se diriger vers le cottage ce soir-là, « Que Dieu la garde » fut tout ce qu'il trouva à dire.

21

Ce fut, je crois, avec ces sombres paroles de mon père à l'esprit que je m'éveillai tôt le lendemain matin et descendis en espérant qu'il n'était pas trop tard pour rattraper Sarah qui venait de partir à son cours de lecture hebdomadaire.

Elle atteignait déjà le bout de Myrtle Street quand je la hélai. Elle s'arrêta et m'attendit, souriante.

– J'ai envie de venir avec toi, ce matin, lui criai-je.

Cela parut lui faire plaisir.

– Chic alors ! s'écria-t-elle.

Puis elle pivota sur ses talons et poursuivit sa route, son panier se balançant entre nous tandis que nous nous dirigions vers Milford Cottage.

Nous y arrivâmes peu après, dans la lumière et la chaleur de l'air matinal annonciatrices de l'été. Mlle Channing était dehors, assise sur les marches du cottage, dans une pose si figée qu'on pouvait penser qu'elle la tenait depuis déjà un bon moment.

– Bonjour, dit-elle tandis que nous nous avancions dans l'allée.

Je ne l'avais jamais entendue s'exprimer d'une voix si peu avenante, si peu chaleureuse, et elle plissait légèrement la bouche comme quelqu'un qui grimace sous l'effet d'une douleur intérieure.

Ce ne fut que quelques minutes plus tard, après avoir commencé à faire travailler Sarah, que Mlle Channing se détendit. Elle alla même jusqu'à sourire de temps en temps, mais avec moins de vivacité que d'habitude, si bien qu'elle restait tout de même d'une humeur étrangement maussade.

La leçon prit fin à onze heures, comme toujours.

– C'est bien, Sarah, déclara Mlle Channing, se levant de table et rassemblant les livres et les cahiers. Tu progresses à merveille. À dimanche prochain.

Sarah me décocha un regard intrigué, puis se tourna vers Mlle Channing, visiblement tracassée par la détresse qu'elle percevait chez elle, craignant peut-être de la laisser seule en pareil état.

– Ça vous dirait de faire une promenade, mademoiselle ? demanda-t-elle d'une voix douce. Il y a le défilé en ville aujourd'hui.

Elle quêta mon aide du regard.

– C'est quoi, Henry, ce défilé ?

– C'est pour fêter le début de la guerre d'Indépendance, répondis-je. « Le coup de feu qu'entendit le monde entier[1]. »

Sarah ne quittait pas Mlle Channing des yeux.

– On pourrait y aller tous les trois, proposa-t-elle. C'est une si belle journée.

L'espace d'un instant, Mlle Channing parut ne pas savoir quel parti prendre. Finalement, elle répondit, mais sans conviction :

– Oh, oui, je peux bien faire ça.

1. Célèbre vers du poème « Concord Hymn », d'Emerson, qui rend hommage aux soldats indépendantistes qui, dans la ville de Concord, Massachusetts, affrontèrent pour la première fois les soldats anglais.

Nous partîmes aussitôt, marchant tous trois sans nous presser le long de Plymouth Road. Le printemps était assez avancé pour que soient apparus les premiers bourgeons aux branches des arbres et sur les tiges des fougères, ainsi que quelques fleurs sauvages, et d'âcres senteurs embaumaient l'air alentour.

– Il y avait un roi de France qui aimait particulièrement les odeurs suaves, se mit à raconter Mlle Channing. Quand il donnait de grands bals, il demandait à ses serviteurs d'en verser différents parfums sur des pigeons qu'ils lâchaient.

Elle s'interrompit pour prendre une profonde inspiration.

– Ce devait être comme ça, reprit-elle. Une tapisserie de parfums.

Elle se remit à marcher, n'ajoutant rien de plus, et jamais je n'oublierai que ce fut l'ultime histoire que j'entendis de sa bouche, et le petit sourire qu'elle offrit à la fin, le dernier que je verrais éclairer son visage.

À midi, les rues de Chatham étaient déjà noires de monde, une foule venue en ville pour assister aux festivités du jour. Nous trouvâmes de la place sur la butte face à la mairie et nous nous plantâmes parmi tous les autres en attendant le passage du défilé. En contrebas, sur les trottoirs bondés, on voyait les gens bouger dans tous les sens, essayer de trouver un endroit d'où ils auraient une vue dégagée sur la rue. Mlle Channing demeura silencieuse la plupart du temps, et presque immobile, si ce n'était sa tendance à suivre des yeux les groupes d'enfants qui couraient un peu partout.

Nous nous trouvions toujours sur la pelouse de la mairie quand la fanfare locale arriva en marchant au pas, suivie par un groupe d'habitants en costume loqueteux de l'époque de la guerre d'Indépendance avec mon père parmi eux, coiffé d'un tricorne. La nouvelle voiture de pompiers de la ville avançait derrière eux, festonnée de fanions et de guirlandes, escortée par un petit contingent de la police de l'État du Massachusetts, à cheval, mené par un homme grand et mince, aux cheveux gris et au port altier, son insigne argenté lançant des clins d'œil étincelants dans la lumière de l'après-midi, et que je reconnus plus tard comme étant le capitaine Lawrence Hamilton.

Peu après, la foule commença à se disperser, les enfants se précipitant ici et là contre l'avis de leurs parents qui leur intimaient de ne pas s'éloigner, les jeunes partant par petits groupes en direction de chez Quilty's pour s'offrir une glace et une boisson gazeuse, des couples s'éloignant nonchalamment vers la lisière de la ville, sans doute pour aller à la plage où un barbecue géant était prévu en fin de journée.

– Bon, eh bien, voilà pour le défilé, soupirai-je d'un air absent, lançant un regard sur ma droite à Mlle Channing.

Elle ne me répondit pas, ne tourna même pas les yeux vers moi. Elle les braquait sur l'autre côté de la rue. Je suivis son regard, et aperçus Mme Reed arrêtée au carrefour d'en face, tenant Mary dans ses bras.

Un bref instant, Mme Reed continua d'accorder toute son attention au défilé. Puis, en un mouvement qui me parut artificiellement lent sur le moment, elle se tourna vers nous, croisant soudain le regard de Mlle Channing qu'elle fixa sans ciller d'un air glacial, haineux, mais étrangement hagard, ses traits paraissant s'être à jamais figés dans une rage spectrale.

Ce regard dut être insupportable à Mlle Channing car aussitôt elle tourna les talons, comme si elle s'arrachait à la poigne d'un assassin invisible, et se fraya un chemin dans la foule, nous laissant en plan, Sarah et moi, qui la regardâmes, sidérés, s'enfoncer loin de nous, se faufiler à droite, à gauche à travers la pelouse grouillante de monde jusqu'à ce qu'elle finisse par disparaître dans la multitude.

– Qu'est-ce qu'elle a ? s'étonna Sarah, tandis que nos regards étaient toujours tournés dans la direction qu'elle avait prise.

– Je l'ignore, répondis-je.

Alors que je ne le savais que trop bien.

Longtemps, j'ai cru que c'était l'image qui s'était imposée à Mlle Channing cet après-midi-là – Mme Reed dans toute son angoisse de femme meurtrie ; Mary, petit être sans défense dans ses bras – qui avait suscité la conversation que je surpris le lendemain même.

C'était en fin d'après-midi, une brume bleutée descendait déjà sur Chatham School, s'accrochant aux arbres et à l'allée caillouteuse. Mlle Channing venait de terminer une séance de portrait avec mon père, car je me rappelle très bien l'avoir vue dans son bureau à peine quelques instants plus tôt, mon père à la fenêtre là où elle lui avait demandé de se placer, et elle à quelques pas, jetant des coups d'œil dans sa direction du coin de son chevalet.

Il lui avait proposé de la raccompagner chez elle en voiture, me raconta-t-il par la suite, mais elle avait refusé en disant vouloir commencer à travailler sur son autre projet, la colonne de visages dont elle devait faire don à l'école. Elle avait donc regagné sa salle de classe, pris un bloc d'argile et s'était mise à façonner une ébauche de cette sculpture en modèle réduit.

Elle s'y consacrait toujours quand, un peu plus tard,

traversant la cour, je jetai un coup d'œil sur la droite et l'aperçus debout à sa sellette, les mains profondément enfoncées dans les poches de sa blouse. Elle regardait vers le tableau noir, mais ce ne fut qu'après avoir continué de marcher en direction de la porte de service derrière l'école que je pus apercevoir ce qu'elle contemplait, car jusqu'alors le gros arbre qui se dressait au milieu de la cour me bouchait la vue. Ce ne fut donc qu'après l'avoir dépassé que je découvris M. Reed immobile à l'entrée de la pièce.

Cette scène me frappa car ils se faisaient face dans un tel silence et à une telle distance qu'ils me donnèrent l'impression d'être deux duellistes dans le crépuscule du soir. C'est pourquoi je m'arrêtai net et reculai derrière l'arbre, tendant une oreille indiscrète, tel un vulgaire curieux.

– Que veux-tu, Leland ?

– Quelque chose d'impossible.

– Tu sais ce qu'il faut faire.

– Comment veux-tu que je m'y prenne ?

– Sans regarder en arrière.

Il y eut un silence, puis M. Reed reprit la parole.

– Je t'aime, alors je le pourrai.

– Dans ce cas, fais-le.

– Viens, je te raccompagne. On peut toujours…

– Non.

– Pourquoi ?

– Tu sais pourquoi, Leland.

Autre silence. Puis il le dit :

– Tu voudrais qu'elle soit morte ?

Je n'entendis pas la réponse de Mlle Channing, seulement le bruit de ses pas quand elle marcha vers la porte, puis de nouveau sa voix, angoissée, implorante :

– Leland, je t'en prie. Laisse-moi.

– Mais tu ne vois donc pas que…
– Ne me touche pas.
– Élizabeth, tu ne peux pas…

J'entendis la porte de la classe s'ouvrir à la volée, puis Mlle Channing passa comme une flèche devant l'arbre contre lequel je me tenais et entra dans l'école, ses cheveux ondoyant dans son sillage en un noir étendard. La regardant partir, puis reportant mon attention vers la salle de classe où M. Reed était à présent avachi sur une chaise, la tête entre les mains, je sentis sourdre en moi une colère identique à celle que j'avais perçue sur le visage de Mme Reed alors qu'elle foudroyait Mlle Channing du regard, sauf que c'était Mme Reed qui était l'objet de ma rage, alors que Mlle Channing et M. Reed étaient deux oiseaux que je voulais libérer de l'étau de ses mains osseuses qui les étranglaient.

Une heure plus tard, je n'avais toujours pas décoléré et les paroles de M. Reed résonnaient toujours dans ma tête – *Tu voudrais qu'elle soit morte ?* –, quand Sarah vint me trouver sur les marches du perron de la maison de Myrtle Street.

– C'est ton père qui m'envoie, me dit-elle en s'asseyant sur la marche juste sous la mienne. Il est à l'école. Il y a quelque chose qu'il veut que tu fasses.

– Dis-lui que tu ne m'as pas trouvé, répondis-je d'un air renfrogné.

Je sentis que sa main touchait la mienne.

– Qu'est-ce qui ne va pas, Henry ?

Je secouai la tête, incapable de lui répondre.

Un instant, elle me regarda en silence, puis ajouta :

– Pourquoi es-tu si malheureux, Henry ?

Je lui donnai la seule réponse dont je disposais à l'époque.

– Parce que personne n'est libre, Sarah. Aucun de nous.

Sa question suivante jaillit d'une source immémoriale.

– Qu'arriverait-il si nous l'étions ? Libres, je veux dire.

Ma réaction annonça l'aube d'une époque de complaisance envers moi-même.

– On serait heureux ! proclamai-je avec colère. Si on était libres de faire ce qu'on veut, tu ne crois pas qu'on serait plus heureux ?

Elle n'était pas en mesure de me répondre, bien entendu. J'aurais dû m'y attendre, car elle était jeune, tout comme moi, et la dure réalité que la vie ne peut s'accommoder des passions mêmes qu'elle inspire était une leçon que nous n'avions pas encore apprise.

Sarah se releva.

– Tu ferais mieux d'aller retrouver ton père, Henry. Il t'attend.

Je ne bougeai pas.

– Dans une minute, lui assurai-je.

– Je vais lui dire que tu arrives.

Sur ces mots, elle partit, me laissant seul, assis, à la suivre des yeux tandis qu'elle atteignait Myrtle Street, puis tournait à gauche en direction de l'école, mes pensées reprenant déjà leurs divagations lugubres, si malveillantes, si impitoyables que lorsque, quelques semaines plus tard, Me Parsons et moi ferions le tour du terrain de sport, il put poser la question en étant sûr de son fait : *Donc, c'était un meurtre, n'est-ce pas, Henry ?* et devant mon silence n'ajouter rien de plus que : *Depuis quand le sais-tu ?*

22

Je ne répondis jamais à cette question de Me Parsons, mais quand il me la posa, je me souvins très précisément de l'instant où, pour la première fois, la possibilité d'un meurtre me traversa l'esprit.

C'était par une fin d'après-midi, le premier samedi de mai. J'étais seul dans le hangar à bateau, M. Reed étant parti chez Mayflower's acheter un sachet de clous. Le voilier était presque terminé, ses flancs effilés étincelaient de l'éclat d'une nouvelle couche de vernis, le mât était gréé, la grand-voile solidement enroulée et attachée en bonne place.

La lumière était allumée à l'intérieur du hangar, mais M. Reed avait recouvert les fenêtres de sacs en toile de jute, ce qui tamisait le jour dans toute la pièce qui, pour le coup, évoquait davantage un lieu mélancolique et secret que le radieux point de départ d'une grande aventure qu'elle m'avait paru être.

Je me trouvais près du poêle, rassemblant les derniers clous qui se trouvaient dans le fond d'une boîte à outils, quand soudain la porte s'ouvrit. Je me retournai, m'attendant à voir M. Reed, puis je retins mon souffle.

– Tu es Henry, dit-elle.

Elle se tenait sur le seuil, la lumière éblouissante de midi dans son dos, une main sur la porte, l'autre sur sa hanche, me faisant face, le soleil derrière elle incendiant, comme les feux d'une aurore flamboyante, les reflets roux de ses cheveux.

– Le fils de Mildred Griswald, ajouta-t-elle.

Fixés sur moi comme ils l'étaient, ses yeux verts brillaient au cœur de la lumière blême, grands ouverts et impassibles, tels ceux d'un poisson dans un aquarium opaque.

– Oui, m'dame, acquiesçai-je.

Elle franchit la porte, continuant de me transpercer d'un regard vif, vorace.

– Tu l'aides, dit-elle. Tu l'aides à construire ce bateau.

– Oui.

Elle détourna les yeux vers le flanc étincelant du voilier. Puis, dans un mouvement véloce, presque sauvage, elle les reporta sur moi.

– Où est-il ? demanda-t-elle.

– Parti acheter des clous.

Elle s'avança vers moi. Mon corps se raidit malgré moi. Il y avait dans sa façon d'être un je-ne-sais-quoi qui laissait à penser que quelque chose la dévorait inéluctablement depuis des semaines, se nourrissant des mille petits doutes qui la rongeaient et lui donnant une apparence étrangement cadavérique, comme si ses os commençaient déjà à apparaître sous la fine et presque transparente pellicule qu'était devenue sa peau.

– Ta mère et moi étions amies quand nous étions jeunes, murmura-t-elle avec un sourire curieusement douloureux.

Elle continuait d'avancer et, quelques instants plus tard, quand elle m'adressa de nouveau la parole, je sentis son souffle sur mon visage.

– Le bateau sera bientôt terminé.

– Oui, répondis-je.

Elle fit le tour de la pièce du regard, ses yeux papillonnant çà et là jusqu'au moment où, avec une redoutable intensité, ils s'arrêtèrent brutalement sur le portrait que j'avais fait de Mlle Channing, lequel était à présent accroché au-dessus du bureau placé dans un angle du fond. Son visage devint instantanément inexpressif et vide, comme si un acide s'était répandu sur ses traits, faisant fondre son identité.

– Elle vient ici ? demanda-t-elle, sans détourner le regard du dessin.

Je haussai les épaules.

– Je ne sais pas, répondis-je.

Elle redressa la tête et la tourna brusquement vers la gauche, fixant son attention sur le carton posé sur le bureau juste sous le portrait. Comme portée par un coussin d'air, elle s'en approcha sans effort, sans bruit, tandis que le temps s'était arrêté autour de nous, puis elle baissa les yeux et regarda ce qu'il contenait.

Je savais ce qu'elle voyait. Une carte. Un couteau. Un rouleau de corde grise. Et, dans le coin, une petite bouteille aux lettres insolemment écrites à l'encre noire : ARSENIC.

Elle contempla le contenu du carton pendant une éternité, comme pour mémoriser tout ce qu'elle avait sous les yeux. Puis, dans un mouvement, je m'en souviendrai toujours, lent et régulier, elle releva la tête comme si elle la sortait d'une eau croupie et irrespirable dans laquelle elle était submergée, et la tourna de nouveau vers moi.

– C'est seulement pour moi ? m'interrogea-t-elle.

– Seulement pour vous ?

– C'est seulement pour moi ? Ou c'est pour Mary aussi ?

– Je ne comprends pas ce que vous voulez dire, madame Reed.

Au cours de toutes les années qui se sont écoulées depuis, j'ai connu mon lot de peurs, d'incertitudes et de peines, mais je ne crois pas les avoir jamais revues si entremêlées, la terreur si délicatement combinée à la douleur, la douleur si inséparablement liée à la détresse que, au final, l'impression donnée était celle d'être au comble de la peur, de l'angoisse et de la confusion.

C'était ce que je percevais sur le visage de Mme Reed. C'est ce que je vois toujours quand je repense à elle. C'était clair et éclatant. Elle portait toute la misère du monde sur ses épaules. N'importe qui l'aurait compris. Cela sautait aux yeux. Le seul mystère, c'était de savoir pourquoi son désespoir, si profond, si terrible, ne m'émouvait absolument pas.

Ce fut ma mère qui s'en émut.

L'après-midi touchait à sa fin quand je rentrai à la maison. Dans la salle à manger, Sarah mettait le couvert du dîner, mais en me voyant arriver, elle laissa tout en plan et me rejoignit précipitamment dans le vestibule. Je sus tout de suite que quelque chose l'inquiétait.

– Henry, il faut que je te parle, me dit-elle d'une voix pressante. Mme Reed est venue tout à l'heure. Voir ta mère.

Mme Reed s'étant présentée à notre porte peu de temps après être passée au hangar à bateau, je ne me faisais guère d'illusions sur la raison de sa visite. Néanmoins, je gardai cette précédente rencontre pour moi, et laissai parler Sarah comme si je ne savais pas du tout de quoi il retournait.

– Elle était bizarre, Henry. Mme Reed, je veux dire. Elle avait le regard bizarre, répéta-t-elle en frissonnant légèrement. Ça m'a… donné la chair de poule, l'air qu'elle avait.

– Que voulait-elle ?

– Elle a demandé à parler à ta mère.

– Elles ont parlé ?

– Oh oui, pour parler, elles ont parlé. Ta mère a désiré boire du thé, et je le leur ai servi. Au salon, tu imagines. Porte close, bien sûr.

J'imaginais très bien ma mère et Mme Reed assises devant la cheminée vide du salon, tenant chacune dans la main une de nos plus belles tasses en porcelaine, Mme Reed tourmentée à l'excès, racontant la trahison de son mari, tandis que la colère et les craintes de ma mère grandissaient à mesure qu'elle l'écoutait.

– Je n'ai pas entendu ce qu'elles se sont dit, précisa Sarah. Mais ç'avait l'air grave.

– Où sont-elles maintenant ?

– Elles sont sorties se promener ensemble, répondit Sarah en me lançant un regard perçant. Qu'est-ce qui se passe, Henry ? voulut-elle savoir.

– Je ne sais pas, mentis-je.

Sur ce, je me détournai et montai dans ma chambre.

J'y étais encore lorsque, une heure plus tard, mon père rentra de Chatham School. Il m'appela en bas et me demanda tout de go où se trouvait ma mère. Mon regard croisa celui de Sarah qui, silencieuse, sur le seuil de la salle à manger, attendait que je réponde.

– Elle est partie se promener, dis-je.

– Se promener ? s'étonna mon père. À cette heure-ci ? Avec qui ?

– Avec Mme Reed, indiquai-je.

Il ne put dissimuler son étonnement en apprenant cette visite.

– Mme Reed ? Elle est venue ici ?

– Oui. Elle est passée dans l'après-midi.

– Que voulait-elle ?

– Voir maman, j'imagine.

Il hocha la tête d'un air dégagé, décidé à envisager cette rencontre sous les meilleurs auspices.

– Bah, elles doivent être en train de parler du bon vieux temps, tout ça, soupira-t-il. Tu sais qu'elles étaient voisines.

– Non, je ne savais pas.

– Si, si, fit-il, manifestement peu disposé à entrer dans les détails. Bon, eh bien, retourne à tes occupations, fils.

Sur ces mots, il alla au salon.

Je le suivis, mais je m'arrêtai dans l'embrasure de la porte.

– Quand étaient-elles voisines ? demandai-je.

Il s'assit, prit le journal sur la table basse à côté du fauteuil et commença à le feuilleter, manifestant clairement son manque d'envie de poursuivre la conversation.

– Quand elles étaient jeunes. Ta mère habitait à côté des gens pour qui Mme Reed travaillait après qu'elle eut été…

Il s'interrompit, et me regarda tout à coup.

– Mme Reed a été une jeune femme abandonnée, Henry.

– Abandonnée ?

– Au pied de l'autel, comme on dit.

Les yeux de mon père battirent de nouveau en retraite derrière le journal.

– Alors, ta mère a… disons… de la sympathie pour elle.

Il inspira profondément.

– Pour ce qu'elle a enduré dans la vie.

Il n'en dit pas davantage, si bien que je ne m'attardai

pas plus longtemps au salon, remontai dans ma chambre et y restai jusqu'à ce que, entendant grincer le portail, je jette un coup d'œil par la fenêtre et voie ma mère s'engager dans l'allée et s'avancer vivement vers le perron.

J'eus une de ces prémonitions si fréquentes chez les enfants dans ces moments où ils sentent que tout va voler en éclats. Peut-être fut-elle due au rythme rapide des pas de ma mère qui résonnèrent lourdement sur les marches de l'escalier, ou bien au claquement sec de la porte-moustiquaire quand elle se referma derrière elle.

En tout état de cause, je redescendis et la trouvai au salon en compagnie de mon père. Il avait posé son journal et s'était levé, lui faisant face, comme sur la défensive, appuyé à la tablette de la cheminée.

– Une femme sent ces choses-là, Arthur, disait ma mère.

– C'est ridicule, Mildred, et tu le sais.

– Tu refuses de voir la réalité en face, c'est ça le problème.

– Il doit y avoir un…

– Une femme sent ces choses-là, cria ma mère. Une femme n'a pas besoin de preuves.

– Mais moi si, Mildred, lui dit mon père. Je ne peux pas convoquer de but en blanc deux professeurs respectables dans mon bureau, et…

– Respectables ? éructa ma mère d'une voix suraiguë. En quoi, tu peux me le dire ?

– Ça suffit, Mildred, murmura mon père.

Ma mère se mura dans un silence furibond. Puis, d'une voix glaciale, elle déclara :

– Si tu refuses de faire quelque chose, Arthur, alors je ne te respecterai pas plus qu'eux.

– Comment peux-tu me dire une chose pareille ? rétorqua mon père d'un air consterné.

– Parce que je le pense, répondit ma mère. Je me suis mariée avec toi parce que je te faisais confiance, Arthur. Je trouvais que tu étais un homme bien. Honnête. Fidèle à ses principes. Mais si tu n'interviens pas en ce qui concerne la situation entre M. Reed et cette femme… eh bien, alors, à mes yeux, tu n'es pas l'homme que j'ai épousé.

Ce que je me suis toujours le plus rappelé de ce terrible moment, c'est que, dans l'énumération que ma mère fit des raisons pour lesquelles elle avait été attirée par mon père, à aucun moment elle ne mentionna l'amour.

Pendant quelques instants, ils se firent face, muets, les traits tendus. Puis mon père gagna son fauteuil et s'y laissa tomber.

– De toute façon, ça n'a pas d'importance, Mildred, dit-il à mi-voix, tournant le regard vers la fenêtre. Mlle Channing quitte Chatham School. Elle ne reviendra pas l'année prochaine.

Il ramassa le journal à ses pieds, mais ne le déplia pas.

– Elle m'a remis sa démission cet après-midi. Quoi que Mme Reed pense qu'il y ait entre Mlle Channing et… bah… tu peux lui dire que c'est terminé.

Ma mère se tenait très raide, à la même place.

– Vous, les hommes, c'est toujours pareil. Vous pensez qu'une fois que c'est fini, la femme peut tout simplement faire comme si rien ne s'était passé.

Mon père secoua la tête d'un air las.

– Je ne dis pas ça, Mildred, et tu le sais.

Ce que demanda alors ma mère me stupéfia.

– M'as-tu déjà trompée, Arthur ?

Mon père la considéra avec un étonnement égal au mien.

– Quoi ? s'écria-t-il. Mon Dieu, Mildred, que t'arrive-t-il ? Comment peux-tu me poser une telle question ?

– Réponds-moi, Arthur.

Il la fixa des yeux, étrangement silencieux, avant de finir par prendre une inspiration et donner sa réponse.

– Non, Mildred, assura-t-il d'une voix égale. Je ne t'ai jamais trompée.

J'observais ma mère, qui ne quittait pas mon père des yeux, et fus frappé de voir qu'elle ne le croyait pas, ou du moins qu'elle ne serait jamais certaine qu'il lui disait la vérité.

Ils se dévisagèrent en silence un moment encore. Puis ma mère passa devant lui et traversa lentement le salon en direction de la cuisine.

– Dîner dans une heure, lança-t-elle, s'en tenant là.

Le repas que nous partageâmes une heure plus tard fut extrêmement tendu. Mes parents ne discutèrent que de choses insignifiantes – le projet de mon père d'inclure deux nouveaux cours au programme, celui de ma mère d'agrandir le jardin floral derrière la maison. Ensuite, ma mère se rendit au salon, où elle s'installa devant la cheminée éteinte pour tricoter avant d'aller se coucher. Mon père retourna à l'école, où il travailla dans son bureau jusqu'à neuf heures, revenant à la maison seulement après que ma mère fut montée.

J'étais assis à mon endroit habituel, sur la balancelle de la véranda, quand je le vis s'approcher dans la rue, marchant très lentement, la tête légèrement baissée, posture qu'il adoptait toujours quand il était plongé dans ses réflexions.

Il m'adressa un signe de tête en gravissant les marches.

– Belle soirée, n'est-ce pas, Henry ?

Je m'attendais à ce qu'il entre immédiatement dans la maison, comme toujours. Or, il vint jusqu'à la balancelle et s'assit à côté de moi. Sur le moment, je me demandai quoi faire eu égard à la conversation que j'avais entendue entre ma mère et lui quelques heures plus tôt, mais finalement ma curiosité l'emporta sur mes scrupules, et je décidai d'évoquer le sujet.

Néanmoins, ne voulant pas l'aborder trop directement, je dis :

– En descendant de ma chambre cet après-midi, j'ai cru t'entendre dire que Mlle Channing quittait Chatham School.

Il ne parut pas s'étonner que j'aie surpris ses paroles, ni s'en alarmer outre mesure, aussi eus-je le faible espoir que, pour la première fois peut-être, il commençait à me considérer non plus comme un petit garçon à qui l'on devait cacher les réalités de la vie derrière le mur du secret et du silence, mais comme un adulte en devenir à qui, si douloureuses qu'elles fussent, ces vérités devaient être révélées.

– Oui, elle part, Henry.

– Où va-t-elle ?

– Je l'ignore.

Il me lança un coup d'œil, puis détourna le regard.

– Mais, à ta place, je ne m'inquiéterais pas pour Mlle Channing, poursuivit-il. Elle saura se débrouiller, j'en suis sûr. C'est un professeur compétent. Très compétent. Je suis certain qu'elle trouvera un autre poste ailleurs.

La discussion me parut close. Mais, brusquement, mon père se tourna vers moi.

– Henry, garde pour toi tout ce que tu as pu entendre à la maison. Au sujet de Mlle Channing et de M. Reed, je veux dire.

Je voyais qu'il cherchait ses mots.

– La vie est mal faite, Henry, reprit-il, me scrutant d'un air très solennel. Parfois, le mieux que nous pouvons donner, ou recevoir, c'est la confiance.

Sur ces mots, il se pencha vers moi, tapota ma jambe, se leva et rentra. Jamais plus il n'essaya d'expliciter son propos. Mais avec les années, à mesure qu'il vieillissait et que moi-même j'avançais en âge, j'en vins à comprendre ce qu'il avait voulu dire : que la convoitise est le propre de l'homme et la loyauté le baume dont il use pour apaiser ses frustrations.

Je sais aujourd'hui que, ce soir-là, mon père avait fait un pas vers moi, m'avait indiqué le chemin, mais je me rappelle que, le regardant franchir la porte d'un pas traînant, je l'avais trouvé plus petit que jamais. Je me sentis emporté par une vague de mépris malveillant pour tout ce qu'il incarnait. Un raz-de-marée bouillonnant qui me laissa avec l'indéfectible résolution de ne jamais être comme lui, si pitoyable, si abattu.

Aujourd'hui, quand je repense à cette période de ma vie, à ce que je ressentais à l'époque, l'inévitable m'apparaît comme n'étant ni plus ni moins que le fruit des hasards.

CINQUIÈME PARTIE

23

Il y a quelques années, je suis tombé sur une phrase de Tacite. Elle figure vers la fin du passage de *La Germanie* qui décrit l'entière soumission des tribus germaines barbares aux légions romaines à la discipline de fer, au terme d'une campagne qui avait dépouillé les Germains des derniers vestiges de leur sauvagerie, de tous les rites et rituels primitifs, des danses, des chants et des récits qu'ils se transmettaient de génération en génération. « Là où ils font un désert, écrit Tacite, ils disent qu'ils ont instauré la paix. »

Peu avant sa fermeture estivale, une paix tout aussi dévastatrice, tout aussi aride, semblait s'être abattue sur Chatham School, la métamorphosant en un lieu sans passion, c'était mon impression de l'époque, pour ne pas dire un néant où la vitalité, l'atmosphère de complots et de désirs avaient été enterrées sous des pelletées de bonnes convenances.

Mlle Channing n'arrivait plus et ne repartait plus avec M. Reed, mais venait et rentrait à pied, seule. Le matin, je la voyais souvent passer dans notre rue, marchant lentement, l'air pensif, comme en perpétuelle conversation avec elle-même. À l'école, elle s'isolait dans sa salle de classe, y prenait son déjeuner ou restait assise à côté de l'armoire, lisant pendant l'intercours.

Il n'y avait plus de promenades en ville avec M. Reed, plus de rencontres avec lui sur la corniche, et à la fin de la journée, elle s'en retournait au Noir-Étang, s'éloignant dans les ombres du soir, l'air tout aussi songeur que lorsqu'elle était arrivée à l'école le matin.

Ses cours devinrent plus austères, son enseignement plus traditionnel, son attitude plus contrôlée, comme si elle éprouvait le besoin de cacher tous les aspects de sa vie, aussi bien passée que présente, à tous ces yeux inquisiteurs qu'elle sentait autour d'elle depuis si longtemps.

Au cours de ces dernières semaines, c'était la colonne de visages qui occupait presque tout son temps. Elle recouvrit une table d'une bâche vert foncé, et, à tour de rôle, les professeurs et les élèves de Chatham School se rendirent dans sa classe et s'y étendirent pour lui permettre de faire un moulage en plâtre de leur visage. Un jour, je vis Mme Benton allongée là, les yeux fermés, le corps raide, tendu, Mlle Channing penchée au-dessus d'elle, la fixant du regard, traçant, avec un de ses doigts couvert d'argile humide, une ligne en travers de sa gorge.

Mon tour vint vers la mi-mai.

– Bonjour, mademoiselle, lançai-je en entrant dans sa classe.

Il était plus de six heures, le soir tombait, une douce brise faisait frémir les feuilles printanières du vieux chêne de la cour.

Elle portait une longue robe bleue, mais elle avait enfilé une des blouses grises dont elle se servait pour protéger ses vêtements. Ses cheveux étaient tirés en arrière et noués avec ce qui ressemblait à un bout de ficelle.

– Bonjour, Henry, répondit-elle de cette voix distante

et curieusement cassante qui était la sienne à cette époque. Qu'est-ce que tu veux ?

– Je suis venu pour le moule de mon visage. Pour la colonne.

Elle désigna la table d'un mouvement de tête.

– Allonge-toi.

Je m'approchai de la table et m'y étendis sur le dos, les yeux au plafond.

– Désolé de venir si tard, m'excusai-je.

Elle marcha jusqu'à moi, trempa ses doigts dans l'argile mouillée, puis commença de l'appliquer doucement, d'abord sur mon front, puis sur mes joues.

– Ferme les yeux.

J'obtempérai, respirant profondément pendant qu'elle enduisait mes paupières, de son toucher très tendre, presque aérien.

– C'est comme ça qu'on fait les masques mortuaires, non ? demandai-je.

– Oui, dit-elle. C'est comme ça.

Elle continua de travailler, recouvrant mon visage d'une fine et froide couche d'argile.

Une fois qu'elle eut terminé, je restai couché sur la table pendant que l'argile séchait, écoutant Mlle Channing se déplacer dans la pièce. J'entendais le petit bruit de ses pas tandis qu'elle allait et venait des tables à l'armoire, rangeant le matériel, et la revis s'avancer dans l'herbe de l'été vers mon père dont l'expression avait changé lorsqu'il s'était aperçu qu'elle marchait pieds nus.

Au bout d'un moment, elle revint jusqu'à moi, retira le moule et, avec une serviette humide, en essuya les résidus sur mon visage.

– C'est fini, annonça-t-elle, jetant la serviette dans un panier au pied de la table. Tu peux partir.

Je me redressai en position assise, puis me levai. Mlle Channing s'était alors approchée d'une autre table sur laquelle étaient posés plusieurs masques, visages tournés vers le plafond, yeux fermés, lèvres hermétiquement closes, d'un gris cadavérique.

– Bon, eh bien, bonsoir, mademoiselle, dis-je de la porte.

– Bonsoir, Henry, répondit-elle, les yeux fixés sur le moule de mon visage qu'elle enveloppait dans un linge humide.

Je m'attardai sur le seuil de la classe, désireux d'atteindre Mlle Channing d'une manière ou d'une autre, de l'arracher au linceul dans lequel elle semblait s'être emmaillotée, de lui dire ce qu'elle devrait faire, qu'elle pourrait suivre l'exemple de son père, mener l'existence pour laquelle il l'avait préparée. C'était tout juste si je ne la voyais pas courir à travers la marina obscure, une cape rouge flottant dans son dos, M. Reed l'attendant sur son bateau, la soulevant à bord dans l'ardeur d'une étreinte et la fougue d'un baiser.

– Il y a autre chose, Henry ? demanda-t-elle, me regardant attentivement à présent, les doigts encore mouillés et luisants, les cheveux parsemés de mouchetures d'argile humide.

Elle était étonnamment telle qu'elle m'apparaîtrait plus tard, surgissant de l'eau, les cheveux détrempés et aplatis auxquels s'accrochaient des détritus des profondeurs du Noir-Étang, posant la question du même ton exsangue : *Elle est morte ?* et moi lui répondant avec le détachement qui, dès lors, imprégnerait toute ma vie : *Oui.*

Mlle Channing termina la colonne à peine quelques jours plus tard, et celle-ci fut érigée le 18 mai au cours d'une cérémonie organisée par mon père. Elle se déroula sur la pelouse de l'école et, sur la photographie prise ce matin-là – que mon père inclut par la suite dans ses archives sur l'affaire de Chatham School –, Mlle Channing se tient à droite de la sculpture, les bras collés contre ses flancs, mon père à gauche, une main glissée sous son manteau, à la manière de Napoléon. Tous les professeurs et tous les élèves sont rassemblés autour d'eux, de même que Sarah, placée un peu sur le côté, qui s'était mise sur son trente et un pour l'occasion et rayonnait de joie, ses longs cheveux bruns ramenés sous un chapeau de paille orné d'un large ruban dont les deux pans disparaissent derrière son dos.

Mlle Channing ne s'adressa pas à l'assemblée ce matin-là, mais mon père ne s'en priva pas. Il la remercia pour sa sculpture, mais aussi pour son engagement comme professeur qui avait, déclara-t-il, fait un « travail admirable ». À la fin de son discours, il annonça qu'elle ne reviendrait pas à Chatham School l'année suivante, et que ce serait une « lourde, très lourde perte pour l'école ».

M. Reed fut le seul enseignant qui n'assista pas à cette cérémonie. Je n'en fus pas étonné, car au cours des deux semaines précédentes il était devenu de plus en plus distant, arrivant seul juste avant son premier cours et repartant de la même façon tout de suite après son dernier. Pendant la journée, il ne s'attardait plus dans le couloir avec les élèves, ne les entraînait plus dehors malgré la chaleur exceptionnelle pour la saison en ce début d'été. Il s'en tenait aux méthodes traditionnelles, entre cours magistral et lectures d'extraits des œuvres, mais l'enthousiasme qu'il y mettait jusqu'alors s'était émoussé. De temps à autre, alors qu'il était assis à son bureau devant le tableau noir, son regard glissait vers la fenêtre, par où il voyait, de l'autre côté de la cour, Mlle Channing face à ses propres élèves. Dans ces moments-là, il paraissait figé dans des désirs lugubres et vains, incapable de détacher les yeux d'elle jusqu'à ce que, finalement, il les reporte droit sur nous, dans un brusque mouvement de tête semblable à celui de quelqu'un qu'on viendrait de gifler.

Pourtant, malgré la furieuse mélancolie qui, à l'évidence, s'était abattue sur lui, M. Reed travaillait sans relâche à la construction de son bateau. Celui-ci fut terminé la troisième semaine de mai, et le samedi suivant il me demanda de me joindre à lui pour son baptême de l'eau.

À mon arrivée à la marina ce matin-là, le voilier avait déjà été sorti du hangar, les outils et les fournitures utilisés pour sa construction étaient rangés. Il n'y avait plus rien non plus sur le bureau, et le carton dans lequel Mme Reed avait découvert tout un assortiment d'objets pour le moins dérangeants avait déjà été transporté dans la maison du Noir-Étang et mis au grenier où le capitaine Hamilton le trouverait plus tard, la petite bouteille d'arsenic nichée dans un coin, le bouchon bien vissé, mais presque vidée de son contenu.

Seul mon portrait de Mlle Channing était resté à la même place, mais accroché un peu de guingois à présent, sa surface recouverte d'une fine couche de poussière. Il serait encore là deux semaines plus tard quand je le montrerais à Me Parsons dont le commentaire resterait à jamais gravé dans ma mémoire : *C'est elle qui lui a fait perdre la tête, Henry. Elle l'aura rendu fou.*

Mais dans la grisaille de ce dimanche matin, une si étrange éventualité me paraissait inconcevable, et le hangar à bateau faisait simplement penser à une construction venant d'essuyer un violent orage et non sur le point d'être pulvérisée par celui qui approchait.

– Viens, essayons-le, me proposa M. Reed, m'entraînant à l'extérieur, puis sur le ponton de bois contre lequel je voyais l'*Elizabeth* osciller doucement au rythme des vaguelettes, son haut mât se balançant de gauche à droite, perche blanche auréolée de brume.

Une fois que nous fûmes montés à bord, M. Reed dénoua l'amarre du bateau, régla la voile, ce qui eut pour effet de nous faire reculer un bref instant, et prit le gouvernail pour nous guider hors de la marina.

Nous suivîmes un itinéraire qui me parut avoir été décidé d'avance, exactement comme celui que j'avais vu tracé sur la carte marine de M. Reed, longeant la côte occidentale de Monomoy Island, passant devant Hammond's Bend puis Powder Hole, pour finalement contourner la pointe de l'île à Monomoy Point et gagner le large. M. Reed regardait droit devant, mais il lui arrivait de jeter de petits coups d'œil autour de nous, comme s'il guettait des dangers, si bien que, l'espace d'un moment exaltant, j'eus à nouveau le sentiment de faire partie d'un complot romantique désespéré et fou, ce voyage commencé de bon matin avant que le capitaine du port n'arrive au travail, à l'heure où la marina était déserte et la côte nimbée de brume, n'étant que le prétexte à une répétition générale.

– Un homme pourrait disparaître par un brouillard pareil, remarqua-t-il à un moment. Disparaître. Corps et biens.

Nous regagnâmes le port de Chatham vers dix heures. Le brouillard du petit matin s'était totalement dissipé ; l'air était cristallin. M. Reed manœuvra le bateau jusqu'à son point de mouillage devant la marina, puis enroula le cordage autour de la bitte d'amarrage en bois où nous l'avions trouvé un peu plus tôt.

Pourtant, au lieu de se réjouir du voyage inaugural d'un voilier qu'il avait mis trois ans à construire, M. Reed ne se départait pas de son air grave et abattu. Je marchais à côté de lui sur le long ponton de bois et jusque dans le hangar à bateau, me demandant quoi faire pour lui remonter le moral, l'arracher à ce terrible désespoir qui s'était abattu sur lui, raviver la vitalité et l'insatisfaction grandissante que j'admirais tant chez lui jusqu'alors, peut-être lui montrer la voie d'une victoire qui serait encore à sa portée.

M. Reed cala sa canne contre le bureau dans l'angle de la pièce et s'y assit, les mains croisées l'une sur l'autre. Pendant quelques minutes, il parla des îles Galápagos, situées au large des côtes sud-américaines, que Darwin évoque dans son livre *Le Voyage du Beagle*.

– Tout devait lui paraître différent, me dit-il. La vie sous un jour nouveau. Tu imagines ? Tout un monde inconnu.

L'observant à quelques pas de lui, je me sentais accablé d'un sentiment indéfinissable qui me glaçait, tel un garçon au chevet d'un mourant, témoin de la lente désintégration d'un être qu'il admire.

Quant à M. Reed, il semblait avoir à peine conscience de ma présence. Il passait du coq à l'âne, le regard tantôt fixe en une frise immobile, tantôt papillonnant d'un endroit à l'autre de la pièce, comme s'il fuyait le seul objet sur lequel il se refusait à le porter : le portrait de Mlle Channing toujours accroché au mur du fond, son visage à jamais rendu avec une expression qu'il devait en être venu à trouver cruellement engageante.

Cet après-midi-là, il ne parla qu'une fois du bateau, du long labeur de ces trois dernières années, les yeux fixés sur les cales vides qui, jusqu'alors, supportaient sa noble charpente.

– Bah, il tenait la mer, au moins, soupira-t-il.

Sur ce, il prit sa canne, se dégagea du bureau et marcha jusqu'à l'une des fenêtres qui donnaient sur le port. Elle était toujours recouverte d'un morceau de toile de jute et, pendant un moment, M. Reed regarda tout simplement ce tissu grossier et impénétrable. Puis, avec un soudain et violent sursaut, il l'arracha, un nuage de poussière et un rai de lumière crue et incandescente se déversant sur lui, dans lesquels, un court instant, il donna l'illusion de disparaître.

24

J'ai souvent eu le sentiment d'avoir moi aussi disparu dans cette clarté crépusculaire qui avait brièvement englouti M. Reed.

En effet, comme nous avions terminé le bateau, je ne le revis plus que de temps en temps, soit en cours, soit de loin, il semblait être perpétuellement en fuite, se hâtant dans un couloir ou au détour de Myrtle Street, silencieux, tourmenté, comme quelqu'un qui courrait sous d'invisibles coups de fouet.

Quant à Mlle Channing, je la voyais rarement ailleurs que dans sa salle de classe, de sorte que j'eus l'impression d'être redevenu un élève comme les autres, sans plus rien pour me distinguer d'eux ; nous l'observions tous en silence nous donner ses derniers cours avec un sérieux un peu rigide, dénué de toute l'aisance et de toute la spontanéité du rapport qu'elle avait instauré avec nous dès son arrivée, offrant d'elle l'image d'une femme distante, préoccupée, centrée sur elle-même avec une gravité morbide.

Livré plus ou moins à moi-même, je devins de plus en plus nerveux à l'approche de la fin de l'année scolaire. Je ne cessais de m'agiter sur ma chaise pendant les cours de Mlle Channing, regardant régulièrement par la fenêtre, non pas à cause du manque d'intérêt qui s'abattait parfois sur les autres garçons, mais sous l'effet d'une hostilité et d'un dédain que j'avais du mal à réfréner, comme si elle était une amoureuse qui m'avait laissé espérer puis qui, m'ayant trahi, ne méritait que mon mépris.

Je me sentais spolié et abandonné, berné par mes plus proches alliés. Du coup, je consacrais toute mon énergie à mes dessins, remarquant, impuissant, que les plus sombres éléments qui les avaient toujours caractérisés se teintaient désormais d'une noirceur démoniaque : notre petite ville noyée dans des ombres gothiques, l'océan disparaissant sous des hordes de nuages annonciateurs d'orage qui envahissaient le ciel. Les angles et les perspectives changeaient également, Chatham penchant sur un axe cruel, ses rues tortueuses plongeant en lignes brisées vers un maelström central, les maisons tanguant à gauche ou à droite formant un monde de collisions généralisées. Le plus étrange était que je dessinais ma vision des choses comme si elle ne constituait pas une déformation de la réalité, mais notre petite ville telle qu'elle était, empêtrée dans les faux-semblants du monde, dont ces difformités grotesques révélaient le vrai visage.

À cette période, je n'avais plus que Sarah pour me rappeler tout ce qui m'avait enthousiasmé ces derniers temps, et la cuisante intensité que j'avais ressentie le jour où nous nous étions tous retrouvés sur le sommet enneigé de la colline, regardant Noir-Étang en contrebas. Combien la vie m'avait paru prometteuse, palpitante et romantique alors ! Tout cela m'apparaissait désormais étouffé et inerte. Ce fut au point que j'en vins à éviter Sarah, fermant la porte de ma chambre à son approche, comme si elle ne représentait rien de plus que le souvenir amer d'un idéal perdu, un médaillon calciné autrefois accroché au cou de sa dulcinée.

Sarah se rendait sûrement compte de mon changement d'attitude, néanmoins elle se refusait à garder ses distances, et venait souvent jusqu'à ma chambre où je restais étendu sur mon lit, frappait à la porte et me proposait de sortir me promener avec elle sur la plage ou de l'accompagner faire des courses en ville.

Le dernier jeudi de l'année scolaire, elle me trouva assis au bord du terrain de sport. L'après-midi touchait à sa fin. Les professeurs étaient déjà rentrés chez eux afin de préparer les examens pour la semaine suivante, et certains garçons avaient décidé de disputer un match de *touch football* avant de monter au dortoir pour une soirée de révisions.

– Qu'est-ce que tu fais, Henry ? demanda-t-elle en s'asseyant par terre à côté de moi.

Je haussai les épaules en silence, faisant semblant de m'intéresser aux garçons qui continuaient leur match, aux mouvements que leur imposaient ses règles immuables – pas de tacles, pas de coups, pas de gestes rudes –, lesquelles, en fin de compte, devaient les rassurer parce qu'elles établissaient très clairement des limites, mais que je considérais comme une illustration de plus de la médiocrité et de la nature peu aventureuse de leur vie.

– Tu l'as prise en horreur, hein, Henry ? demanda Sarah. Tu as pris Chatham School en horreur.

C'était la fin du match. Je regardai Sarah sans sourciller, la vérité jaillissant malgré moi de ma bouche.

– Oui !

Sarah hocha la tête et, à ma grande stupeur, lut dans mes pensées avec une parfaite exactitude.

– Ne t'enfuis pas, Henry. Tu vas bientôt partir pour l'université. Alors, tu ne seras plus obligé de…

Je détournai les yeux et fis un mouvement de tête en direction des autres garçons.

– Et si je finis comme eux ?

Elle arrêta son regard sur le terrain de sport, observant et écoutant les garçons qui se dispersaient à toutes jambes en se criant dessus. Dans ses yeux, je voyais qu'elle ne les trouvait pas si terribles, les garçons de Chatham School, et qu'elle pressentait peu passionnante l'existence qu'ils mèneraient par la suite. Car elle était déjà assez mûre pour deviner que la vie plus aventureuse à laquelle j'aspirais tant pouvait finir par se réduire à peu de choses, les sentiers les moins battus ne mener qu'à la fade satisfaction de les avoir suivis.

Moi, cette maturité-là me faisait défaut, aussi l'esprit de rébellion de Sarah me paraissait-il désormais aussi mort que celui de M. Reed et de Mlle Channing, le monde entier englué dans un renoncement et une lâcheté abjects.

– Au bout du compte, tu ne vaux pas mieux qu'eux, Sarah, persiflai-je, montrant les garçons d'un geste du menton et espérant que mes paroles la toucheraient profondément, mettraient son âme à terre, meurtrie jusqu'au sang. Tu es une fille. C'est ta seule différence.

J'aurais pu continuer, m'en prendre à elle avec encore plus d'arrogance et de cruauté, mais un fracas soudain m'en empêcha. Assourdissant et métallique, il provenait du phare. Tournant la tête dans cette direction, je vis Mlle Channing en sortir en courant, son écharpe rouge ondulant dans son dos tandis qu'elle se dépêchait de traverser la pelouse.

Sarah écarquilla les yeux.

– Mlle Channing, murmura-t-elle.

Celle-ci atteignit la rue et s'y engagea à droite, marchant à grandes enjambées jusqu'à la route de la corniche. Là, elle s'immobilisa un court moment, enfouit sa tête dans ses mains, puis la releva presque aussitôt, pivota sur ses talons, lançant un regard furieux vers le phare avant de se détourner et de se précipiter en toute hâte en direction de la ville.

Ce fut à ce moment-là que nous regardâmes de nouveau vers le phare. M. Reed se tenait dans l'embrasure de la porte, baissant la tête, s'appuyant d'un air épuisé sur sa canne.

– Mais pourquoi ne s'enfuient-ils pas ensemble, une fois pour toutes ? bredouillai-je avec une telle véhémence que mes paroles parurent les concerner moins que moi-même. Pourquoi faut-il que les gens soient si lâches ?

Sarah me considéra gentiment, tendrement, les mots durs que je venais de lui dire déjà laissés de côté.

– Ils ne sont pas lâches, Henry, me dit-elle fermement.

– Alors pourquoi ne vont-ils pas jusqu'au bout, pour quelles raisons ne font-ils pas ce qu'ils ont envie de faire en oubliant tout le reste ?

Elle ne me répondit pas. Et lorsque je me remémore cet instant aujourd'hui, je mesure que cela lui était impossible, car nous n'avons jamais découvert pourquoi, compte tenu de la brièveté de l'existence, de l'ampleur de nos besoins et de la force de nos passions, nous ne nous consacrons pas à la quête de notre bonheur individuel avec un zèle dévastateur, en disséminant le reste aux quatre vents. Nous savons seulement que nous ne le faisons pas, et que toute notre bonté, qui seule nous permet de prétendre à la glorification de soi, réside dans cette inexplicable dévotion pour d'autres choses que nous-mêmes.

Je me tournai vers le phare. Le seuil en était désert car M. Reed avait gravi les marches jusqu'au sommet. Je le voyais là-haut contemplant notre petite ville, les mains agrippées au garde-corps, ayant adopté la pose dans laquelle j'aurais certainement choisi de le peindre si j'avais fait son portrait : une silhouette estropiée contre un ciel rouge sang.

– Elle le fera mourir, déclarai-je, emporté par le sombre tumulte du déchaînement de mes pensées au point que j'en tremblais presque en le disant. Ils se feront mourir l'un l'autre. Mais pourquoi ne s'embarquent-ils pas sur ce voilier et ne voguent-ils pas loin de tout ça ?

Je repensais à ce que j'avais vu et entendu au cours des semaines passées, aux heures que j'avais consacrées à aider M. Reed à terminer son bateau, au but non avoué de ce projet que j'avais fini par comprendre. Je regardai Sarah droit dans les yeux, fier de ce que j'avais accompli, regrettant seulement que tant de travail n'ait mené à rien.

– Oui ! m'écriai-je. C'était pour ça que je le construisais. Pour qu'ils puissent partir d'ici.

Les yeux de Sarah s'agrandirent, emplis de consternation.

– Mais, Henry, que fais-tu de…

Elle s'interrompit et, un bref instant, nous nous fîmes face, silencieux. Puis, sans un mot de plus, elle se leva et s'éloigna, allant, me semblait-il, reprendre sa place parmi cette foule amorphe et sans passions à jamais aux ordres de mon père.

Pendant les heures qui suivirent, étendu, maussade, sur mon lit à l'étage, je bouillais intérieurement. Les bruits les plus ordinaires m'assaillaient en une clameur insupportable, les pas pesants de ma mère me faisant l'effet d'un martèlement de sabots de chevaux, la voix de mon père celui d'un croassement débile. La maison elle-même paraissait se liguer contre moi, ma propre chambre se refermant sur moi comme un étau, l'air ambiant si épais et si âcre que j'avais la sensation d'être enfermé dans une pièce complètement enfumée.

Vers neuf heures, je finis par me précipiter dans l'escalier et dehors, dans la nuit. Ma mère, qui s'était rendue chez des voisins, ne s'aperçut pas de mon départ. Quant à mon père, je voyais la lumière briller dans son bureau de Chatham School tandis que je m'éloignais furtivement dans Myrtle Street, et sus qu'il travaillait là-bas, courbé tel un immense ours noir au-dessus de son imposant bureau à côté de la fenêtre, sa plume d'oie tressautant de gauche à droite à mesure qu'il signait des « documents importants ».

Je marchais sans but, prenant la direction de la falaise, ayant seulement la vague sensation de fuir quelque chose, faisant exactement le contraire de ce que Sarah m'avait conseillé, partant loin de Chatham School porté par la vague de mon impulsion, reniant tout, jetant mon passé aux orties.

Je savais que telle n'était pas ma véritable intention, bien entendu, mais je n'en continuais pas moins de m'éloigner, parcourant les rues de cette petite ville que je méprisais tant, passant devant les boutiques éteintes, et me dirigeant plus loin sur la route qui filait entre les marais et l'océan, jusqu'à l'endroit où Plymouth Road apparut soudain, poudreux chemin de coquilles d'huîtres d'une pâleur surnaturelle quand, entre des nuages qui s'écartèrent, un rayon de lune tomba dessus, lui donnant brutalement l'aspect gothique et désolé sous lequel je l'aurais immanquablement dessiné, son tracé tendu vers moi telle une main fantomatique.

Dans mon esprit, je revis Mlle Channing sortir en courant du phare quelques heures auparavant, son écharpe rouge flottant derrière elle, et M. Reed qu'elle laissait en plan, tête baissée, main crispée autour du pommeau de sa canne. Jamais ils ne m'étaient apparus aussi tragiquement romantiques qu'en cet instant, autant mériter d'être ensemble, d'accéder au genre de bonheur que seuls les gens comme eux, aussi ardents, aussi passionnés pouvaient trouver, et auquel ils méritaient d'avoir droit.

Je m'engageai dans Plymouth Road sans idée préconçue, repensant à toutes les fois où j'étais passé par là avec Sarah pour trouver Mlle Channing assise sur les marches de Milford Cottage, ou debout au bord de l'étang. Je me rappelai le jour neigeux de novembre où nous étions montés tous les quatre à pied au sommet de la colline, combien tout le monde avait l'air heureux alors, comme tout avait semblé ouvert un bref moment et semblait complètement et définitivement fermé à présent.

J'atteignis Milford Cottage sans avoir eu l'intention de m'y rendre. Aurais-je trouvé le cottage plongé dans l'obscurité que j'aurais rebroussé chemin. Une voiture eût-elle été garée dans l'allée que j'aurais battu en retraite dans la nuit et regagné Myrtle Street. Mais de la lumière brillait aux fenêtres, et aucun véhicule ne me barrait la route. Et, surtout, il se mit à pleuvoir. Pas doucement, mais avec d'assourdissants coups de tonnerre, de sorte que j'eus conscience que cela ne durerait pas, que j'aurais besoin de trouver refuge à Milford Cottage seulement le temps de l'averse, puis que je rentrerais chez moi.

Quand elle m'ouvrit, je vis son visage comme je ne l'avais encore jamais vu : ses yeux si pâles qu'ils en devenaient presque incolores, deux points noirs sur fond blanc, soulignés de deux sombres demi-lunes, ses cheveux tirés en arrière et emmêlés comme si on l'avait secouée comme un prunier puis jetée contre un mur. Jamais personne ne m'avait paru si totalement ravagé d'amour que Mlle Channing en ce terrible instant.

– Henry, fit-elle, plissant les paupières, s'efforçant de fixer son attention sur moi, chuchotant d'une voix brisée. Qu'est-ce que tu fais là ?

– J'étais sorti me promener, racontai-je d'une voix heurtée, reculant déjà dans la nuit, prenant conscience que j'avais mal choisi mon moment. Et puis il s'est mis à pleuvoir, alors…

Elle recula à l'intérieur du cottage, ouvrant grand la porte.

– Entre, me proposa-t-elle.

Des chandelles étaient allumées aux quatre coins de la pièce, et un feu crépitait dans l'âtre. Une pile de lettres était posée sur la tablette, dont certaines, je le voyais, brûlaient déjà dans les flammes. L'air était lourd et surchauffé, de la buée commençait à se former au coin des vitres.

– Je fais du vide, m'expliqua Mlle Channing d'une voix tendue, presque hors d'haleine, la transpiration perlant à son front et ourlant sa lèvre supérieure, tandis qu'elle triturait distraitement du bout de ses longs doigts le col de son corsage. Avant de partir, précisa-t-elle.

Elle braqua son regard sur la fenêtre, sur la pluie qui martelait le carreau.

– Des choses que je ne veux pas garder, ajouta-t-elle, se tournant vers moi.

Elle me fixait avec, dans les yeux, une angoisse terrible, et se laissa aller à exprimer ce qu'elle ressentait.

– Je ne peux pas continuer, gémit-elle, les yeux soudain brillants à la lueur de la chandelle.

Je m'avançai vers elle.

– Comptez sur moi, mademoiselle, murmurai-je. Si je peux vous être utile…

Elle secoua la tête.

– Il n'y a rien que tu puisses faire, Henry.

– Il doit bien y avoir quelque chose, insistai-je, l'implorant du regard.

Je vis alors ses traits se figer dans une dureté d'acier, eus la curieuse impression que sa chair se minéralisait, comme si, en un instant, elle avait pris la résolution de survivre à tout ce que cet amour lui avait fait. D'un rapide pas en arrière, elle s'écarta de moi, puis marcha jusque dans la chambre contiguë. Elle resta un moment devant l'étagère à côté de son lit, la fixant d'un air froid et inflexible. Puis elle s'empara d'un collier posé sur la tablette du haut, le serrant entre ses doigts repliés dessus comme de pâles serres tandis qu'elle me l'apportait.

– Débarrasse-m'en, me dit-elle.

– Mais, mademoiselle…

Elle empoigna ma main, plaça le collier dans ma paume, et referma mes doigts autour.

– Je ne te demande rien de plus, Henry.

La pluie avait cessé lorsque, quelques minutes plus tard, je repartis de Milford Cottage, Mlle Channing se tenant sur le pas de la porte, sa silhouette se découpant contre l'éclairage intérieur. Elle n'avait toujours pas bougé de là quand, au détour du virage le plus proche, je disparus à sa vue.

Je cheminai dans l'obscurité, progressant lentement sur le sol mouillé, repensant à ce que j'avais discerné sur le visage de Mlle Channing, encore sous le choc qu'elle m'ait donné à voir les ruines des passions qu'elle avait partagées avec M. Reed, incapable d'imaginer ce qui pourrait lui rendre les bonheurs qu'elle y avait puisés, sinon par le seul moyen qui s'était toujours présenté à eux : qu'ils partent tous deux à bord du bateau de M. Reed, un grand vent gonflant ses voiles blanches, les propulsant au-delà de la pointe de Monomoy Island dans la mer déchaînée et infinie.

Pendant un moment, je m'enfermai dans un pur fantasme, comme si j'étais à leurs côtés, voguant vers le sud, un vent des Caraïbes fouettant les eaux tropicales au large des côtes cubaines, le visage de Mlle Channing radieux, hâlé, ses cheveux noirs voletant librement, chahutés par de tièdes brises marines, M. Reed maniant le gouvernail, miraculeusement guéri de sa claudication, la cicatrice à jamais disparue de son visage, les hivers de la Nouvelle-Angleterre et tous leurs serments gelés désormais incapables de les atteindre ou de les rappeler à l'ordre.

Les phares d'une voiture venant vers moi dans Plymouth Road me ramenèrent à la réalité. Ils approchaient lentement, presque furtivement, tels deux yeux jaunes, me recouvrant d'un faisceau de lumière si aveuglant que ce ne fut qu'une fois le véhicule arrêté à ma hauteur que je vis M. Reed au volant, les yeux dissimulés sous le rebord de son chapeau.

– Monte, dit-il.

J'obtempérai, et il redémarra, poursuivant sa route dans Plymouth Road, tournant à gauche à la fourche, en direction de chez lui de l'autre côté de l'étang, et non vers Milford Cottage.

– Qu'est-ce que tu fabriques ici, Henry ?

– Je me promenais.

Il ne quittait pas la route des yeux, serrait le volant entre ses doigts.

– Tu es allé chez Mlle Channing ?

– Oui, répondis-je.

– Pourquoi ?

– Il s'est mis à pleuvoir. J'y suis allé pour m'abriter de l'averse.

La voiture continuait de rouler, deux cônes jaunâtres éclairant faiblement la route devant nous.

– Qu'est-ce qu'elle t'a dit ? demanda M. Reed.

– Ce qu'elle m'a dit ?

Il m'évalua du regard.

– À propos de cet après-midi. Au phare.

Je secouai la tête.

– Rien.

Sur le coup, il ne me crut apparemment pas. Il accéléra quelques secondes, maintenant son attention sur la route. Puis je vis ses épaules s'affaisser légèrement, comme si un grand poids les écrasait brusquement. Il leva le pied de l'accélérateur, appuya brutalement sur la pédale de frein, et la voiture s'arrêta en dérapant. Au loin, les lumières de sa maison luisaient gentiment dans l'obscurité.

– Il y a des jours où je voudrais qu'elle soit morte, chuchota-t-il.

Puis il se tourna vers moi, le visage presque aussi gris et aussi inerte que les masques de la colonne de Mlle Channing.

– Tu ferais mieux de rentrer chez toi, Henry.

Il n'ajouta pas un mot.

Je fis ce qu'il m'avait dit, le regardant s'éloigner,

les feux arrière de sa voiture me foudroyant de leurs petits yeux luminescents.

M. Reed ne vint pas à l'école le lendemain, contrairement à Mlle Channing qui affichait une humeur très sombre, son agitation de la veille au soir retenue par l'étau de fer de son implacable maîtrise d'elle-même.

C'était le vendredi avant les examens de fin d'année, et nous savions tous que, puisqu'elle allait quitter Chatham School, ce serait le tout dernier cours que nous aurions avec elle. Les autres professeurs qui s'étaient trouvés sur le départ – soit qu'ils aient pris leur retraite, soit qu'ils aient obtenu de meilleurs postes, ou encore ceux que mon père n'avait pas jugés dignes de leur mission et avait envoyés promener – avaient tous pris le temps de nous faire leurs adieux, exprimant en général en quelques mots tout le plaisir qu'ils avaient eu à travailler avec nous et leur espoir que nous resterions en contact. Ce jour-là, tandis que le cours touchait à sa fin, nous nous attendions tous, je suppose, à ce que Mlle Channing sacrifie à cette tradition, nous donne peut-être une vague indication sur ses projets après son départ de Chatham School.

Elle n'en fit rien. À la place, elle passa rapidement en revue les points importants de ce qu'elle nous avait appris, d'un ton un peu brusque, n'apportant que de très brèves réponses à nos questions, finissant sur un seul commentaire dénué de vie.

– C'est l'heure, lança-t-elle quelques secondes avant la fin du cours.

Sur ce, elle parcourut l'allée et alla se poster à la porte de sa salle de classe.

La cloche tinta. Nous nous levâmes tous et sortîmes à la file, Mlle Channing adressant un petit signe de tête à chacun de nous à mesure que nous passions devant elle, nous lançant à la va-vite un dernier mot à peine audible :

– Au revoir.

– On ne doit pas se dire au revoir maintenant, lui fis-je remarquer en atteignant la porte. Je vais venir chez vous dimanche avec Sarah.

– Très bien, acquiesça-t-elle sèchement avant de porter son attention sur le garçon derrière moi. Au revoir, William, murmura-t-elle comme ce dernier s'avançait vers elle et prenait sa main.

Mlle Channing passa le reste de la journée à nettoyer l'annexe qui lui servait de salle de classe et d'atelier depuis neuf mois. Elle rangea les fournitures, empila les sellettes, plia la bâche qu'elle avait étalée sur des tables afin de modeler les masques pour la colonne de visages.

À quatre heures de l'après-midi, elle avait terminé le gros du travail et se concentrait sur les derniers détails du ménage. Mme Benton la vit frotter les vitres avec les gestes frénétiques qu'elle décrirait plus tard à Me Parsons et au capitaine Hamilton. Ce soir-là, dans la clarté bleu pâle de la cour, Mme Abercrombie vit la lumière s'éteindre dans sa salle de classe, puis Mlle Channing en sortir, jetant, selon les déclarations de Mme Abercrombie, un dernier coup d'œil à l'intérieur, avant de refermer la porte, de se détourner et de s'éloigner. Peu après, M. Taylor, un banquier de la ville qui habitait dans la seule belle demeure de Myrtle Street, l'aperçut à côté de la colonne sur la pelouse devant Chatham School, effleurant, du bout des doigts, un des visages. Et finalement, juste avant la tombée de la nuit, alors qu'une ligne de nuages annonciateurs d'orage obscurcissait l'horizon, mon père sortit de l'école et, jetant machinalement un coup d'œil sur sa gauche, l'aperçut au bord de la falaise, le haut phare blanc dans son dos, sa longue chevelure brune ébouriffée par le vent tandis qu'elle regardait au loin s'assombrir l'océan.

Le lendemain, samedi 28 mai 1927, personne ne revit Mlle Channing. Le facteur déclara que le cottage était désert lorsqu'il y avait porté le courrier à onze heures, et un chasseur du nom de Marcus Lowe, surpris par le même genre de violent orage qui avait déferlé sur cap Cod l'avant-veille au soir, affirma par la suite être resté près d'une demi-heure sous la petite véranda de Milford Cottage sans avoir entendu le moindre mouvement à l'intérieur. Et sans avoir vu aucune lampe allumée, avait-il ajouté, malgré la nuit épaisse qui recouvrait alors les abords du Noir-Étang.

25

Il est tout à fait possible qu'à partir du moment où Mlle Channing avait quitté Chatham School en ce dernier vendredi précédant les examens, plus personne ne l'ait revue avant le dimanche, au moment où Sarah arriva pour son dernier cours de lecture.

L'orage de la veille au soir était passé, laissant dans l'air un certain éclat, une légère moiteur qui nous entourait tandis que nous marchions le long de Plymouth Road, ce matin-là. Sarah semblait avoir oublié les paroles très dures que je lui avais lancées au visage alors que nous étions assis tous les deux au bord du terrain de sport, deux jours plus tôt. À un moment, elle alla même jusqu'à me prendre le bras, le serrant légèrement tandis que nous poursuivions notre chemin, joyeuse et confiante, n'ayant plus rien de la fille timide de l'année précédente.

– Mlle Channing me manquera, me confia-t-elle. Mais je ne vais pas arrêter d'étudier.

Elle maîtrisait les bases de la lecture et de l'écriture à présent et, de temps à autre, au cours des dernières semaines, je l'avais surprise assise à la cuisine, un livre ouvert sur les genoux, ses jolis yeux férocement concentrés sur la page, y déchiffrant certains mots, sans doute déroutée par d'autres, mais, de façon générale, faisant bien les progrès auxquels je m'attendais de la part de quelqu'un de si motivé, si ambitieux et si impatient d'échapper à l'existence à laquelle, sinon, elle eût été condamnée.

Elle lâcha mon bras et me regarda avec détermination.

– Jamais je ne renoncerai, Henry, affirma-t-elle.

Elle s'était bien habillée pour l'occasion, sûrement par respect envers Mlle Channing. Elle portait un corsage blanc et une jupe rouge foncé, ses cheveux retombaient librement sur ses épaules et dans son dos en une longue vague sombre. Elle avait aussi préparé un petit quelque chose de spécial, pas seulement des biscuits ou une tarte salée, mais un châle bleu marine à franges dorées, les couleurs de Chatham School.

– Tu crois qu'il plaira à Mlle Channing ? s'inquiéta-t-elle, le sortant du panier.

Je haussai les épaules.

– Je n'en sais rien, répondis-je.

Je me rappelai à quel point j'avais trouvé Mlle Channing distante et malheureuse lors de son dernier cours du vendredi, la revis nous saluer d'un simple signe de tête pendant que nous sortions de classe. Mais même cette froideur me semblait préférable à la souffrance que j'avais perçue chez elle l'avant-veille au soir, dans son regard, quand elle avait posé le collier dans ma main, dans la glaciale irrévocabilité de ses paroles : *Débarrasse-m'en.*

Sauf que je n'en avais rien fait, raison pour laquelle au moment où Sarah et moi approchions de la bifurcation de Plymouth Road, je le sentais, tel un petit serpent, se tortiller dans ma poche de pantalon, cherchant à se libérer.

Soudain, je m'immobilisai, ne sachant quel parti prendre.

– Qu'y a-t-il, Henry ? demanda Sarah.

Je sentis ma main se glisser dans ma poche, le collier de perles de verre s'enrouler autour de mes doigts.

– Je dois passer chez M. Reed, répondis-je. J'en ai pour une minute.

– Chez M. Reed ? Pourquoi ?

– Je dois lui donner quelque chose. Je te rejoindrai chez Mlle Channing.

Sarah hocha la tête en signe d'assentiment, et poursuivit son chemin, prenant, à la fourche, la branche qui menait à Milford Cottage, tandis que je m'engageais dans celle qui allait en direction de chez M. Reed.

J'arrivai chez lui quelques minutes plus tard. Sa voiture était dans l'allée, mais il n'y avait personne dans le jardin, et je n'entendais aucun bruit dans la maison.

Ce fut alors que je la vis : Mme Reed venait vers moi depuis la vieille remise, progressant avec difficulté sur le sol herbeux, si absorbée dans ses pensées qu'elle ne redressa la tête qu'une fois arrivée au bas des marches de la véranda.

– Bonjour, madame, lançai-je.

Elle s'arrêta en sursautant légèrement sous le coup de la surprise, puis mit sa main en visière pour protéger ses yeux de la lumière aveuglante du matin et me considéra d'un air bizarrement méfiant, comme si j'étais une ombre qu'elle venait d'apercevoir dans la forêt ou je ne sais quoi qu'elle aurait surpris tapi derrière une porte.

– Je suis Henry Griswald, lui rappelai-je. Vous m'avez…

– Je sais qui tu es, m'interrompit-elle, relevant vivement le menton comme si elle s'attendait à recevoir un coup. Tu l'aides à terminer son bateau.

Je perçus le reproche dans sa voix, mais jugeai préférable de l'ignorer.

– M. Reed est là ?

Ma question parut la jeter dans la détresse.

– Non, répondit-elle d'un air soudain plus agité. Il est allé je ne sais où, se promener.

Son regard obliqua vers l'étang et le petit cottage blanc sur l'autre berge.

– J'ignore où il se trouve.

– Vous savez à quelle heure il rentrera ?

– Non, je ne sais pas, rétorqua-t-elle, de plus en plus crispée, son sourcil fauve s'arquant brutalement avant de s'abaisser lentement, tel le torse d'un agonisant. Qu'est-ce que tu veux ? voulut-elle savoir, me scrutant d'un air grave et éperdu, comme si je plongeais vers elle d'une très haute altitude, oiseau noir fondant inéluctablement sur elle. Qu'est-ce que tu viens faire ici ?

– Je voulais juste voir M. Reed.

Une pensée parut s'imposer à elle tout à coup, ses inquiétudes semblèrent prendre une autre orientation.

– Il va partir ? me demanda-t-elle, me transperçant d'un regard chargé d'un mépris viscéral, sa voix fine et tranchante, un fil à découper tendu à l'extrême. Nous laisser, moi et Mary ? Partir avec…

Elle inclina la tête à gauche, vers l'étang.

– … elle ?

Je haussai les épaules.

– Je… ne…

Quelque chose parut enflammer son esprit.

– Il ne serait pas le premier, tu sais. Le premier qui m'abandonnerait.

Je demeurai silencieux.

Elle me regardait avec appréhension, comme si je n'étais plus un jeune garçon, mais un envoyé du mal dont les doigts n'étaient pas refermés autour d'un bijou de pacotille, mais autour d'une longueur de corde grisâtre, du manche implacable d'un couteau.

– Je venais juste voir M. Reed, répétai-je. Je repasserai.

Elle m'observait avec colère.

– Tu lui diras que je ne l'accepterai pas deux fois, asséna-t-elle d'une voix forte, d'un air égaré, comme si elle s'adressait à quelqu'un à distance. Il devrait déjà être là.

– Il sera là dans quelques minutes, hasardai-je.

Elle garda le silence, murée dans ce qui m'apparaissait alors comme une impénétrable déraison, ses yeux papillonnant de tous côtés, désaxés, comme si elle ne pouvait plus les fixer sur rien de précis à part le vieux tablier que ses doigts commençaient à serrer et tirailler.

En la voyant dans cet état, il me paraissait inimaginable qu'elle puisse jamais étreindre de nouveau M. Reed, l'attirer dans son lit, ou même aller se promener avec lui dans les bois par un après-midi neigeux. Comment pourrait-il passer le reste de son existence avec cette femme, mangeant une crémeuse soupe de poissons pendant qu'elle le regarderait, assise en face de lui à la même table, jacassant sur l'augmentation du prix du saindoux tout en ressassant ses craintes d'une trahison.

Tout à coup, l'autre destin possible s'imposa à moi avec plus de force que jamais, et je vis Mlle Channing se précipitant hors du phare, M. Reed à ses côtés, tous deux s'éloignant sur la route de la corniche, puis par les ruelles de Chatham jusqu'à l'*Elizabeth* aux immenses voiles magnifiquement déployées, les alizés attendant, tels des étalons blancs, de les emporter très loin.

Ce fut alors, suprême révélation qui me vint en une

fraction de seconde, que la réponse s'imposa à moi. Il fallait que quelqu'un le fasse. Que quelqu'un les libère. Mlle Channing et M. Reed étaient irrémédiablement prisonniers dans le donjon de Chatham School, avec mon père pour sévère surveillant, et Mme Reed pour gardienne des portes. Il me revenait d'être le vrai héros de leur histoire d'amour, de tourner la clé de fer, de soulever les lourds loquets.

Alors j'arrêtai mon regard sur Mme Reed et lui dis :

– Laissez-les partir, madame. Ils veulent être libres.

Son regard se figea, tout son visage se tendit, ses traits se tordirent.

– Qu'est-ce que tu racontes ?

– Ils veulent être libres, répétai-je, à la fois étonné par ma propre audace et enhardi par elle.

Elle me considérait d'un air glacial.

– Libres ?

Je tournai la tête vers l'étang. Au loin, je voyais le saule derrière Milford Cottage, le ponton qui s'étirait au-dessus de l'eau. Je repensais au moment où Mlle Channing avait posé une main tremblante sur la joue de M. Reed, à la manière dont il l'avait regardée sous le contact de ses doigts.

Cette vision m'encouragea à aller de l'avant avec un zèle impitoyable.

– Oui, assénai-je froidement. Être libres. C'est ce qu'ils veulent. Mlle Channing et M. Reed.

L'espace d'un instant, elle me considéra en silence, le regard curieusement éteint, les traits avachis, ravagés, comme battus au fléau. Puis son corps se raidit, tel celui d'un pendu tressautant sous le contrecoup du nœud coulant, et elle tourna les talons, partit comme une flèche loin de moi en criant *Mary, rentre !,* sa voix se répercutant à travers les bois environnants tandis qu'elle gravissait dignement les marches de sa maison et s'engouffrait à l'intérieur, une petite fille surgissant à l'angle du mur quelques secondes plus tard, grimpant à son tour les marches et riant gaiement tout en disparaissant dans les ténébreux recoins de la maison.

Je trouvai Mlle Channing et Sarah à l'intérieur de Milford Cottage lorsque je m'y présentai quelques minutes plus tard, et allai me planter entre elles, toujours émerveillé par la grande chose que j'avais la certitude d'avoir accomplie.

Apparemment, Sarah avait attendu que je sois là pour donner son cadeau à Mlle Channing.

– C'est pour vous, murmura-t-elle avec un grand sourire en sortant le châle de son panier.

– Merci, dit Mlle Channing, le lui prenant avec délicatesse des mains, comme si c'était un bébé. C'est très beau, Sarah.

Nous nous trouvions dans la pièce de devant. Beaucoup d'affaires de Mlle Channing étaient déjà rangées dans les deux mêmes valises en cuir que j'avais portées jusque-là près d'un an plus tôt, ainsi que dans plusieurs cartons qui contenaient les quelques objets qu'elle avait achetés depuis. Je m'imaginais déjà les charger sur le voilier de M. Reed, puis, de l'extrémité du ponton, leur dire adieu de la main tandis qu'ils sortiraient de la marina au clair de lune, laissant derrière eux Chatham School où on ne les reverrait jamais.

– Moi aussi, j'ai quelque chose pour toi, annonça Mlle Channing à Sarah.

Elle gagna sa chambre, puis revint avec, dans sa main, le bracelet africain dont les perles aux couleurs vives scintillaient dans la lumière.

– Pour les progrès que tu as faits, ajouta-t-elle, le

tendant à Sarah dont les yeux s'agrandirent de joie et de surprise.

– Oh, merci, mademoiselle ! s'écria-t-elle en le glissant à son poignet.

Mlle Channing réagit par un signe de tête un peu sec.

– Bon, fit-elle, mettons-nous au travail.

Elles prirent place à la table devant la fenêtre, Sarah y disposant ses manuels pendant que Mlle Channing relisait les lignes d'écriture qu'elle lui avait données à faire le dimanche précédent.

Je les laissai travailler et partis me promener au bord de l'étang. Au loin, j'apercevais la maison de M. Reed à moitié cachée au cœur d'un bouquet d'arbres, sa voiture garée dans l'allée.

Une heure plus tard, toujours au bord de l'eau, je vis Sarah et Mlle Channing venir à ma rencontre, Sarah n'arrêtant pas de parler, ainsi qu'elle le faisait souvent après sa leçon.

– Où comptez-vous aller maintenant ? demanda-t-elle à Mlle Channing au moment où elles me rejoignaient.

Sa réponse se fit moins attendre que je ne le pensais, étant donné que personne, chez moi, n'avait fait la moindre allusion à ses intentions.

– À Boston, peut-être. Du moins, pendant un certain temps.

Sarah sourit, tout excitée.

– Oh là là, ça, c'est une belle ville ! s'exclama-t-elle. Et qu'est-ce que vous allez faire une fois que vous serez installée ?

Mlle Channing haussa les épaules.

– Je ne sais pas.

Cette question paraissait la troubler. Pour changer de sujet, elle se tourna vers moi, et déclara :

– Henry, j'ai ici des livres de la bibliothèque de l'école. Tu voudras bien les rapporter pour moi ?

– Bien sûr, mademoiselle.

Elle se retourna et repartit vers le cottage, si rapidement que je dus accélérer le pas pour rester à sa hauteur. Une fois à l'intérieur, elle alla chercher un carton de livres dans sa chambre.

– Henry, je tiens à m'excuser de l'état dans lequel j'étais quand tu es venu l'autre soir, dit-elle en me le tendant.

– Vous n'avez pas à vous excuser, mademoiselle, lui assurai-je, souriant intérieurement en songeant à tout ce dont elle pourrait bien avoir à me remercier sous peu : j'avais franchi le pas décisif, fait ce que ni elle ni M. Reed n'avaient été capables de faire, brisé les fers qui les enchaînaient à Chatham.

Nous ressortîmes du cottage et marchâmes jusque sous le saule. Il était près de midi, on n'entendait aucun bruit, il n'y avait pas de vent, les longs tentacules de l'arbre retombaient sans bouger vers le sol humide. À ma droite, je voyais Sarah qui se dirigeait vers le vieux ponton de bois. Arrivée devant, elle hésita, comme si elle doutait de sa stabilité, puis elle s'y engagea et avança jusqu'au bout, silhouette mince et droite dans ses plus beaux habits.

– J'espère que tu veilleras sur Sarah, murmura Mlle Channing qui l'observait de là où nous nous tenions sous le saule. Encourage-la à continuer d'étudier.

– Je crois qu'elle n'a pas besoin d'encouragements, rétorquai-je, portant le regard de l'autre côté de l'étang vers la maison de M. Reed d'où je vis alors Mme Reed sortir et dévaler les marches de la véranda, tirant sans ménagement Mary derrière elle.

Au bas des marches, elle s'arrêta un instant, et

tourna la tête à droite et à gauche comme quelqu'un qui chercherait des réponses dans les airs. Puis elle pivota vers la gauche et se dirigea à pas rapides vers la remise, Mary trottinant à ses côtés.

Elles disparurent un moment derrière un mur de feuillage. Mme Reed réapparut et marcha résolument vers la voiture. Elle avait déjà commencé à rouler quand, jetant un coup d'œil à Mlle Channing, je m'aperçus qu'elle aussi regardait vers l'autre berge, observant la même scène.

– Elle est folle, dis-je. La mère Reed.

Mlle Channing me regarda de travers. Elle faillit dire quelque chose, mais se ravisa. Je voyais qu'elle se posait des questions. Je crois que je m'attendais à ce qu'elle fasse elle-même un commentaire au sujet de Mme Reed, mais elle n'ajouta rien de la sorte.

– Sois comme ton père, Henry, me dit-elle. Sois un homme bon, comme ton père.

Je la considérai, bouche bée, éberlué par la haute opinion qu'elle avait de lui, cherchant désespérément un moyen de le déconsidérer à ses yeux. Mais j'eus la surprise de ne rien pouvoir trouver qui, si jamais je l'exprimais, ne me rabaisserait également dans son estime. C'est pour cette raison que nous étions toujours silencieux côte à côte au bord de l'eau quand soudain nous entendîmes une voiture venir de Plymouth Road dans d'atroces vrombissements de moteur qui s'amplifiaient à mesure qu'elle se rapprochait de nous, se muant en un ultime et trépidant rugissement.

Je me tournai vers la droite et la vis passer devant nous en un éclair dans un épais nuage de poussière blanche, mur noir fonçant le long de la berge herbeuse, son vieux châssis brinquebalant de gauche à droite tandis qu'elle roulait à une vitesse monstrueuse vers le ponton de bois branlant.

L'espace d'un instant terrifiant, je me sentis paralysé sur place, regardant devant moi, tel un masque mortuaire fixé à une colonne sans vie, jusqu'à ce que le cri de Mlle Channing remette le monde en mouvement, et alors je vis Sarah pivoter sur elle-même, la voiture faire une embardée à droite, comme pour l'éviter, mais trop tard, si bien qu'elle la heurta de plein fouet, projetant son corps par-dessus le côté gauche du capot et dans l'eau, avant de continuer sa course folle jusqu'à l'extrémité du ponton d'où, tel un grand oiseau noir, lourd et sans ailes, elle s'envola pour mieux retomber et sombrer dans les profondeurs du Noir-Étang, s'y enfonçant à une rapidité vertigineuse, ses roues arrière tournant encore follement en jetant des gerbes d'eau argentées dans l'air de l'été.

Nous nous élançâmes en même temps, Mlle Channing se précipitant dans l'étang avec fracas, s'y immergeant et prenant dans ses bras le corps brisé de Sarah. Je courus jusqu'au bout du ponton et plongeai dans l'eau encore agitée de remous.

Quand je refis surface, une minute plus tard, trempé et tremblant, encore horrifié par ce que je venais de voir, je trouvai Mlle Channing avachie au bord de l'étang, Sarah blottie contre elle.

– C'est Mme Reed, lui dis-je, me traînant hors de l'eau.

Elle me regarda, sous le choc et dans la peine.

– Elle est morte ?

Et déjà, ma réponse vint avec ce détachement qui me marquerait dès lors à jamais.

– Oui.

26

Je n'ai jamais réussi à me rappeler ce qui s'est passé au juste après que j'eus regagné la berge. Je sais que j'ai couru jusqu'à l'endroit où Mlle Channing était assise, toute mouillée et toute frissonnante, la tête de Sarah calée sur ses genoux. Je me souviens que les yeux de Sarah étaient ouverts comme je m'approchais d'elle, mais que je les vis se fermer lentement, puis se rouvrir, si bien que je fus envahi par l'immense soulagement qu'elle puisse, malgré tout, s'en tirer.

Peu après, je partis par Plymouth Road, trempé jusqu'aux os, les cheveux dans les yeux, et arrêtai la première voiture que je rencontrai. Un vieil homme était au volant, un producteur local de canneberges devais-je apprendre plus tard, qui m'écouta avec incrédulité lui raconter en bafouillant qu'un terrible accident venait de se produire au Noir-Étang, qu'il devait, par pitié, prévenir un médecin, la police, qu'il devait, par pitié, faire vite. Je revois la façon dont il passa aussitôt à l'action, ses gestes rapides et lestes, comme rajeuni par la gravité de la situation.

– Je reviens tout de suite, fiston, promit-il, redémarrant sur les chapeaux de roues, sa vieille automobile grise de poussière s'éloignant de plus en plus vite dans un bruit de ferraille en direction de Chatham.

Ensuite, je repartis à fond de train à Milford Cottage. Mlle Channing était toujours là où je l'avais laissée, Sarah dans le creux de ses bras, vivante mais inconsciente, les yeux clos, la respiration légèrement caverneuse, un bout d'os jaillissant comme la pointe blanche d'une flèche de la peau déchirée de son coude gauche, mais par ailleurs indemne.

Nous restâmes assis dans le silence que seuls brisaient les clapotis de l'étang et, par moments, le bruissement du vent dans les arbres qui venait nous rappeler que tout cela était réel, s'était bel et bien passé, que Sarah avait été fauchée, et que, sous la surface du Noir-Étang, Mme Reed gisait, lovée sur le volant de la voiture.

Ce fut le docteur Craddock qui arriva le premier. Sa berline flambant neuve déboucha à toute allure de Plymouth Road, puis s'arrêta dans un crissement de pneus devant Milford Cottage. Il bondit hors de sa voiture et se précipita vers nous, sa sacoche de cuir noir se balançant dans sa main au rythme de ses pas.

– Qu'est-il arrivé ? demanda-t-il, s'agenouillant et saisissant le bras de Sarah pour prendre son pouls.

– Une voiture, bredouillai-je. C'est un accident de voiture.

Il lâcha le poignet de Sarah, ouvrit prestement sa sacoche et en sortit son stéthoscope.

– Quelle voiture ? questionna-t-il.

Je vis le regard de Mlle Channing se porter vers l'étang en attendant que je réponde.

– Elle est sous l'eau, dis-je. La voiture est sous l'eau. Elle est tombée du ponton.

Le docteur Craddock me lança un coup d'œil tout en appliquant la membrane du stéthoscope sur la poitrine de Sarah.

– Cette jeune personne la conduisait ?

– Non, répondis-je. Il y a quelqu'un d'autre dans la voiture.

Je vis les premières lueurs de l'horreur ébahie qui ne tarderait pas à frapper toute notre petite ville s'allumer dans le regard du docteur Craddock et étendre sur son visage comme un voile gris.

– C'est une femme, ajoutai-je, incapable de prononcer son nom, m'employant déjà à la gommer de ma mémoire. Elle est morte.

– Tu en es sûr ?

– Oui.

Il remit son stéthoscope dans sa sacoche, puis prit une seringue et un petit flacon de liquide clair.

– Toi, ça va ? me demanda-t-il.

– Oui.

Il regarda Mlle Channing.

– Et vous ? s'inquiéta-t-il, perçant l'opercule du flacon avec l'aiguille qu'il enfonça ensuite dans le bras de Sarah.

– Je vais bien, répondit Mlle Channing, les traits marqués à présent par ce chagrin profond et étrangement impénétrable qui devait rester à jamais fixé sur son visage.

– La femme dans la voiture, reprit le docteur Craddock. Qui est-ce ?

– Abigail Reed, répondit Mlle Channing.

Puis elle baissa les yeux sur le visage de Sarah duquel elle repoussa une mèche de cheveux brillants et mouillés.

– Elle, c'est Sarah Doyle, murmura-t-elle.

Sarah avait déjà été évacuée lorsque le capitaine Lawrence P. Hamilton de la police de l'État du Massachusetts arriva à Milford Cottage. C'était un homme grand et mince, aux cheveux grisonnants, d'un maintien étonnamment gracieux, mais qui ne se départait pas d'une évidente sévérité due, peut-être, à toutes les atrocités qu'il avait vues.

Mlle Channing et moi étions alors devant Milford Cottage dont la pelouse habituellement déserte était noire de monde : le constable de Chatham, le coroner, deux des quatre conseillers municipaux, les minuscules rouages de l'administration locale commençant déjà à s'emboîter les uns dans les autres.

Le capitaine Hamilton ne faisait pas partie de l'establishment local, ainsi que tout, dans son attitude, le démontrait. Il se dégageait de sa personne un poids d'autorité et d'expérience qui dépassait largement les limites de notre petite ville, ou même du cap Cod. On le perçut tout de suite dans l'assurance de sa démarche quand il vint vers nous, dans la pondération de sa voix quand il nous adressa la parole, dans l'impression qu'il donnait de déjà connaître les réponses avant même d'avoir posé les questions.

– Tu es Henry Griswald ? me demanda-t-il.

– Oui.

Il se tourna vers Mlle Channing.

– Vous habitez ici, dans ce cottage, mademoiselle ?

Elle acquiesça en silence, et serra les bras autour de son torse comme en réaction à une fraîcheur soudaine.

– Je connais tous les détails, poursuivit-il. Au sujet de l'accident, j'entends.

Son regard se porta sur l'étang. Un tracteur avait reculé jusqu'au bord, et je vis un homme pénétrer dans l'eau en costume de bain, tenant une lourde chaîne dans sa main droite.

– Nous allons dégager la voiture, nous informa le capitaine.

L'homme dans l'eau se courba en deux et plongea sous la surface, ses pieds projetant en l'air de petites explosions d'écume blanche.

– Il y a un mari, si j'ai bien compris, reprit-il. Leland Reed ?

Aussi bizarre que cela me paraisse aujourd'hui, je n'avais pas du tout pensé à M. Reed jusqu'à cet instant, pas plus qu'à l'autre personne qu'il mentionna dans la foulée.

– Ainsi qu'une petite fille, m'a-t-on dit. Leur fille. Tu l'as vue ?

– Non.

– Pouvait-elle être dans la voiture ?

Je secouai la tête.

– Non.

– Bah, apparemment, il n'y a personne dans la maison là-bas, nous informa le capitaine Hamilton avec un signe de tête vers l'autre berge de l'étang. Tu sais où M. Reed et la petite fille pourraient se trouver ?

Je me rappelai alors ce que j'avais vu en dernier chez M. Reed : Mme Reed passant en trombe sur la pelouse, Mary trottant à côté d'elle, marchant toutes deux en direction de la vieille remise.

– Je crois savoir où elle est, répondis-je.

Le capitaine parut surpris de l'apprendre.

– Ah bon ? fit-il.

– Dans la remise.

– Quelle remise ?

– Il y a une remise à une centaine de mètres de la maison.

Le capitaine me considéra attentivement.

– Tu veux bien m'y conduire, Henry ?

– D'accord, acquiesçai-je, encore que la seule perspective de retourner chez M. Reed me valût d'être parcouru d'un terrible frisson.

Le capitaine lança un regard rapide à Mlle Channing, et toucha le rebord de son chapeau.

– Nous nous reverrons, lui dit-il, me prenant par le bras et m'emmenant.

Quelques instants plus tard, ainsi qu'il le déclarerait sous serment au mois d'août suivant, le capitaine Hamilton et moi marchions le long des berges du Noir-Étang. La vieille remise se trouvait dans un bouquet d'arbres, sa porte était bien fermée de l'extérieur par un gros crochet rouillé.

Ce ne fut qu'en arrivant tout près que nous entendîmes du bruit provenant de l'intérieur. C'était faible et indistinct, de petits gémissements, comme ceux d'un chaton ou d'un chiot.

– Recule-toi, fiston, m'ordonna le capitaine comme nous atteignions la porte.

J'obtempérai, attendant non loin de la remise tandis qu'il ouvrait la porte et regardait à l'intérieur. Quelques instants plus tard, il en ressortait en reculant, tenant dans ses bras Mary dont les vêtements étaient tout trempés de transpiration, ses longs cheveux blonds emmêlés retombant sur ses épaules, ses yeux bleus le fixant d'un air effrayé, posant sa seule question d'une petite voix ahurie – *Où elle est partie, ma maman ?* – et dont elle entendrait toute sa vie la réponse sous la forme d'une cruelle comptine de cour d'école :

Dans le Noir-Étang
Est partie ta maman
Noyée par la mangeuse d'hommes.

La voiture de M. Reed était déjà sortie de l'eau quand le capitaine Hamilton et moi revînmes à Milford Cottage. Le corps de Mme Reed avait été désincarcéré, et transporté à l'entreprise de pompes funèbres Henson's où il fut placé sur une table métallique et recouvert d'un drap.

Mlle Channing et moi nous trouvions devant le cottage quand mon père arriva. Il vint vers nous, l'air presque hébété.

– Dieu du ciel, c'est vrai, Henry ? s'écria-t-il, me fixant du regard.

Je fis oui de la tête.

Il se tourna vers Mlle Channing et, à ce moment-là, je vis ses traits chavirer sous l'effet d'une profonde terreur, de la conviction que le Noir-Étang n'en avait pas fini de nous livrer de noirs secrets. Sans un mot, il s'avança vers elle, lui prit le bras et l'entraîna à l'intérieur du cottage où ils restèrent pendant quelques minutes, parlant en privé, mon père debout devant la cheminée, Mlle Channing assise dans un fauteuil, les yeux levés vers lui.

Ils étaient ressortis quand Hamilton regagna le cottage à grandes enjambées. Il salua mon père d'un signe de tête d'une façon qui indiquait clairement qu'ils s'étaient déjà rencontrés.

– Votre fils est un garçon courageux, monsieur, déclara le capitaine. Il a fait de son mieux pour la sauver.

Je sentis mes yeux se fermer lentement, revis Mme Reed me regarder à travers une pellicule d'eau verdâtre.

– La voiture a l'air en parfait état, ajouta-t-il, s'adressant à présent à nous tous. Pas de problème de freins ni de direction. Aucune raison d'avoir un… accident. Henry, quand la voiture est passée, as-tu eu le temps d'apercevoir Mme Reed derrière le volant ?

Je fis non de la tête.

– Je n'ai rien vu à part la voiture.

Le capitaine s'apprêta à poser une autre question, mais mon père le devança.

– Quelle importance, demanda-t-il, qu'Henry ait vu Mme Reed ou pas ?

– Parce que si la voiture n'avait pas de problème, alors on est en droit de se demander si la personne qui la conduisait en avait, fit-il observer avec un haussement d'épaules. Je veux parler d'une attaque ou d'une crise cardiaque, une raison qui expliquerait que Mme Reed ait perdu le contrôle de son véhicule.

Sur le moment, personne ne réagit. Puis le capitaine se tourna vers Mlle Channing.

– Cette jeune fille, Sarah Doyle, Mme Reed la connaissait ?

Mlle Channing secoua la tête.

– Je ne crois pas, répondit-elle.

Le capitaine parut y réfléchir, en tirer une conclusion avant de passer à la question suivante.

– Et vous, mademoiselle, vous connaissait-elle ?

– Très peu.

– Vous avait-elle déjà rendu visite au cottage ?

– Non.

Le regard du capitaine obliqua vers la route, s'y arrêta brièvement, puis revint sur Mlle Channing.

– Mais si Mme Reed ne vous connaissait pas, qu'est-elle donc venue faire par ici ? lui demanda-t-il. C'est un cul-de-sac. Alors si elle n'avait pas affaire avec vous, mademoiselle, dans ce cas pourquoi est-elle venue dans cette direction ?

Mlle Channing lui fit la seule réponse qui s'imposait.

– Je l'ignore.

Sur ce, mon père s'écarta subitement, m'entraînant à sa suite.

– Je vais ramener mon fils à la maison, expliqua-t-il. Il doit se changer.

Le capitaine Hamilton ne nous retint pas, et, quelques instants plus tard, nous étions dans la voiture de mon père. C'était le milieu de l'après-midi, l'air était incroyablement lumineux et clair. Au moment où nous reculions, je vis le capitaine Hamilton incliner son chapeau à l'intention de Mlle Channing, puis tourner les talons et s'éloigner vers le ponton tout au bout duquel j'apercevais Me Parsons tourné face à l'eau, en complet sombre, un chapeau mou vissé sur la tête.

27

À notre retour à la maison, mon père m'expédia tout de suite dans ma chambre en me demandant de me changer. Sarah avait été transportée à la clinique du docteur Craddock, m'expliqua-t-il, et nous devions tous nous rendre à son chevet le plus rapidement possible. Je me débarrassai de mes vêtements encore tout humides, puis redescendis en hâte pour trouver mon père qui s'impatientait sous la véranda, ma mère attendant déjà dans la voiture.

– Je me doutais que tout ça finirait mal, déclara-t-elle comme je m'installais sur la banquette arrière. Une femme sent ces choses-là.

La clinique était située dans une grande bâtisse à l'est de Chatham, l'ancienne demeure d'un riche capitaine au long cours, réaménagée en petit hôpital avec l'adjonction de chambres individuelles à l'étage.

Le docteur Craddock nous accueillit à la porte, en blouse blanche, son stéthoscope autour du cou.

– Comment va-t-elle ? s'enquit aussitôt mon père.

– Elle est toujours dans le coma. Je crains que vous ne deviez vous préparer au pire.

– Vous voulez dire qu'elle peut mourir ?

Le docteur Craddock acquiesça.

– Elle est en état de choc. C'est toujours très dangereux.

Il nous invita à entrer et à le suivre au premier où nous trouvâmes Sarah alitée, les yeux fermés et désormais immobiles sous les paupières, sa respiration courte et laborieuse.

– Seigneur ! gémit ma mère en s'approchant du lit. La pauvre !

À première vue, il était difficile de concevoir qu'elle courait un si grand danger. Son visage était intact et charmant, c'était celui d'une belle au bois dormant, ses longs cheveux bruns ayant été soigneusement peignés, je l'apprendrais plus tard, par le docteur Craddock lui-même, attention que j'ai toujours trouvée d'une infinie gentillesse.

Mon père s'avança et effleura la joue de Sarah, puis retira sa main et se tourna vers le médecin.

– Quand saurez-vous si elle… si elle va s'en tirer ?

– Je ne peux pas me prononcer. S'il n'y a pas de lésions au cerveau, alors il est possible qu'elle puisse…

Il s'interrompit, manifestement réticent à nous donner de faux espoirs.

– Je pourrai vous en dire plus d'ici quelques heures, reprit-il.

– S'il vous plaît, faites-moi savoir si son état évolue ou s'il y a quoi que ce soit que je puisse faire, dit mon père.

Le docteur Craddock opina d'un mouvement de tête.

– Depuis combien de temps était-elle chez vous ?

– Bientôt deux ans, répondit mon père, portant sur Sarah un regard plein de tendresse. Une enfant vraiment adorable. Intelligente. Ambitieuse. Elle apprenait à lire.

En la regardant d'où je me tenais à côté du lit, j'avais du mal à imaginer que quelques heures plus tôt encore, elle était débordante de vie, si fière des progrès qu'elle avait faits grâce aux leçons de Mlle Channing, glissant le bracelet africain à son poignet comme si c'était l'emblème de son tout nouveau savoir. Jamais la vie ne m'avait paru aussi vulnérable, aussi purement physique, et par conséquent totalement incapable de se protéger contre les assauts terribles de l'accident ou de la maladie, et de la nature sournoisement meurtrière du temps. Ce n'était rien qu'un minuscule point lumineux, cette vie que nous abritions, tout juste un fin rai de conscience, d'une fragilité inouïe, fugace et hasardeuse, qu'il s'agisse des vies les plus grandes comme des plus humbles, délicatement retenue par le plus léger des souffles.

Cet après-midi-là, nous rentrâmes à la maison dans un silence glacial, ma mère assise à l'avant de la voiture, rageant intérieurement, mon père gardant les yeux fixés sur la route, essayant sûrement d'incorporer cette dernière catastrophe à sa logique des choses, de l'investir du sens qu'elle méritait, voire, peut-être, d'une grâce imaginaire.

Quant à moi, je découvris qu'il m'était insupportable de penser à ce qui était arrivé au Noir-Étang, aussi bien à Sarah qu'à Mme Reed, insoutenable de garder une telle dévastation à l'esprit, de me remémorer la vision des os brisés de Sarah ou des derniers hoquets inhumains de Mme Reed.

C'est pourquoi je concentrai mes pensées uniquement sur Mlle Channing, l'imaginant seule à l'intérieur de son cottage ou bien dehors, déambulant dans les bois environnants. Il me semblait totalement déplacé de la laisser livrée à elle-même en de telles circonstances, raison pour laquelle, comme nous approchions de Myrtle Street, je dis brusquement :

– Et Mlle Channing ? Ne devrait-on pas…

– Mlle Channing ? s'écria ma mère, outrée, tournant la tête vers moi.

– Oui.

– Quoi, Mlle Channing ?

– Eh bien, elle est peut-être toute seule. Je me disais qu'on pourrait la faire venir…

– Ici ? s'écria ma mère d'une voix sifflante. La faire venir ici ? Sous notre toit ?

Je jetai un coup d'œil à mon père, espérant, évidemment, son soutien, mais il garda les yeux obstinément fixés sur la route et n'ouvrit pas la bouche, peu disposé à se frotter à la rage incendiaire de ma mère.

– Cette femme ne remettra jamais les pieds chez nous, asséna ma mère. C'est clair, Henry ?

J'acquiesçai faiblement et ne dis plus un mot.

L'ambiance était devenue si lourde dans notre maison de Myrtle Street, à la tombée de la nuit, que je me fis une joie d'en partir. Mon père me déposa devant la clinique du docteur Craddock en me disant qu'on viendrait me relayer à minuit.

Le médecin m'accueillit à l'entrée. Il m'informa que l'état de Sarah était stationnaire, qu'elle semblait ne pas souffrir.

– Il y a une infirmière au bout du couloir, ajouta-t-il. Appelle-la si tu vois que Sarah est en détresse.

– Je n'y manquerai pas, lui assurai-je, puis je le suivis des yeux tandis qu'il descendait les marches, montait dans sa voiture et démarrait.

Sarah était toujours étendue dans la même position, sur le dos, un drap remonté jusqu'à la taille, son bras cassé dans le plâtre. La clarté de la lampe de chevet donnait à son visage comme un lustre exsangue, son teint vermeil absorbé par une pâleur fantomatique.

Je la contemplai un moment encore, effleurai sa tempe du bout des doigts, puis m'assis dans le fauteuil près de la fenêtre pour attendre avec elle dans la nuit. J'avais apporté un livre, long récit maritime que j'avais pioché dans la sélection limitée que proposait la bibliothèque de l'école. Je me concentrerais exclusivement sur cette lecture, m'étais-je dit en le prenant vivement sur le rayonnage, la laisserais me vider l'esprit de toute autre pensée.

J'avais à peine lu une vingtaine de pages quand je vis une silhouette surgir du couloir obscur, grande et mince, ses cheveux bruns dénoués formant comme une couronne autour de son visage.

– Bonsoir, Henry, dit Mlle Channing.

Je me levai, incapable de parler, sa présence me faisant l'effet d'une eau glaciale qu'on m'aurait jetée au visage pour me ramener à la réalité.

– Comment va-t-elle ?

Je lâchai mon livre qui tomba sur le fauteuil.

– Il n'y a rien de nouveau depuis… depuis…

Elle s'avança lentement jusqu'au lit, se pencha au-dessus de Sarah. Elle portait une robe blanche, et avait enroulé autour de ses épaules le châle que Sarah lui avait tricoté. Elle la regarda longuement sans dire un mot, puis son regard glissa jusqu'à l'endroit où je me tenais debout, à côté du fauteuil.

– Dis à ton père que j'aimerais rester auprès de Sarah demain, murmura-t-elle.

– Oui, mademoiselle.

– Aussi longtemps qu'elle aura besoin de moi.

– Je le lui dirai.

Elle pressa sa paume contre la joue de Sarah, puis se détourna et passa devant moi, disparaissant de la pièce aussi vite qu'elle y était entrée.

Je sais que le reste de cette longue nuit, elle le passa seule dans son cottage, regardant sûrement le vieux ponton de bois depuis son fauteuil près de la fenêtre, à quelques pas de la cheminée éteinte où les cendres des lettres de M. Reed formaient toujours un tas grisâtre que, trois jours plus tard, Me Parsons trouverait lorsqu'il viendrait l'interroger sur « certaines choses » qu'il avait entendues dire à Chatham School.

Quant à moi, je restai au chevet de Sarah, essayant de me perdre dans ma lecture, mais incapable d'exclure le bruit de sa respiration, de nier le fait que, à mesure que les heures s'égrenaient, celle-ci faiblissait. Par moments, un léger murmure émanait d'elle, mais je ne perçus jamais aucun signe de la « détresse » à laquelle le docteur Craddock m'avait demandé d'être attentif. Au contraire, Sarah paraissait parfaitement paisible, si bien qu'il m'arrivait souvent de lever les yeux de mon livre, imaginant son état d'inconscience, me demandant si, murée comme elle l'était dans le secret de son être, elle vivait des choses que nous autres ne pouvions ressentir, le passage de son sang par les valves du cœur, les signaux infinitésimaux de son cerveau, peut-être même le mouvement de ces muscles microscopiques dont Mlle Channing nous avait parlé un jour et que tout véritable artiste doit parvenir à saisir.

C'est vers minuit que je compris, lorsque le docteur Craddock entra dans la chambre, s'approcha du lit, prit le poignet de Sarah, le tint un bref instant, puis le lâcha en secouant la tête, que quelles que fussent les petites sensations qu'elle avait pu connaître depuis le tréfonds de cette intimité ultime, elle ne les éprouvait plus.

Mon père avait déjà été prévenu de la mort de Sarah quand il vint me chercher. Je le vis s'avancer vers moi dans le couloir, à pas pesants, comme empêtré dans une atmosphère épaisse, quasi impénétrable. Il inspira profondément en me serrant dans ses bras.

– Comme c'est triste, Henry, chuchota-t-il. Comme c'est triste.

Nous rentrâmes directement, voyant doucement défiler le centre-ville, ses magasins fermés, ses rues désertes, sans rencontrer âme qui vive hormis les quelques pêcheurs que j'aperçus quand nous passâmes lentement devant la marina. Jetant un coup d'œil sur ses eaux sombres, je vis le bateau de M. Reed qui tanguait paisiblement. Le grand mât blanc de l'*Elizabeth* oscillait de gauche à droite, et, en un instant, tout me revint : Mlle Channing et lui assis côte à côte sur les marches de Chatham School ou sur le banc de la falaise, la canne traçant une ligne entre eux. Au printemps, dans mon souvenir, ils avaient pris l'habitude de se promener ensemble en ville, amicalement, épaule contre épaule, leur amour allant grandissant alors. Non, pas grandissant, songeai-je soudain, mais se resserrant, comme un nœud coulant, sur eux, sur Mme Reed et sur Sarah aussi, et même sur la petite Mary, si bien que l'amour ne me paraissait plus du tout être l'apothéose du romantisme, ni un thème digne de nos poèmes et de nos chansons, pas plus qu'un but que nous devions rechercher.

Raison pour laquelle je ne le rechercherais jamais par la suite.

– Nous allons devoir faire une annonce à l'école demain, déclara mon père à ma mère en entrant dans le salon. Il faut en aviser les garçons. D'autant plus que le capitaine Hamilton veut interroger certaines personnes demain après-midi.

Ma mère, qui tricotait rageusement tant ces morts lui échauffaient l'esprit, ne parut pas s'étonner de ces nouveaux développements.

– Il ne devrait pas manquer de questions à leur poser, insinua-t-elle sans lever les yeux.

– Qui veut-il interroger ? demandai-je à mon père.

– Moi, pour commencer, répondit-il, affectant de penser qu'il s'agissait seulement d'une procédure de routine, d'une simple formalité. Certains professeurs.

– Il devrait m'interroger aussi, lança ma mère, le regard brillant de mille feux à cette perspective qu'elle envisageait avec une impatience non dissimulée.

– Pourquoi le ferait-il, Mildred ? s'étonna mon père.

– À cause de ce que Mme Reed m'a raconté, répondit-elle, les yeux fixés sur son ouvrage. Au sujet de cette femme et de M. Reed.

Pour la première fois, je vis mon père se hérisser.

– Tu ne vas pas aller colporter des ragots, Mildred, objecta-t-il.

Ma mère redressa vivement la tête, le regard noir.

– Des ragots ? s'écria-t-elle. Je ne te parle pas de ragots, Arthur. Je te parle de ce que Mme Reed m'a confié ici même, dans cette pièce, des choses qu'elle m'a demandé de garder pour moi, ce que j'ai fait… jusqu'à présent.

– Quelles sont ces « choses », si je puis me permettre ? relança mon père.

– Elle pensait qu'il se tramait quelque chose, répliqua ma mère. Au hangar à bateau. À la marina. Qu'on ourdissait un complot contre elle.

Mon père la regardait, interloqué.

– Ce n'est pas sérieux.

Ma mère ne voulut pas en démordre.

– Elle le pensait capable de la tuer. M. Reed, j'entends. Ça la terrifiait.

– Mme Reed n'a pas été assassinée, Mildred, lui rappela mon père. C'était un accident.

Les aiguilles à tricoter s'immobilisèrent. Ma mère inclina le buste vers l'avant, foudroyant mon père du regard.

– Elle a vu un couteau, Arthur. Et une corde. Et ils avaient déjà tracé l'itinéraire de leur fuite.

Elle plissa le front, l'air menaçant.

– Elle a aussi vu du poison.

Je sentis mon sang se glacer.

– Du poison ?

– Une bouteille d'arsenic, renchérit ma mère. Voilà ce qu'elle a vu. Juste là, à côté du couteau et de la corde.

Je n'en croyais pas mes oreilles.

– C'était pour les rats, expliquai-je. Ceux dans le hangar à bateau. J'ai moi-même aidé M. Reed à en répandre.

Elle semblait ne pas m'avoir entendu, ou faire la sourde oreille. Elle se renfonça dans son fauteuil, ses aiguilles à tricoter reprenant leur furieux va-et-vient.

– Oh, des questions vont se poser, oui, et pas qu'un peu, murmura-t-elle. Beaucoup de questions, ça, c'est sûr.

Ce dut être à cet instant-là que les futures conséquences des événements qui s'étaient déroulés au Noir-Étang cet après-midi-là m'apparurent pour la première fois. Les choses n'en resteraient pas à Mme Reed morte derrière son volant ou à la dépouille de Sarah dans son lit à la clinique du docteur Craddock. Bien au contraire, leurs morts n'étaient que le prélude d'autres destructions encore à venir.

28

Pendant toute cette longue nuit, je flottai dans des eaux saumâtres, voyant le visage de Mme Reed se précipiter vers moi depuis des profondeurs boueuses, les traits écrasés contre une vitre, les yeux écarquillés, le regard fixe.

Au matin, j'étais épuisé, et je pus à peine supporter de me retrouver au milieu des autres garçons quand on nous rassembla sur la pelouse devant Chatham School pour écouter mon père exposer ce que, selon lui, ils devaient savoir au sujet des événements de la veille, qu'un « tragique accident » avait eu lieu au Noir-Étang, que Mme Reed avait « perdu le contrôle de sa voiture », et qu'elle et Sarah Doyle n'avaient pas survécu.

Quant à l'état dans lequel se trouvaient M. Reed et Mlle Channing, mon père n'en dit rien de particulier, sinon que chacun d'eux restait à son domicile, M. Reed pour veiller sur sa fille et Mlle Channing pour terminer de préparer son départ de Chatham. Il ne savait pas s'ils reviendraient à l'école avant les grandes vacances, et demandait aux garçons de « les garder dans leurs pensées ».

Pendant presque toute la journée, je restai cloîtré dans ma chambre, comme si je me mettais moi-même au secret, ne voulant pas croiser le regard de ma mère qui arpentait la maison, ni parler à tel ou tel garçon de Chatham School, car naturellement ils me bombarderaient de questions au sujet de ce qui s'était passé au Noir-Étang. Et, surtout, je ne voulais pas risquer de tomber sur le capitaine Hamilton, de retrouver la sensation que j'avais éprouvée quand il m'avait regardé, comme si j'étais un petit animal qui se sauvait dans une vaste étendue désertique, et lui un grand rapace qui fondait sur moi à une rapidité extraordinaire et d'une hauteur incroyable, traquant seulement la vérité.

J'étais donc dans ma chambre quand, entendant frapper chez nous, j'allai jeter prudemment un coup d'œil en bas, et vis Me Parsons, son chapeau à la main, face à ma mère dans le vestibule.

– M. Griswald est là ? demanda-t-il.

– Non. Il est au salon funéraire, lui indiqua ma mère. Il prend les dispositions pour Sarah.

Me Parsons hocha la tête.

– Voulez-vous bien lui dire de m'appeler à son retour ?

Ma mère lui assura qu'elle n'y manquerait pas, mais n'ajouta rien de plus.

Me Parsons sourit poliment et prit congé. Je pensais que ma mère en resterait là, qu'elle avait décidé de tenir sa langue, mais soudain, alors que Me Parsons s'apprêtait à sortir, elle dit :

– Quelle tragédie, ce qui est arrivé à Sarah… et, bien entendu… à Mme Reed.

– Oui, c'est terrible, approuva Me Parsons, mais en y mettant moins de compassion que ma mère, franchissant la porte, ayant manifestement d'autres soucis en tête.

– Elle était passée me voir, vous savez, ajouta ma mère. Mme Reed, elle était venue ici.

Me Parsons s'immobilisa et se retourna vers elle.

– Quand cela, madame Griswald ? voulut-il savoir.

– Il y a quelques jours à peine.

Ma mère ménagea un silence, avant d'ajouter d'un air lugubre et chargé de sous-entendus :

– Elle était dans tous ses états.

– À quel propos ?

– De sa vie de famille. De soucis conjugaux.

Me Parsons se glissa de nouveau dans le vestibule.

– Accepteriez-vous de me parler de cette conversation, madame ? demanda-t-il.

Je vis ma mère acquiescer, puis le conduire au salon dont elle ferma la porte.

Mon père rentra une heure plus tard. Me Parsons était déjà reparti, mais ma mère ne chercha nullement à dissimuler ni sa visite ni ce qu'elle lui avait rapporté à cette occasion. Du haut de l'escalier où je me tenais accroupi comme un espion, je l'écoutais le lui expliquer très précisément.

– Je n'ai porté aucune accusation, affirma-t-elle. J'ai dit l'entière vérité, un point c'est tout.

– Quelle vérité, Mildred ?

– Tout simplement ce que m'a confié Mme Reed.

– Au sujet de M. Reed ?

– De lui et de cette femme.

– Tu as parlé de Mlle Channing ? À Me Parsons ?

– Oui.

– Pourquoi ?

– Parce que Mme Reed m'a rapporté avoir vu un portrait d'elle au hangar à bateau. Elle a compris que c'était avec elle que son mari la trompait.

– Que lui as-tu raconté d'autre ?

– Qu'elle soupçonnait qu'ils tramaient quelque chose tous les deux. Que ça lui faisait peur.

– Peur ?

– Elle avait peur d'eux, de ce qu'ils pourraient faire. Partir ensemble. Ou pire.

– Pire ?

– Ce qu'elle avait découvert au hangar à bateau, le couteau qu'elle avait vu, et la…

– Tu as parlé de ça à Me Parsons ?

– Je lui ai répété ce que Mme Reed m'avait raconté. Ni plus ni moins.

J'attendis la suite, mais le silence perdura. De mon perchoir, je vis mon père sortir de la maison, ma mère lui emboîter le pas, puis tous deux montèrent en voiture et partirent, sûrement au salon funéraire où Sarah était à présent exposée dans une pièce ornée de fleurs envoyées par les professeurs de Chatham School.

À leur retour, la nuit tombait et le même silence les enveloppait. Ils restèrent assis au salon sans se parler, puis dînèrent, toujours sans échanger un mot. Et jamais plus ils ne s'adressèrent la parole un tant soit peu tendrement.

Je passai toute la matinée du lendemain étendu sur mon lit. J'entendais ma mère, en bas, qui s'acquittait des corvées jusqu'alors dévolues à Sarah. Je dus sûrement somnoler de temps à autre, mais sans en avoir conscience.

À midi, la chaleur de l'été avait rendu la pièce irrespirable, alors je sortis sous la véranda et m'assis sur la balancelle, oscillant doucement d'avant en arrière, me rappelant Sarah en bribes de souvenirs épars, ses paroles et ses regards voletant dans ma mémoire comme des morceaux de papier chahutés par le vent. À un moment, ma mère m'apporta un sandwich et un verre d'eau, mais le sandwich ne fut jamais mangé, l'eau jamais bue.

Un peu plus tard, je décidai d'aller me promener, peut-être à la plage, espérant apaiser quelque peu les scènes terribles qui se répétaient dans mon esprit. Je descendis par Myrtle Street, les falaises s'élargissant devant moi. Sur ma gauche, je voyais le périmètre désert de Chatham School, où la colonne de visages de Mlle Channing se dressait toujours dans la lumière éblouissante de l'été, et sur ma droite, le phare, tour d'une blancheur éclatante, immuable et éternel, comme en contradiction muette avec le chaos humain étalé tout autour de lui.

J'atteignis la corniche, mais ne descendis pas, raison pour laquelle quelques minutes plus tard j'étais toujours assis sur le banc même où, un jour, s'étaient installés Mlle Channing et M. Reed, quand je vis la voiture de Me Parsons gravir la côte, obliquer en douceur vers la gauche, puis s'arrêter à ma hauteur.

– Bonjour, Henry, lança Me Parsons en descendant.

Je lui répondis d'un signe de tête.

Il s'approcha du banc et s'assit à côté de moi.

– Je me disais qu'on pourrait avoir une conversation tous les deux, relança-t-il.

Je ne soufflai mot, mais au lieu d'insister, Me Parsons demeura silencieux un moment, puis me proposa :

– Allons faire un tour, Henry.

Nous nous levâmes et nous éloignâmes dans Myrtle Street, passant devant Chatham School puis, toujours avec lenteur, prîmes la direction du terrain de sport que nous contournâmes.

– J'ai discuté avec pas mal de monde à Chatham School, m'informa Me Parsons.

Je regardais droit devant, sans répondre.

– Ton nom a été cité plus d'une fois, Henry. Tout le monde s'accorde à penser que tu étais très proche d'eux. De Mlle Channing et de M. Reed, je veux dire.

J'acquiesçai d'un mouvement de tête, mais en restai là.

– Il paraît que tu passais beaucoup de temps avec M. Reed. Dans son hangar à bateau, à la marina. Tu l'aurais aidé à construire son voilier, c'est ce qu'on raconte.

Il s'arrêta et se tourna vers moi.

– Vois-tu, Henry, on commence à se demander comment tout cela est arrivé. Je veux dire, on voudrait savoir ce que Mme Reed avait en tête quand elle a pris sa voiture pour se rendre à Milford Cottage dimanche dernier.

Je gardai le silence.

Me Parsons reprit sa marche, m'entraînant gentiment.

– Bon, tu es un jeune homme courageux, poursuivit-il. Personne ne peut en douter. Tu as tout fait pour sauver Mme Reed. Mais à présent, tu as un autre devoir. Nous savons que Mme Reed avait la certitude que son mari entretenait une liaison avec une autre femme. Et nous savons que cette femme était Élizabeth Channing.

Je fermai lentement les yeux tout en marchant, comme si, par ce simple mouvement, je pouvais effacer tout ce qui s'était passé au Noir-Étang.

– Nous pensons qu'elle en avait après Mlle Channing, ce jour-là, reprit Me Parsons. Que ce qui s'est produit au Noir-Étang n'est pas un accident.

Je ne dis mot.

– Nous sommes convaincus que Mme Reed a pris Sarah Doyle pour Élizabeth Channing, et l'a tuée à sa place.

Nous continuâmes de marcher quelques instants encore, puis Me Parsons s'arrêta de nouveau et me transperça du regard.

– Alors, c'était un meurtre, n'est-ce pas, Henry ? Un meurtre que Mme Reed avait l'intention de commettre en précipitant sa voiture sur Sarah Doyle.

Il lut ma réponse dans mes yeux.

– Depuis quand le sais-tu ?

Je haussai les épaules.

– Écoute-moi, Henry, tout le monde est fier de toi, que tu aies plongé sans hésiter, mais comme je te le disais, tu as un autre devoir maintenant. Celui de dire la vérité, toute la vérité… je te fais grâce de la suite, je suppose que tu la connais.

– Et rien que la vérité, achevai-je d'une voix à peine audible.

– Exactement, renchérit Me Parsons, posant la main sur mon épaule. Allons au hangar à bateau, fiston, nous y poursuivrons cette conversation.

Je lui fis faire le tour du hangar, remarquant que son regard revenait sans cesse sur mon portrait de Mlle Channing.

– C'est elle qui lui a fait perdre la tête, Henry, affirma-t-il avec un aplomb qui me sidéra. Elle l'aura rendu fou.

Puis il gagna la fenêtre du fond. Au loin, nous apercevions l'*Elizabeth* qui tanguait doucement sur l'eau tranquille.

– Quelqu'un devra payer pour tout ça, Henry, souligna-t-il alors sans me regarder. Il y a eu trop de morts pour que nous nous en tenions là.

Aussitôt après, nous repartions du hangar, regagnions sa voiture et reprenions la route de la corniche jusqu'à

Myrtle Street où Me Parsons me déposa chez moi. Avant de redémarrer, il m'adressa une ultime remarque.

– Ce que nous ne parvenons pas à comprendre, c'est ce qui a fini par la faire craquer, observa-t-il d'un air presque indifférent, comme s'il s'agissait d'une simple curiosité de sa part. Mme Reed, j'entends. Elle était au courant pour son mari et Mlle Channing depuis un certain temps déjà. On se demande ce qui a bien pu se passer ce jour-là en particulier qui l'a fait basculer de la sorte, l'a incitée à vouloir s'en prendre à Mlle Channing et à tuer cette pauvre petite à la place.

Il ne me posa pas directement la question, alors je n'y répondis pas. Je m'écartai de la voiture, et la regardai s'éloigner, mon silence se refermant sur moi comme un manteau de pierre.

29

Ce ne fut que bien des années plus tard que j'appris très précisément ce qui s'était passé le lendemain. Je savais seulement que Me Parsons et le capitaine Hamilton s'étaient présentés chez nous tôt ce matin-là, que mon père les avait conduits au salon, puis était parti avec eux quelques minutes plus tard, le visage fermé, assis à l'arrière de la voiture de police que je regardai sortir en marche arrière de notre allée. Peu après, ils le reconduisaient à la maison dans cette même voiture, portant cette fois dans ses bras une petite fille en robe bleu ciel dont les longs cheveux blonds retombaient, emmêlés, sur son visage, et que je reconnus immédiatement comme étant Mary Reed.

– Ils m'ont demandé de garder Mary auprès de nous pendant quelques jours, m'expliqua-t-il.

Puis il m'envoya faire un pique-nique avec elle, ma mère nous ayant préparé un panier pour l'occasion, celui-là même dans lequel Sarah apportait des gâteaux et des cookies à Mlle Channing.

– Emmène-la à la plage et essaie de lui changer les idées, Henry, me suggéra-t-il. Elle va avoir très peur pendant un certain temps.

Et donc, avant de partir ce matin-là, je montai dans ma chambre en courant et pris le vieux cerf-volant que je n'avais plus fait voler depuis des années. Sur la plage, je montrai à Mary comment le manœuvrer en courant dos au vent pour le faire décoller. Longtemps, nous le regardâmes s'élever sous le bleu du ciel, et jamais je n'oublierai les petits sourires timides qui, furtivement, faisaient frémir ses lèvres avant de s'évanouir sans laisser de trace, son visage s'assombrissant brutalement, de sorte que je savais que cette tristesse venait du tréfonds de son être.

– Ils soupçonnaient M. Reed d'avoir eu l'intention de tuer sa femme, c'est pour cela qu'ils lui ont retiré Mary, me raconta mon père bien des années plus tard, alors que j'étais devenu adulte et lui un vieil homme, et que nous étions tous deux assis dans la petite pièce en désordre qui lui servait de cabinet de travail. Pour s'assurer qu'il ne lui arriverait rien, c'est ce que Me Parsons m'a indiqué en me conduisant chez M. Reed ce matin-là.

Ce dont mon père fut témoin au Noir-Étang quelques minutes plus tard demeura à jamais gravé dans sa mémoire, l'angoisse qui déformait les traits de M. Reed étant si pure, si exempte de tout autre sentiment qu'elle lui parut, me dirait-il, « d'une dimension fondamentale ».

Sur le moment, M. Reed s'étonna de voir tant de monde à sa porte, m'expliquerait mon père. Non seulement lui-même, Me Parsons et le capitaine Hamilton, mais aussi deux policiers en uniforme de la police de l'État du Massachusetts.

Ce fut Me Parsons qui prit la parole le premier.

– Nous souhaiterions vous parler, monsieur Reed.

M. Reed acquiesça, puis sortit en refermant la porte derrière lui.

– Nous avons examiné certaines choses, poursuivit Me Parsons.

Il lança un coup d'œil vers l'intérieur de la maison, et vit le visage de Mary pressé contre la moustiquaire d'une fenêtre ouverte.

– Éloignons-nous un peu, proposa-t-il, prenant M. Reed par le coude et l'entraînant au bas des marches et dans le jardin, où ils s'arrêtèrent au bord de l'étang, encerclés par les autres hommes. Monsieur, reprit-il alors, nous nous inquiétons pour le bien-être de votre fille.

Ce fut à ce moment-là, me rapporterait mon père, que M. Reed parut comprendre qu'il devait se préparer à une grave décision, même s'il n'avait peut-être pas saisi exactement de quoi il retournait.

– Vous vous inquiétez pour Mary ? demanda-t-il. Pourquoi vous inquiétez-vous pour elle ?

– Il nous a été rapporté des bruits qui circulent, lui relata Me Parsons. Concernant vos rapports avec votre épouse.

– Quels bruits ?

– Il n'est pas nécessaire de s'étendre sur ce sujet pour le moment. Mais ils ont amené la juridiction de notre État à avoir quelques craintes pour votre fille.

– Lesquelles ?

– Des craintes pour sa sécurité.

– Elle est parfaitement en sécurité, rétorqua M. Reed d'un ton ferme.

Me Parsons secoua la tête, puis tira un document de la poche de sa veste et le tendit à M. Reed.

– Il n'y a eu que trop de morts, dit-il. Nous ne pouvons prendre le risque qu'il y en ait d'autres.

M. Reed regardait Me Parsons, toujours perplexe.

– Mais de quoi parlez-vous ? s'écria-t-il.

Il jeta un coup d'œil à la feuille de papier qu'il tenait dans sa main.

– Qu'est-ce que c'est que ça ?

– Vous allez devoir nous confier la garde de votre fille, lui répondit Me Parsons. M. Griswald est d'accord pour veiller sur elle jusqu'à ce que certains points soient éclaircis.

M. Reed projeta le papier vers Me Parsons.

– Vous ne me prendrez pas Mary, cria-t-il. Il n'en est pas question.

– J'ai bien peur que si, riposta Me Parsons, durcissant le ton.

M. Reed tenta de reculer, mais au même moment, les hommes se regroupèrent autour de lui.

– Non, murmura-t-il, vous n'avez pas le droit.

Le capitaine Hamilton s'avança vers lui.

– Monsieur, il serait préférable que votre fille ne nous voie pas avoir recours à la force, vous ne croyez pas ?

M. Reed jeta un coup d'œil vers la véranda sous laquelle Mary se tenait à présent, fillette en robe bleu ciel qui baissait le regard sur lui.

– Je vous en supplie, ne faites pas ça, chuchota-t-il d'une voix implorante, reportant son attention sur Me Parsons. Pas maintenant. Pas juste après que sa mère…

Il implora mon père du regard.

– Je vous en supplie, monsieur, ne pourriez-vous…

– C'est seulement jusqu'à ce que nous y voyions plus clair, l'interrompit Me Parsons. Mais pour le moment, nous devons nous assurer que votre fille ne court aucun danger.

Soudain, M. Reed secoua la tête et s'élança en avant, tentant de fendre le groupe. Les hommes serrèrent les rangs autour de lui, il se débattit, sa canne lui échappa, il s'écroula sur le sol et resta étalé à leurs pieds, bataillant pour se relever sans y parvenir. Ce fut alors, me dirait mon père, qu'un cri jaillit de sa bouche, un hurlement qui sembla épuiser l'ultime mesure de sa volonté.

– Ce n'était plus le même homme quand il s'est relevé, me raconta mon père. Il était anéanti. Il n'a plus rien dit. Il a seulement regardé en direction de la véranda, où se trouvait Mary, et lui a fait signe de venir. Au début, elle n'osait pas. Elle avait très peur de nous, évidemment. Tous ces hommes qu'elle n'avait jamais vus. Leur façon d'encercler son père.

Il hocha la tête.

– Tu peux imaginer ce qu'elle ressentait, Henry.

Mais la fillette finit par venir, M. Reed la souleva dans ses bras, l'embrassa tendrement, puis l'abandonna à mon père en disant, d'un ton curieusement irrévocable : *Ce sera mieux pour elle qu'il en soit ainsi*. Il lui caressa les cheveux ; il ne lui dit jamais au revoir.

Une heure après ces événements éprouvants, Mary partait avec moi pour la plage où nous fîmes voler mon vieux cerf-volant à rayures rouges jusqu'à ce que le premier banc de nuages porteurs d'orage apparaisse à l'horizon, les zébrures des éclairs encore lointains, si bien que nous eûmes le temps de rentrer à la maison avant l'averse.

À la tombée du soir, la pluie avait cessé, mais quelques heures plus tard, elle reprenait de plus belle, et il bruinait encore lorsque la voiture du docteur Craddock s'arrêta devant chez nous. Il portait un long imperméable et un chapeau gris qu'il ôta en gravissant les marches de la véranda sous laquelle mon père était assis dans un fauteuil en rotin, et moi sur la balancelle non loin de lui.

– Je viens vous voir au sujet de la petite, dit-il. De Mary Reed.

Mon père se leva, intrigué.

– Mary Reed ? Que voulez-vous dire ?

Le docteur Craddock hésita, et je devinai qu'une chose d'une extrême importance pesait sur ses épaules.

– Vous devez savoir que ma femme et moi… que nous ne… que nous n'avons pas d'enfant.

Mon père acquiesça.

– Eh bien, je voulais vous informer que nous serions tout disposés à accueillir Mary, poursuivit le docteur Craddock. Mon épouse ferait une excellente mère pour elle, j'en suis sûr. Et je crois que je serais un bon père.

– Mary a déjà un père, rétorqua le mien avec une dureté inattendue, comme s'il s'adressait à quelqu'un qui cherchait à voler un enfant.

Le docteur Craddock le considéra d'un air étonné.

– Vous n'êtes pas au courant ? demanda-t-il.

– Au courant de quoi ?

Je me revois me lever et avancer lentement sous la véranda vers mon père pendant que le docteur Craddock lui rapportait qu'on avait trouvé le bateau de M. Reed dérivant dans la baie, vide, à l'exception de sa canne et d'un mot écrit sur un morceau de toile à voile cloué au mât. *Merci de veiller à bien traiter Mary, et dites-lui que j'ai fait cela par amour.*

Je pense qu'au cours des années Mary Reed aura été bien traitée, que, dans l'ensemble, malgré les nombreux problèmes qui surgiraient par la suite, les fantômes hurlants qui la consumeraient, les silences cafardeux dans lesquels il lui arriverait de s'enfermer, que, malgré tout cela, le docteur Craddock et sa femme continuèrent de la chérir et de tout faire pour l'aider. Au début, on pensa qu'ils avaient réussi, que Mary en était venue à les considérer comme ses parents, à surmonter les démons de son passé. Quand elle entra à l'école, les gens se mirent à l'appeler par son deuxième prénom, lequel était Alice, et par le nom de ses parents adoptifs, lequel était Craddock.

C'était une délivrance que mon père avait appelée de tous ses vœux, et avait peut-être même crue possible.

– Elle finira par guérir, l'entendis-je dire au docteur Craddock au moment où celui-ci prenait la petite main blanche de la fillette dans la sienne et l'entraînait jusqu'au bas des marches et sous la pluie.

Mais il n'en fut rien.

La mort de M. Reed ne laissant plus que Mlle Channing à qui la justice pouvait demander des comptes, au bout de quelques jours d'investigations supplémentaires, et suivant l'argumentation de Me Parsons, le grand jury l'inculpa de deux chefs d'accusation, le premier étant le plus grave – complot d'assassinat contre Abigail Reed –, mais le second l'étant presque tout autant à l'époque : acte d'adultère.

Ce fut mon père qui apporta à Mlle Channing la nouvelle de sa double inculpation, avec la permission du capitaine Hamilton qui, autrement, aurait eu le devoir de le faire.

– Monte dans la voiture, Henry, m'intima-t-il le matin où, pour la dernière fois, nous partîmes pour Milford Cottage. Si elle… comment dire… si elle fait des difficultés… j'aurai peut-être besoin de ton aide.

Mlle Channing n'en fit aucune, ce jour-là. Au contraire, elle demeura parfaitement calme, écoutant mon père l'aviser que deux chefs d'inculpation avaient été retenus contre elle, qu'elle passerait en jugement, puis lui recommander un avocat de la ville qui serait prêt à assurer sa défense.

– Je ne veux pas d'avocat, monsieur, déclara-t-elle.

– Mais ces allégations sont très graves, mademoiselle ! s'écria mon père, l'air sombre. Des témoins seront cités contre vous. Des gens qu'on interrogera sur ce qu'ils prétendent avoir vu ou entendu.

Je perçus tout le chagrin que lui causèrent les paroles qu'il prononça ensuite.

– Ma femme sera l'un d'eux. Henry aussi.

Je m'attendis à la voir braquer les yeux sur moi en cet instant, me glacer d'un regard hideux, mais elle ne les détourna pas du visage de mon père.

– Quand bien même, dit-elle, s'en tenant là.

Nous partîmes quelques minutes plus tard, sans que j'aie adressé la parole à Mlle Channing ce matin-là, m'en étant tenu à la regarder froidement, montrant déjà la dure carapace sous laquelle je me réfugierais le jour où je témoignerais contre elle, répondant à chaque question en disant la vérité, toute la vérité et rien que la vérité, tout en sachant qu'il y avait une question que Me Parsons ne me poserait jamais, ne se doutant nullement que je détenais la réponse : *Que s'est-il réellement passé au Noir-Étang, ce jour-là ?*

30

Mlle Channing passa en jugement au mois d'août. Entre-temps, je ne la revis jamais, et, à ce que je sache, personne d'autre non plus. Tout autre contact entre mon père et elle avait été banni par les fureurs noires dans lesquelles entrait ma mère.

Quant aux charges retenues contre elle, les preuves étaient plutôt minces, mais, petit à petit, elles furent distillées aux jurés : silhouettes entrevues et bribes de conversations, un portrait accroché dans un hangar à bateau, un vieux manuel scolaire à la curieuse dédicace, une carte marine sur laquelle était déjà dessiné ce que Me Parsons appelait un « projet de fuite », un bateau baptisé l'*Elizabeth*, une liasse de lettres détruites à la hâte dans une cheminée par ailleurs inutilisée, un couteau, une corde, une bouteille d'arsenic.

Contre tout cela, et contre le furieux besoin de Chatham que « quelqu'un paie », Mlle Channing faisait front seule. Elle écouta les déclarations des témoins, des gens qui avaient vu et entendu ci et ça de loin, puis le témoignage plus déterminant que je fis, suivi, peu après, par celui de ma mère.

D'un bout à l'autre, elle resta assise sur le banc des accusés, si immobile que je m'attendais presque à ce qu'elle ne se lève pas quand vint enfin le moment où le juge l'appela à la barre.

Pourtant, elle se leva, résolument, le regard fixé sur le box des témoins jusqu'à ce qu'elle l'atteigne et s'y asseye, attendant que Me Parsons s'approche d'elle depuis l'autre bout de la salle, les jurés baissant les yeux de son visage à ses doigts blancs et inertes qu'ils scrutaient comme s'ils s'attendaient à voir des traces de sang sur ses mains.

Je me rappellerai toute ma vie que mon père écouta la déposition de Mlle Channing avec une tendresse tellement sincère que j'en vins à penser par la suite que la compréhension et le pardon représentaient les passions les plus profondes qu'il eût connues.

Ma mère arborait un air plus sévère, bien entendu, l'esprit sûrement agité de pensées moins charitables : des souvenirs de gens qu'elle avait connus, la carrière de son mari désormais compromise, une école au bord du gouffre. Son regard indéniablement méprisant restait braqué sur la femme qu'elle tenait pour responsable de tout.

Quant à moi, je me surpris à détourner les yeux de Mlle Channing quand elle se leva et s'avança jusqu'au box des témoins, incapable de supporter de la voir ainsi, si vilipendée, si seule qu'elle me faisait penser à un personnage de tragédie antique, une Antigone ou une Médée, une femme vouée à une destinée sacrificielle, et devant qui je me faisais l'effet d'être une ombre tapie derrière une tenture, l'éminence grise de sa chute.

Ce jour-là, elle portait une longue robe noire, au col et aux poignets en dentelle. Mais plus que sa robe, plus que la façon dont elle avait tiré ses cheveux en arrière et les avait attachés avec un fin ruban noir, je remarquai surtout à quel point elle ressemblait peu à la jeune femme que j'avais vue descendre d'un autocar venant de Boston un peu moins d'un an plus tôt, à quel point son visage s'était assombri, comme si elle avait passé les semaines précédentes à ressasser les événements au sujet desquels, sur son insistance, elle allait se défendre par ses propres moyens.

Je sais aujourd'hui qu'en cet instant, dans le sillage d'une aussi terrible dévastation, une part de moi-même s'extasiait encore de l'audace de l'impulsion hautement romantique qui m'avait saisi au Noir-Étang, conduit à accomplir l'acte téméraire et ravageur que je m'évertuais à dissimuler. Car malgré le chagrin et les morts qui en avaient résulté, j'aurais voulu, envers et contre tout, que Mlle Channing s'offre le luxe de parler de l'amour et du droit d'aimer, emploie des mots aussi audacieux, aussi intransigeants que son père dans son livre. Qu'elle se lève et se batte contre les habitants de Chatham comme Hypatie s'était battue contre ceux d'Alexandrie, dressée sur son char, à coups d'un long fouet noir. Qu'elle soit aussi impitoyable et déterminée face à Me Parsons que je l'avais été envers Mme Reed, pour justifier, ne fût-ce que l'espace d'un bref mais inoubliable instant, le coup terrible que je lui avais porté et, à travers elle, le mal que j'avais fait à Sarah Doyle. Car il semblait bien que c'était la seule et unique chose qu'on pouvait encore sauver du naufrage qui s'était produit au Noir-Étang : le moment explosif et flamboyant où une femme tient tête à l'ennemi, défie la foule, sonne le clairon de la vérité triomphante. Tout le reste n'était, à mes yeux, que mort et ruines.

Mais Mlle Channing ne fit rien de ce que j'attendais d'elle à la barre ce jour-là. Tout au contraire, elle se plia docilement aux questions que Me Parsons commença à lui poser sur les débuts de sa « relation » avec

M. Reed, convaincu qu'il était que tous les événements advenus au Noir-Étang prenaient leur source dans les inoffensifs parcours en voiture que M. Reed et elle avaient faits entre Milford Cottage et leurs salles de classe à Chatham School, dans leurs petites flâneries en ville, dans les moments d'oisiveté qu'ils avaient partagés, assis sur un banc de la corniche, lesquels, mis bout à bout, avaient coulé comme un torrent malfaisant vers ce qu'il s'obstinait à appeler les « meurtres » du Noir-Étang.

Du début à la fin, Mlle Channing se tint assise, très droite, les mains sur les genoux, aussi guindée et aussi convenable que n'importe quelle jeune fille, s'exprimant d'une voix claire et posée, faisant exactement le contraire de ce que j'avais espéré d'elle, mentant, mentant et mentant sans cesse, me scandalisant par l'ampleur de ses mensonges, affirmant que sa relation avec M. Reed n'avait jamais franchi les « limites de l'acceptable ».

À ces mots, je me revis à Milford Cottage par une froide journée de janvier, remarquant les doigts tremblants que Mlle Channing pressait contre la joue de M. Reed, puis, quelques semaines plus tard, à l'intérieur du cottage, tandis que la pluie tambourinait contre la fenêtre, l'angoisse imprégnant ses traits quand elle me dit : « Je n'en peux plus. » Qu'elle puisse aller jusqu'à nier la profondeur de sa passion me révulsait et m'emplissait d'un mépris glacial, rabaissait tout ce que j'avais fait, l'initiative d'une cruauté sans nom que j'avais prise pour elle, à rien de plus qu'un acte d'adolescent qui avait mal tourné et conduit au pire.

En observant la façon dont elle était assise comme une institutrice, répondait poliment aux questions de plus en plus incisives de Me Parsons, je reçus de plein fouet toute la cruauté de sa trahison. Je comprenais à présent ce que Mme Reed avait dû ressentir, car moi aussi, j'avais donné tout mon amour et tout mon dévouement pour n'obtenir en retour que des mensonges et des perfidies.

Dès lors, je sentis une forme de haine sourdre en moi, le sentiment qu'on me laissait me balancer sur la potence de ma seule conscience, tandis que Mlle Channing s'employait à réduire à un pur fantasme cette folle passion amoureuse que j'avais très clairement perçue et qu'il me semblait de son devoir de défendre coûte que coûte, sinon pour moi, du moins pour M. Reed, voire pour son propre père.

Dans cet état d'esprit, je penchai alors du côté de Me Parsons, le soutenant intérieurement tandis qu'il s'évertuait à démasquer Mlle Channing, mettant sa version en pièces à mesure qu'elle peinait à la donner, l'interrompant à tout bout de champ par des questions brutales et accusatrices. *Quand vous partiez en voiture avec M. Reed, vous saviez qu'il était marié, n'est-ce pas, mademoiselle ? Il ne vous avait pas échappé qu'il était père de famille ?*

À mesure qu'elle apportait ses réponses, je repassais dans mon esprit les nombreuses fois où je l'avais vue dans la voiture de M. Reed, de plus en plus enjouée au fil des jours, heureuse de le voir débarquer chez elle en ce jour neigeux de novembre la fois où nous avions tous partagé le cake préparé par Sarah, heureuse d'être assise avec lui sur la falaise, de se promener en sa compagnie en ville, de bavarder avec lui dans sa salle de classe en fin de journée. Si, durant tout ce temps, les « limites de l'acceptable » n'avaient jamais été franchies, alors j'avais joué ma dernière carte pour rien, m'étais prosterné devant l'autel d'un amour qui n'avait jamais existé ailleurs que dans mon imagination enfiévrée.

Néanmoins, tandis que Mlle Channing continuait d'exposer sa version des faits, si mesurée, si curieusement persuasive, je commençais à me demander si, effectivement, je n'avais pas tout inventé, si je ne m'étais pas imaginé des choses – des regards éperdus, des mains tremblantes, des souffrances amoureuses qui n'existaient que dans ma tête.

C'est pourquoi un immense soulagement me submergea quand Me Parsons demanda brusquement :

– Êtes-vous en train de nous dire, mademoiselle, que vous n'avez *jamais* été amoureuse de M. Leland Reed ?

La réponse fusa.

Témoin : Non. Ce n'est pas ce que je dis. Cela, je ne le dirai jamais. J'aimais Leland Reed. Comme je n'ai jamais aimé personne avant lui.

D'une voix qui semblait descendre du mont Sinaï, Me Parsons tonitrua :

– Pourtant, vous saviez qu'il était marié, mademoiselle ? Vous saviez qu'il était père de famille ?

Témoin : Oui, bien sûr, je savais qu'il était marié et père de famille.

Me Parsons : Et chaque fois qu'il vous quittait – que ce soit à votre cottage ou dans un bosquet au milieu d'un cimetière, ou après une promenade sur quelque plage isolée –, il rentrait chez lui, de l'autre côté de l'étang, auprès de sa femme et de sa fille, oui ?

Témoin : Oui, c'est exact.

Me Parsons : Que représentait donc pour vous l'existence de sa femme et de son enfant, mademoiselle ?

Sa réponse me souleva comme l'eût fait un vent déchaîné.

Témoin : Cela ne représentait rien pour moi, maître. Quand on aime quelqu'un comme j'aimais Leland Reed, rien d'autre ne compte que cet amour.

Aussi héroïque qu'elle me parût, cette déclaration était une opportunité rêvée pour Me Parsons, et il la saisit.

Me Parsons : Et pourtant elles existaient, non ? Mme Reed et la petite Mary ?

Témoin : Oui, c'est vrai.

Me Parsons : M. Reed vous avait-il rapporté avoir eu de violentes disputes avec sa femme au cours des deux semaines précédentes, disputes auxquelles sa fille avait assisté ?

Témoin : Non, absolument pas.

Me Parsons : Vous avait-il dit que son épouse avait des soupçons sur la relation qu'il entretenait avec vous ?

Témoin : Non.

Me Parsons : Qu'elle en était même venue à le suspecter de préparer sa mort ?

Témoin : Non, certainement pas.

Me Parsons : Voyons, n'est-il pas exact que M. Reed souhaitait être débarrassé de sa femme ?

Assis dans la salle du tribunal, je me remémorai alors la dernière fois que j'avais entendu M. Reed parler d'elle : nous étions tous les deux dans sa voiture, un pinceau de lumière jaunâtre disparaissant devant nous au gré de la route, sa maison au loin, son regard fixé sur ses fenêtres carrées, la froideur de ses paroles : *Il y a des jours où je voudrais qu'elle soit morte.*

C'est pourquoi la réponse de Mlle Channing, dans la foulée de la fière allure qu'elle commençait à peine à reprendre, me laissa pantois.

Témoin : Non, maître, il ne voulait pas être débarrassé de sa femme.

Me Parsons : Il n'a jamais dit du mal de Mme Reed ?

Témoin : Non, jamais.

Me Parsons : Ni projeté de l'assassiner ?

Témoin : Bien sûr que non.

Me Parsons : Plusieurs personnes ont témoigné que M. Reed avait l'air très contrarié pendant les derniers jours de l'année scolaire. Le contestez-vous ?

Témoin : Non, je ne le conteste pas.

Me Parsons : Et que, dans cet état, il a fait des choses curieuses. Comme donner votre nom à son bateau, mademoiselle, au lieu de celui de sa femme.

Témoin : En effet.

Me Parsons : Il a également fait des achats qui sont plutôt alarmants. Il a acheté une corde et un couteau. Et aussi du poison. Tout indique que, au moins pendant les dernières semaines qu'il a passées à Chatham School, M. Reed avait bel et bien l'intention de se débarrasser de quelqu'un, vous ne croyez pas, mademoiselle ?

C'était une question purement théorique de la part de Me Parsons, un effet de manches destiné à influencer les jurés, conscient qu'il était de ne disposer d'aucune preuve pour étayer sa théorie selon laquelle ces objets auraient été achetés dans le but d'assassiner Abigail Reed. Je m'attendais donc à ce que Mlle Channing s'empresse de le contredire. Or elle n'en fit rien.

Témoin : Oui, vous avez raison, maître, il avait l'intention de se débarrasser de quelqu'un. Mais pas de Mme Reed.

Me Parsons : Pas de Mme Reed ? Dans ce cas, de qui voulait-il se débarrasser, mademoiselle ?

Témoin : De moi.

Me Parsons : De vous ? Il voulait se débarrasser de vous ?

Témoin : Oui, de moi. Il voulait que je le laisse tranquille. Que je m'éloigne. Il me l'a demandé dans les termes les plus fermes.

Me Parsons : Quand vous l'aurait-il demandé ?

Témoin : La dernière fois que je l'ai vu. Au phare. Ce jour-là, il m'a dit qu'il ne voulait plus me voir. Qu'il aurait voulu que je sois morte.

Quand je quittai le tribunal cet après-midi-là, les dernières secondes de la déposition de Mlle Channing résonnaient encore dans ma tête.

Me Parsons : Leland Reed vous aurait dit cela ?

Témoin : Oui.

Me Parsons : Mademoiselle, vous prétendez également que M. Reed ne vous aurait, en fait, jamais aimée ?

Témoin : Il m'aimait peut-être, maître, mais pas assez.

Me Parsons : Pas assez pour quoi ?

Témoin : Pas assez pour renoncer à d'autres amours. Celui de sa femme et celui de sa fille.

Me Parsons : Vous êtes en train de nous dire que M. Reed vous avait déjà repoussée et souhaitait ne plus avoir affaire à vous et retourner auprès de sa femme et de sa fille, qu'il avait déjà pris cette décision quand Mme Reed est morte ?

Témoin : Il ne les a jamais vraiment quittées. Il n'a pas eu de décision à prendre. C'était elles qu'il chérissait pour de bon, c'était auprès d'elles qu'il désirait être, maître. Ça n'a jamais été moi.

Je revis en imagination Mme Reed monter les marches de sa maison en courant en ce dernier jour, appeler Mary, puis les redescendre peu après en l'entraînant sans ménagement vers la remise. Ensuite, ç'avait été un tourbillon de morts, la course assourdissante d'une voiture, le corps de Sarah tournoyant en l'air, les yeux de Mme Reed fixés sur moi depuis d'infinies profondeurs verdâtres, M. Reed posant sa canne sur le plancher du bateau avant de se laisser engloutir silencieusement par les flots. Tout cela était-il donc advenu à cause d'une simple remarque mal interprétée ? *Il y a des jours où je voudrais qu'elle soit morte.* Se pouvait-il vraiment que ce soit de Mlle Channing que M. Reed, tourmenté par des amours si irrémédiablement incompatibles, ait parfois souhaité la mort ? Me trompais-je complètement depuis le début, et, par voie de conséquence, avais-je inconsidérément porté un tort irréparable ? Je repensai à la phrase que j'avais tant admirée dans le livre de M. Channing – *La vie ne vaut d'être vécue qu'au bord de la folie* – et tout à coup, il me sembla que de tous les mensonges éhontés et inconsidérés que j'avais entendus de ma vie, celui-ci était le plus scandaleux, le plus grave, le plus susceptible de nous mener à la destruction.

31

La fin de la déposition de Mlle Channing marqua la clôture des débats. Les jurés se retirèrent pour délibérer. Deux jours durant, le calme retomba sur Chatham. Plus aucune foule ne se rassemblait sur les marches du tribunal. Plus aucun groupe ne se réunissait aux coins des rues ou sur la pelouse de la mairie.

De notre maison de Myrtle Street, nous attendions dans un silence morose, ma mère s'occupant au jardin, mon père s'imposant d'inutiles heures supplémentaires à l'école, et moi lisant dans ma chambre ou allant faire de longues promenades sur la plage.

Le lundi matin à neuf heures, les jurés prirent de nouveau place dans la salle du tribunal. Leur président tendit le verdict à l'audiencier qui, à son tour, le remit au juge Crenshaw. D'une voix volontairement mesurée, celui-ci annonça qu'Elizabeth Rockebridge Channing était déclarée non coupable du premier chef d'inculpation de complicité de meurtre. Je me rappelle avoir alors jeté un coup d'œil à mon père et vu un profond soulagement se diffuser sur ses traits, qui se figèrent aussitôt tandis que lecture était donnée du verdict pour le second chef d'inculpation.

La cour : Pour le chef d'inculpation d'acte d'adultère, quel verdict prononcez-vous à l'encontre de l'accusée, Élizabeth Rockbridge Channing ?

Un sourire sardonique crispa les lèvres de ma mère quand le président des jurés donna sa réponse : *Coupable.*

Je tournai la tête en direction du banc de la défense où Mlle Channing se tenait debout face au juge, le visage impassible, excepté que ses yeux se fermèrent brièvement et qu'un long soupir de lassitude lui échappa. Quelques minutes plus tard, alors qu'on l'escortait jusqu'en bas des marches vers la voiture qui l'attendait, la foule se pressant autour d'elle, je la vis lancer un regard à mon père et lui adresser un petit signe de tête. En retour, il ôta son chapeau avec une sorte de respect, ce qui, étant donné la nature de la déposition de Mlle Channing, et le réquisitoire la présentant comme une traînée, m'apparut comme étant la chose la plus étrange qu'il eût jamais faite.

Je ne pense pas que Mlle Channing m'ait aperçu, car je m'étais placé loin d'elle, et la foule m'enveloppa comme dans un épais manteau. Mais moi, je la voyais parfaitement bien : son visage avait retrouvé cette réserve un peu farouche que j'y avais décelée pour la première fois quelques mois plus tôt ; elle regardait droit devant elle et serrait les lèvres, comme si elle était déterminée – peut-être comme la fière Hypatie – à retenir ses cris.

Elle fut condamnée à trois années d'emprisonnement, la peine maximale permise par la loi du Massachusetts, et je me rappelle que mon père fut totalement abasourdi par la sévérité de cette sentence que ma mère reçut comme un cadeau du ciel.

– C'en est enfin terminé, soupira-t-elle, manifestement soulagée.

Elle ne parla plus du procès de toute la semaine, mais insista pour que nous nous rendions sur la tombe de Sarah et sur celle de Mme Reed, sur lesquelles nous déposâmes des bouquets de fleurs coupées. M. Reed avait été enterré tout près d'elles, mais jamais ma mère n'accorda un regard à sa sépulture.

Ce n'en était pas terminé, bien entendu, contrairement à ce que croyait ma mère. En tout cas, pas pour mon père, car la question de Chatham School restait encore à régler.

Au cours des semaines qui suivirent, son sort fut dans la balance. Mon père s'évertua à redorer la réputation de l'institution, ainsi que la sienne éclaboussée en partie par la tragédie du Noir-Étang. Un conseil d'administration fut nommé et chargé d'examiner la situation de l'école et d'envisager ses perspectives d'avenir. Les uns après les autres, au fil des dernières semaines de l'été, les donateurs prirent leurs distances, et arrivèrent des lettres de lointains pères qui annonçaient que leurs fils ne retourneraient pas à Chatham School à la rentrée.

Au bout du compte, la survie de l'établissement ne fut plus à l'ordre du jour et lors d'une réunion qui se tint fin septembre il fut officiellement fermé, mon père perçut une indemnité de licenciement équivalente à deux semaines de salaire et fut livré à lui-même pour s'en sortir.

Ce qu'il fit en trouvant un poste d'enseignant dans un lycée public de la ville voisine de Harwichport ; durant ce long automne balayé par la pluie, il se leva tôt, enfila son vieux pardessus gris, et marcha à pas traînants jusqu'à sa voiture garée devant notre nouvelle maison, beaucoup moins vaste que l'autre, à l'est de Chatham.

Certains, à Chatham School, s'adaptèrent de même à leur brutale perte d'emploi. Mme Benton se fit embaucher comme vendeuse chez Warren, le marchand de couleurs, et Mme Abercrombie comme secrétaire de M. Lloyd, éminent banquier local. Les autres professeurs trouvèrent aussi des solutions de remplacement, mais la plupart d'entre eux finirent par s'éloigner de Chatham et décrocher un emploi à Boston, Fall River ou dans d'autres villes du cap.

Les premières neiges tombèrent après que les décorations de Noël municipales eurent été décrochées et remisées dans les sous-sols de la mairie. En février, au moment où la neige était la plus épaisse et le ciel perpétuellement assombri par des nuages bas, l'immeuble de Chatham School fut converti en petite usine de textile, l'étage rempli de rouleaux de tissu, de boîtes de fil et de boutons, le crépitement des machines à coudre montant continuellement des pièces du bas.

Pour le reste, les choses reprirent leur cours, et tout le monde semblait avoir oublié Mlle Channing, sauf quand, au détour d'un coup d'œil, la présence de Mary Reed, assise entre le docteur Craddock et sa femme chez le glacier, ou faisant un bonhomme de neige sur sa pelouse, me rappelait son destin.

Les années passèrent ainsi qu'il en va toujours, trop vite pour nous permettre de saisir où nous étions et où nous serons peut-être. De nouveaux bâtiments remplacèrent les anciens. Les rues furent pavées, des réverbères neufs accrochés aux façades, tandis qu'en surplomb, face à la mer, la haute falaise s'effritait lentement et insidieusement comme notre corps s'effrite face au temps, nos rêves face à la réalité et la vie à laquelle on aspire face à celle qu'on mène.

Puis en décembre de la dernière année d'emprisonnement de Mlle Channing, alors que j'étais revenu à la maison passer les vacances de Noël de ma première année d'études à l'université de Princeton, arriva une lettre adressée à mon père dans une enveloppe à l'en-tête de la prison pour femmes de Hardwick, qu'il glissa plus tard dans la petite chemise brune contenant ses archives de l'affaire de Chatham School.

Cher Monsieur,

Je vous écris au sujet d'une de mes détenues, Élizabeth Rockebridge Channing, pour vous informer qu'elle est tombée malade. Son casier judiciaire ne mentionne ni parents ni amis à contacter en de telles circonstances. Mais comme, lors de conversations que j'ai pu avoir avec Mlle Channing, je l'ai souvent entendue mentionner votre nom et la période où, si j'ai bien compris, elle a travaillé pour vous, je me demandais si vous seriez en mesure de me fournir les noms et adresses de parents ou de proches qu'il conviendrait d'informer de son état.

Sincères salutations,

Mortimer Bly

Directeur de la prison pour femmes de Hardwick

Mon père répondit aussitôt, transmettant les coordonnées de l'oncle de Mlle Channing en Afrique-Orientale britannique. Mais il fit plus que cela, de bon cœur et contre la volonté fermement exprimée de ma mère qui parut à la fois scandalisée et horrifiée par les paroles qu'il lui adressa ce soir-là au cours du dîner :

J'ai décidé d'aller voir Mlle Channing, et d'emmener Henry avec moi.

Quatre jours plus tard, par un samedi froid et pluvieux, mon père et moi arrivâmes à la prison où Mlle Channing était incarcérée depuis bientôt trois ans. Nous fûmes accueillis par M. Bly, le directeur, petit homme à l'air grave et aux yeux de hibou, mais dont la courtoisie semblait presque aristocratique. Il nous assura qu'il était prévu que Mlle Channing soit transférée à l'hôpital de la prison dès qu'un lit se libérerait, et nous remercia d'être venus.

– Je suis sûr que ça lui remontera le moral, dit-il.

Puis mon père et moi fûmes guidés dans le cœur de la prison, le long d'un interminable couloir bordé de barreaux des deux côtés, nos oreilles s'accoutumant aux murmures des voix des femmes qui vivaient derrière, vêtues de robes grises, sentant mauvais, débraillées, le bruit feutré de leurs pieds nus signalant leurs déplacements sur le sol en béton tandis qu'elles se traînaient pour nous voir, pressant leur visage contre les barreaux, nous suivant des yeux avec, dans le regard, comme une fêlure irréparable.

– Elle est au fond, toute seule, indiqua le gardien dont les clés cliquetèrent quand il les détacha de sa ceinture. Elle est pas du genre à se mélanger aux autres.

Nous continuâmes d'avancer à ses côtés, notre attention impitoyablement attirée vers les cellules qui se succédaient de part et d'autre, l'odeur de moisi qui en émanait, les visages de ces femmes qui nous regardaient de derrière les barreaux en acier, des épaves.

Nous atteignîmes enfin le bout du couloir. Là, le gardien se tourna vers la gauche puis s'immobilisa, son corps nous bouchant brièvement la vue de l'intérieur de la cellule. Nous attendîmes, le temps qu'il insère la clé, la tourne d'un geste vif et ouvre la porte.

– Par ici, messieurs, indiqua-t-il, avec un ample geste du bras. Pressons !

Sur ce, il s'écarta, et mon père et moi la vîmes pour la première fois depuis le procès, beaucoup plus chétive que dans mon souvenir, silhouette assise sur l'étroit matelas d'un lit en fer, ses cheveux désormais coupés court, mais toujours plus noirs que les ombres depuis lesquelles ses yeux caves levaient vers nous leurs deux petites lumières bleues.

– Mademoiselle, entendis-je mon père murmurer.

Debout côte à côte, silencieux et atterrés, nous la vîmes se lever et venir vers nous, son corps faisant bouger sa robe de prison grise, sa main se tendant d'abord vers mon père, puis vers moi, glacée quand il la serra, et pas plus tiède quand je la lâchai.

– Comme c'est gentil à vous d'être venu, monsieur, dit-elle d'une petite voix teintée d'une tendresse inattendue, ses yeux toujours aussi perçants, mais si creux à présent qu'ils semblaient avoir été desséchés par l'air vicié de sa geôle.

– À toi aussi, Henry, ajouta-t-elle, les tournant vers moi.

– Je m'en veux tellement de ne pas l'avoir fait plus tôt, chuchota mon père, en ce que je perçus être un regret sincère.

Un bref instant, elle détourna le regard, une clarté grisâtre se répandant sur son visage, révélant la boursouflure violacée de ses lèvres, les fines ridules qui commençaient à étoiler ses yeux.

– Je ne voulais pas vous déranger, murmura-t-elle.

Mon père eut la délicatesse de sourire.

– Vous ne m'avez jamais dérangé, mademoiselle, assura-t-il.

Elle hocha doucement la tête, puis demanda :

– Comment ça se passe à Chatham School ?

Mon père me lança un regard entendu.

– Très bien, répondit-il vivement. Tout est revenu à la normale, comme vous pouvez l'imaginer. On espère pouvoir battre New Bedford au printemps prochain. Parmi les nouveaux élèves, il y en a quelques-uns qui jouent très bien au lacrosse.

J'observais Mlle Channing en silence, tandis que mon père continuait sur sa lancée, remarquant ses cheveux mal coupés, gras et sales, un nid de paille humide et noire, la revoyant telle qu'elle était à Chatham School et m'évertuant à me convaincre que son sort était, au moins en partie, mérité.

Pendant quelques minutes, ils continuèrent de bavarder ensemble, et à aucun moment mon père ne laissa transparaître la réalité de notre situation actuelle, ni ce qu'il était advenu de Chatham School. À la place, il parla de choses qui n'étaient plus : une école réputée, un couple qui ne s'était pas encore fossilisé, des concitoyens sûrs de leur bon droit qui ne jasaient jamais derrière son dos sur son piètre jugement.

Finalement, nous entendîmes un gardien nous appeler, et nous nous levâmes pour la quitter.

– Ça m'a fait plaisir de vous voir, mademoiselle, dis-je le plus légèrement du monde.

– Moi aussi, Henry.

Mon père passa le bras autour de mes épaules.

– Henry a obtenu une bourse d'études à Princeton, vous savez. Il ne fait qu'étudier à présent.

Elle me regarda comme si rien n'avait changé depuis notre première rencontre.

– Sois un homme bien, Henry.

– Je vais essayer, mademoiselle, lui assurai-je, tout en sachant qu'il était déjà trop tard pour qu'un si noble qualificatif puisse m'être appliqué.

Elle approuva d'un signe de tête, puis se tourna vers mon père.

– Je regrette tellement, monsieur, que vous-même et l'école ayez été mêlés à mon…

Mon père leva la main pour lui intimer le silence.

– Vous n'avez rien fait de mal, mademoiselle. Je n'en ai jamais douté.

– Tout de même, je regrette que…

En un acte aussi courageux qu'inattendu demeuré à jamais gravé dans ma mémoire, mon père s'élança soudain vers elle et la prit doucement entre ses bras.

– Chère, très chère enfant, murmura-t-il.

Immobile à côté d'eux, je vis Mlle Channing l'attirer contre elle, le serrer de plus en plus fort pendant ce qui me parut être une éternité, jusqu'à ce que, enfin, elle le lâche.

– Merci, monsieur, souffla-t-elle en s'écartant de lui.

– Nous reviendrons, lui certifia mon père. Je vous le promets.

– Merci, répéta Mlle Channing.

Nous sortîmes de sa cellule, mon père repartant très rapidement dans le couloir, tandis que je restais en arrière, mes yeux fixés sur elle qui regagnait le fond de sa cellule où nous l'avions trouvée. Elle regarda ses mains un bref instant, puis leva les yeux et me vit qui m'attardais dans le couloir.

– Va-t'en, Henry, murmura-t-elle. S'il te plaît.

Je ne demandais pas mieux, n'avais qu'une envie : me ruer dans le couloir à la suite de mon père, incapable de supporter un instant de plus la tragédie que j'avais sous les yeux. Mais je me surpris, l'espace d'un instant, à ne pouvoir détacher mes yeux d'elle, et la revis encore telle qu'elle m'était apparue la première fois, si belle quand elle contemplait les paysages du cap Cod, y voyant tout un monde de martyrs tourmentés. C'est à ce moment-là que j'ai senti quelque chose se briser en moi, un petit mur qui avait tenu bon contre tous mes rêves cauchemardesques de Sarah et de Mme Reed, de femmes flottant dans des eaux sombres. Je repensai à la soudaine et terrible initiative que j'avais prise et compris que je ne pourrais jamais plus me faire confiance, que dès lors, la seule solution était de ne jamais plus me lier à quiconque, d'avoir les livres pour uniques compagnons, de me contenter de mener une existence fade et sans passion, de préférer les arrêts définitifs de la loi aux funestes désordres du cœur.

Je restai longtemps silencieux après cela, car ce fut en silence que je me détournai de sa cellule, en silence que je parcourus le couloir jusqu'à mon père qui m'attendait, le regard éteint, devant la porte en fer, et en silence que je me tins à ses côtés tandis que nous roulions jusqu'à Chatham sous le ciel d'une nuit claire.

– Qu'y a-t-il, Henry ? finit-il par me demander comme nous traversions le pont du canal, la vieille voiture cahotant sur le revêtement en bois.

Je secouai la tête.

– On ne peut jamais revenir en arrière, murmurai-je, éprouvant pour la première fois le plein besoin de me confier, de me laisser aller, de lui révéler ce qui s'était réellement passé au Noir-Étang.

Il me considéra d'un air soucieux, avec, dans le regard, toute l'inquiétude d'un père.

– À quoi penses-tu, Henry ?

Je haussai les épaules, me repliant de nouveau sur

moi-même, regagnant, tout comme Mlle Channing, le fond de ma propre cellule.

– À rien, répondis-je.

Et je ne lui en dis jamais plus.

J'ai la certitude que mon père avait la ferme intention de retourner voir Mlle Channing, en dépit des objections d'ores et déjà exprimées par ma mère. Mais il devait encore assurer la fin de l'année scolaire, aussi ne reparla-t-il qu'alors de faire cette visite.

Revenu de l'université à ce moment-là, j'avais pris un travail pour l'été dans un cabinet juridique de Chatham, dont l'ambiance sympathique me changeait agréablement de celle de la maison où mes parents ne cessaient de se chamailler sans raison, laissant la plus importante de toutes, qui les avait divisés bien longtemps auparavant, enterrée en eux.

Donc, j'étais de nouveau là quand une autre lettre arriva un beau jour de la prison de Hardwick, adressée, tout comme la première, à mon père, mais porteuse cette fois d'une nouvelle bien plus grave.

Mon père la lut dans la petite pièce en désordre qui lui tenait lieu de bureau, assis dans un des gros fauteuils qui meublaient auparavant le salon de notre maison de Myrtle Street et qui, là, semblait occuper toute la pièce.

– Tiens, Henry, me dit-il, me la tendant après l'avoir parcourue.

Je lui pris la lettre des mains et la lus debout à côté de son fauteuil. Elle avait été écrite par M. Bly, le directeur, qui nous informait en des termes volontairement prosaïques que, après une brève rémission, Mlle Channing, de nouveau tombée malade, avait finalement été transférée à la clinique de la prison, puis dans un hôpital local, où, deux jours après son admission, elle était décédée. Sa dépouille reposait à présent à la morgue municipale, indiquait M. Bly, et il voulait savoir ce qu'il devait en faire.

Je n'oublierai jamais l'étrange épuisement qui, soudain, parut accabler mon père après la lecture de cette lettre, la façon dont ses mains retombèrent sur ses genoux et dont ses épaules s'affaissèrent.

– Pauvre enfant, murmura-t-il.

Il se leva et gagna son bureau où il resta seul pendant tout ce long après-midi.

Le lendemain, il télégraphia à l'oncle de Mlle Channing, l'informant du décès de sa nièce et demandant ce qu'il devait faire de sa dépouille. Deux jours plus tard, Edward Channing envoyait un télégramme priant mon père de prendre toutes les dispositions nécessaires et de lui faire suivre « la facture de tous les frais engagés pour les obsèques de ma malheureuse nièce ».

Mlle Channing fut inhumée dans le petit cimetière de Brewster Road quatre jours plus tard. Son cercueil de bois brut fut extrait du corbillard de la prison par quatre gardiens en uniforme qui le portèrent sur leurs épaules jusqu'à sa tombe.

– Vous voulez qu'on reste ? proposa l'un d'eux à mon père, remarquant sûrement que personne d'autre n'était venu, comme il disait, « lui dire adieu ».

– Non, répondit mon père. Vous ne la connaissiez pas. Mais merci d'y avoir pensé.

Sur ce, les gardiens partirent, le fourgon de la prison au moteur crachotant passa le long du bas du cimetière, devant le bouquet d'arbres et sa mare artificielle, et disparut dans Brewster Road.

Mon père ouvrit la vieille bible noire qu'il avait apportée et, tandis que je me tenais immobile à ses côtés, il lut quelques vers du Cantique des Cantiques : *Vois, l'hiver est fini, la pluie a cessé pour de bon.*

– Nous devrons renvoyer tout ce qui lui appartenait à son oncle, déclara-t-il ensuite alors que nous marchions vers la sortie du cimetière.

Mon père avait obtenu la permission d'entreposer les affaires de Mlle Channing à Milford Cottage, persuadé qu'elle reviendrait un jour à Chatham pour les récupérer. Quand nous pénétrâmes dans la pièce de devant, nous trouvâmes presque tout à la même place : la table près de la fenêtre, les coussins rouges contre le dossier des deux chaises.

Tout le reste avait été empaqueté. Trois cartons étaient soigneusement empilés dans la chambre de Mlle Channing, à côté des deux valises en cuir qu'elle avait rapportées d'Afrique. Seule la robe noire qu'elle avait revêtue lors de son procès était pendue dans l'armoire à glace. Mon père la prit et la plaça dans un des cartons. Puis il se tourna vers moi, et me regarda soudain d'un air très grave.

– Il faut que tu saches la vérité, Henry, déclara-t-il tout à coup. S'il m'arrivait quelque chose, personne ne la connaît.

Je ne dis rien, me contentant de rester planté devant lui, bras ballants, saisi d'une effroyable angoisse.

– La vérité sur Mlle Channing, ajouta-t-il. Sur ce qu'il s'est réellement passé.

Mon cœur cessa de battre.

– Au Noir-Étang ? demandai-je d'une voix que je voulus la plus assurée possible.

Il secoua la tête.

– Non. Avant cela. Au phare.

Il s'assit sur le lit, ménagea un moment de silence, puis me regarda.

– Tu te rappelles que je suis venu ici le jour de… l'accident ?

J'acquiesçai.

– Que Mlle Channing et moi nous sommes isolés à l'intérieur du cottage pour parler en tête à tête ?

– Oui, répondis-je, le revoyant accoudé au linteau de la cheminée, tandis que Mlle Channing, assise dans un fauteuil, levait le regard vers lui.

– C'est là qu'elle m'a tout raconté, Henry. Toute la vérité.

Alors, il m'exposa ce qu'elle lui avait confié.

Elle ne voulait pas se rendre au phare cet après-midi-là, avait expliqué Mlle Channing à mon père, ne souhaitait pas voir M. Reed, se retrouver de nouveau seule avec lui, car il lui semblait que, chaque fois qu'ils étaient ensemble, quelque chose se rompait en lui. Toutefois, il l'avait suppliée d'accepter de le voir une dernière fois, l'en priant lettre après lettre depuis un mois, jusqu'à ce qu'elle finisse par accepter.

Elle le trouva au fond du phare quand elle y entra, adossé contre la courbe légèrement concave du mur, sa vieille veste marron drapée autour de ses épaules, ses cheveux noirs emmêlés et rebelles.

– Élizabeth, chuchota-t-il. Tu m'as manqué.

Elle ferma la porte métallique derrière elle, mais n'avança pas vers lui.

– Toi aussi, tu m'as manqué, Leland, répondit-elle, mais en prenant garde de maintenir un air distant.

Il sourit avec grâce, de cette façon qu'elle avait remarquée la première fois qu'elle l'avait vu, un sourire fragile, gêné.

– Ça fait bizarre de me retrouver seul avec toi.

Elle se rappela les fois où ils avaient été seuls

comme il l'entendait, quand il l'enlaçait, quand elle sentait son souffle dans son cou et la tiédeur de sa peau contre la sienne.

– Tu n'as pas oublié, n'est-ce pas ? demanda-t-il.

Elle secoua la tête.

– Non, admit-elle.

Il s'écarta du mur, la regardant en silence. L'unique ampoule de la pièce luisait faiblement derrière un petit grillage qui jetait un quadrillage d'ombres grises sur son visage.

– Comment le vis-tu, Élizabeth ? D'être loin de moi ?

Elle le considéra avec tristesse, avec nostalgie, consciente qu'elle ne lui permettrait plus jamais de la prendre dans ses bras.

– Nous devons aller de l'avant, Leland.

– Aller de l'avant vers où ? voulut-il savoir. Vers rien ?

Elle le sentit à deux doigts de s'élancer vers elle.

– Je ne peux pas rester, dit-elle vivement.

Elle jeta un coup d'œil par l'imposte carrée de la porte, au terrain de sport, aux garçons de Chatham School qui couraient dans tous les sens au gré d'un match de *touch football*.

– T'est-ce donc si difficile d'être avec moi maintenant ? demanda-t-il d'une voix un peu crispée.

Elle secoua la tête d'un air las, regrettant à présent d'être venue.

– Leland, tout ça ne sert à rien. La seule réponse que je puisse te donner, c'est de partir.

– Et moi, je fais quoi, Élizabeth ?

– Ce que tu faisais avant.

Il la foudroya du regard, comme si elle l'avait insulté.

– Non. Jamais. Je ne pourrai jamais revivre comme avant.

Il se mit à arpenter la pièce, sa canne claquant sur le sol en ciment.

– Je ne le pourrai jamais, Élizabeth.

Il s'immobilisa, la regardant d'un œil sombre.

– Tu veux purement et simplement te débarrasser de moi ? s'écria-t-il. C'est ça que tu veux ?

Soudain, elle fut prise d'une bouffée de colère contre elle-même, contre le fait qu'elle ait pu l'autoriser à l'aimer comme il l'avait fait, ou l'ait aimé en retour, qu'ils se soient laissés aller à se raconter qu'ils étaient seuls au monde et qu'aucun autre cœur que les leurs ne pouvait être brisé.

– On peut s'enfuir d'ici, Élizabeth, reprit-il. On peut faire ce que j'ai toujours prévu que nous ferions.

Cette proposition la ramena à son enfance, à un père ayant de grands principes de liberté qu'il n'appliqua jamais par amour pour elle – comme elle se serait sentie abandonnée, indigne et mal aimée s'il lui avait été arraché par une force moins irrésistible que la mort.

– Tu sais bien que je ne le ferai pas, dit-elle. Et ne te laisserai pas le faire.

Il fit un pas vers elle, ouvrant les bras.

– Élizabeth, je t'en prie.

Elle leva la main, lui intimant de garder ses distances.

– Je dois partir, Leland.

– Non. Non, pas encore.

Elle l'implora du regard.

– Leland, je t'en prie. Laisse-moi partir, pendant que je t'aime encore.

Il s'avança de nouveau, se rapprochant d'elle, la dévorant des yeux, mais le regard animé soudain d'une terrible cruauté.

– Il y a des jours où je voudrais ne t'avoir jamais

rencontrée, éructa-t-il. Il y a des jours où je voudrais que tu sois morte.

Elle hocha la tête.

– Arrête, murmura-t-elle.

Il l'avait rejointe, tendait les mains vers ses épaules. Elle tourna les talons et agrippa la poignée de la porte, mais il se précipita derrière elle et, la saisissant à deux mains par la taille, la força à se retourner vers lui.

– Arrête, répéta-t-elle. Laisse-moi sortir.

Il resserra son étreinte, l'attira rudement contre lui.

– Arrête. Leland… Leland…

Il la poussa et la coinça contre la porte, puis l'en écarta et la tira brutalement vers la droite, la plaquant contre le mur de façon qu'elle sente sa surface dure et granuleuse contre son dos.

– Je ne peux pas te laisser partir, lâcha-t-il, le regard sauvage dans la clarté grisâtre du phare.

Elle plaqua les mains sur ses épaules, tentant de le repousser.

– Arrête ! cria-t-elle, se débattant furieusement pour se dégager.

Mais chaque fois qu'elle bougeait, il la maîtrisait de plus en plus fermement, au point qu'elle finit par cesser de lutter, inspira profondément et le regarda droit dans les yeux, le corps totalement inerte à présent, et dit d'un filet de voix glaciale :

– Tu veux me violer, Leland ? Tu en es là ?

Il fit un bond en arrière, blessé par ces mots.

– Excuse-moi, bafouilla-t-il, la lâchant et s'éloignant, l'air chaviré et incrédule. Élizabeth, c'était juste que…

Il s'interrompit et la considéra, brisé, ne disant plus un mot quand elle se détourna et franchit la porte en courant, son écharpe rouge flottant derrière elle comme un tissu couvert de sang.

Mon père m'observa silencieusement un moment, puis se leva, gagna la fenêtre, joignit les mains dans le dos et contempla le jardin.

Je restai à ma place, près de la porte, les yeux fixés sur les deux valises en cuir posées à côté du lit tout en m'efforçant d'imposer à ma respiration un rythme lent et régulier, pour qu'elle ne trahisse pas mon agitation intérieure.

– Donc, c'était totalement faux, finis-je par murmurer. Ce que Mlle Channing a déclaré au procès. Que ça n'était jamais allé au-delà des « limites de l'acceptable ». Ils étaient bel et bien amants.

– Oui, Henry, ils l'étaient, répondit mon père. Mais Mlle Channing n'a jamais voulu que Mary le sache.

J'eus la vision de l'*Elizabeth* voguant en pleine mer, bateau fantôme qui s'éloignait, happé par un épais brouillard.

Mon père me rejoignit et posa la main sur mon épaule.

– Mlle Channing avait bon cœur, Henry, soupira-t-il, puis il ajouta, d'un air entendu, comme si c'était la vérité centrale de la vie : N'oublie jamais, c'est le cœur qui compte.

Nous repartîmes de Milford Cottage quelques minutes plus tard, portâmes les affaires de Mlle Channing au bureau de poste, puis rentrâmes à la maison. Ma mère préparait le dîner, aussi mon père et moi nous repliâmes-nous dans son bureau. Il s'assit dans son fauteuil et sortit sa pipe. Je pris place en face de lui, pensant toujours à ce que Mlle Channing lui avait révélé, mesurant à quel point elle devait lui faire confiance pour s'y sentir autorisée, mon regard se perdant dans l'examen du portrait qu'elle avait fait de lui, lequel représentait non pas le directeur d'école guindé que je méprisais tant à l'époque, mais un homme nourrissant des aspirations irréalisables qui le portaient à contempler le fin lac bleu qui chatoyait, attirant, si loin. À cet instant, je pris conscience que Mlle Channing n'avait pas peint mon père uniquement tel qu'il était, mais également, en un sens, tel qu'elle-même était, et peut-être tel que nous sommes tous, limités, aussi tourmentés les uns que les autres par des amours conflictuelles, essayant, du mieux que nous le pouvons, de trouver notre place entre la passion et l'ennui, l'extase et le désespoir, la vie à laquelle nous ne pouvons que rêver et celle qui nous est insupportable.

– Je suis content de t'avoir parlé cet après-midi, déclara mon père. Tu méritais de connaître la vérité. D'autant que tu étais toi-même au Noir-Étang, ce jour-là.

Il hocha la tête.

– Le plus triste, reprit-il, c'est qu'il n'y avait plus rien entre Mlle Channing et M. Reed. Elle allait partir. Au bout du compte, il aurait repris sa vie.

Il parut captivé par le mystère des aléas de l'existence, par la noirceur et la cruauté de la toile que, parfois, ils s'ingénient à tisser.

– Rien ne serait jamais arrivé si Mme Reed n'était pas morte au Noir-Étang, ce jour-là, ajouta-t-il.

– Non, dis-je. Rien.

Il s'enfonça dans son fauteuil.

– Voilà donc toute l'histoire, Henry, soupira-t-il, portant sa pipe à sa bouche. Il n'y a rien d'autre à savoir sur l'affaire de Chatham School.

Je ne lui répondis pas. Mais je savais qu'il se trompait.

32

Bien des années ont passé depuis lors, et tous les autres ont quitté ce monde, emportant avec eux, un à un, de petits fragments de l'affaire de Chatham School : ma mère et mon père, Me Parsons et le capitaine Hamilton, les derniers professeurs à avoir enseigné à Chatham School cette année-là, et même les garçons qui y avaient été élèves, tous morts à présent, ou vivant ailleurs, peut-être dans la décrépitude, au seuil de la mort, leur dernière année à Chatham School n'étant plus qu'un vague souvenir d'une curieuse et malheureuse époque.

Pendant tout ce temps, seule Alice Craddock a toujours été là pour me rappeler ce qui s'est passé au Noir-Étang, d'abord petite fille au regard mélancolique, puis adolescente morose et renfermée, plus tard femme mûre monstrueusement grosse et négligée, sans amis, isolée, la folle du coin harcelée par les garnements, et, finalement, vieille se balançant dans son rocking-chair sous sa véranda, avec, pour seul moyen de subsistance, la fortune déclinante du docteur Craddock.

Je sais que, parfois, je me contentais de hocher la tête quand je la croisais, vêtue très bizarrement le plus souvent, les ongles des orteils peints en vert, l'esprit égaré dans un océan d'étranges élucubrations. Un jour, alors que je bavardais avec Mme Benton sur la grand-place, elle remarqua la présence d'Alice qui errait, désœuvrée, dans la rue en face de nous, enveloppée dans un châle miteux, chaussée de tongs.

– Ah, en voilà une qui a une araignée au plafond ! s'exclama-t-elle, avant d'ajouter sur un ton qui me parut plus que cavalier : Elle finira sans doute comme sa mère.

Mais les années lui donnèrent tort, Alice Craddock n'a pas « fini » comme Mme Reed, si bien que, ayant terminé le travail que m'avait confié Clement Boggs, obtenu la modification parcellaire et la vente du terrain près du Noir-Étang, il me revint de porter l'argent qu'il en avait tiré à la vieille maison où Alice vivait toujours, déambulant sans but de pièce en pièce, tenant parfois une chandelle à la main, alors que toutes les lumières étaient allumées.

Sur le moment, j'avais refusé, je ne voulais pas voir Alice de près, prendre la mesure des outrages du temps, du suicide et du meurtre. Mais Clement, déterminé à ce que son don reste anonyme, n'avait pas voulu en démordre, il m'incombait donc de m'acquitter de cette tâche à sa place.

– C'est justice que ce soit toi qui lui annonces la nouvelle au sujet de cet argent, Henry, déclara-t-il. Après tout, tu as connu son père, et tu étais à l'étang le jour où sa mère est morte.

C'était un argument contre lequel je ne pouvais me défendre. Ainsi, par une nuit claire de décembre, je pris la route de la maison au bord de la baie, celle-là même qui, autrefois, abritait la clinique du docteur Craddock, et dans laquelle Sarah Doyle était morte tant d'années auparavant.

Il faisait très froid, pourtant je la trouvai assise sous la large véranda à mon arrivée, emmitouflée dans une grosse couverture, sa silhouette massive se balançant doucement dans un rocking-chair.

Elle tourna la tête en m'entendant gravir les marches, plissant les paupières pour mieux scruter l'obscurité, mais avec une expression étrange, pleine d'espoir, comme si elle attendait une visite importante.

– Bonsoir, Alice, lançai-je en posant le pied sur la dernière marche, m'avançant vers elle lentement, diminuant la distance qui nous séparait. Tu te souviens de moi, dis ?

Elle m'observait en silence, me jaugeant de la tête aux pieds.

– Je suis Henry, repris-je. Henry Griswald.

Elle me fixait sans faire le rapprochement.

– Je te connaissais quand tu t'appelais Mary Reed, insistai-je. À l'époque où tu vivais au Noir-Étang.

Son visage s'illumina aussitôt.

– Avec maman, dit-elle.

– Oui.

Elle sourit subitement, un sourire de petite fille, puis elle se leva et se traîna lourdement jusqu'à un banc, tout au bout de la véranda, qui faisait face à la mer. Elle s'y assit et tapota la place à côté d'elle, esquissant un autre sourire.

– Tu peux t'asseoir là, m'encouragea-t-elle.

J'obtempérai, me laissant tomber maladroitement sur le banc, évitant un bref instant de croiser son regard avant de m'obliger à tourner la tête vers elle.

– J'ai quelque chose pour toi, lui annonçai-je, tirant l'enveloppe de la poche de mon manteau. C'est un cadeau. De la part d'un ami. Un chèque. Je le déposerai sur ton compte demain. M. Jamison, de la banque, t'en avisera.

Elle jeta un coup d'œil à l'enveloppe, mais ne la prit pas.

– D'accord, répondit-elle, reportant son regard sur la mer. Les bateaux passent, murmura-t-elle. Les bateaux à voiles.

– Oui, c'est vrai, acquiesçai-je.

Je la revis petite fille, je réentendis son rire d'alors quand elle s'était précipitée en haut des marches puis à l'intérieur de sa maison, obéissant à l'injonction de sa mère, *Mary, rentre !*, puis, plus tard, sur la plage, suivant des yeux le cerf-volant à rayures rouges qui zigzaguait dans le ciel désert.

– On a fait voler un cerf-volant tous les deux, un jour, lui rappelai-je. Tu t'en souviens, de ça ?

Elle ne me regarda pas, elle ne me répondit pas.

Je détournai les yeux vers l'océan gagné par la nuit, et soudain elle vola en éclats, l'épaisse carapace sous laquelle j'avais vécu toute ma vie. Je sentis l'air se réchauffer autour de moi, une eau verte s'étaler devant mes yeux, mon corps y plonger depuis le ponton en bois, le monde se transformant aussitôt en un liquide dense, verdâtre et étouffant que je fendais de toutes mes forces, d'abord vers l'arrière de la voiture, puis sur le côté, mes yeux ouverts, aux aguets, tout le reste étant figé dans une tranquillité funeste tandis que je scrutais l'intérieur du véhicule, tentant de percer du regard un impénétrable mur vert. Soudain je vis son visage surgir de l'obscurité de l'eau trouble, me fixant éperdument, la bouche grande ouverte, un flot de sang s'en déverser au moment où, suffoquant, elle tenta de prendre une inspiration. Je saisis la poignée de la portière, tirai violemment dessus pour l'ouvrir, libérer Mme Reed de sa tombe aquatique, quand, tout à coup, j'entendis une voix percer les profondeurs, froide, cruelle, comme si la bouche ténébreuse du Noir-Étang murmurait à mon oreille : *Il y a des jours où je voudrais qu'elle soit morte.* Je sentis mes doigts se resserrer plus fermement autour de la poignée en métal, Mme Reed me regardait, affolée à présent, son visage pressé contre la vitre, ses yeux verts clignant désespérément derrière les tourbillons de sang qui s'enroulaient autour de son visage, sa bouche articulant des paroles inaudibles, incapable de crier ou de hurler, les yeux écarquillés, exorbités, hagards, pleins d'une étrange incompréhension, fixés sur moi qui lui faisais face de l'autre côté de la vitre, ma main sur la poignée, en position de tirer dessus pour ouvrir la portière alors que j'appuyais, au contraire, pour la maintenir en place. En un éclair, elle le lut sur mon visage, comprit très exactement ce qui était en train de se passer. Ses lèvres s'entrouvrirent pour articuler ses dernières paroles : *Par pitié, non.* Puis un filet d'eau sanguinolente s'échappa d'entre ses lèvres, je vis ses mains se lever avec une extrême pesanteur, ses doigts griffer presque tendrement la vitre tandis que des secondes lourdes comme du plomb s'abattaient sur elle, que son regard s'éteignait, que d'ultimes bulles s'élevaient, et que son corps basculait tout doucement en arrière, montant lentement à mesure que le poids de la vie la quittait, si bien que la dernière vision que j'eus d'elle fut celle de son corps qui roula peu à peu sur lui-même, puis commença de redescendre pour finir par se lover par-dessus le volant, les yeux révulsés au dernier instant, comme si elle cherchait à voir la surface de l'étang, le lointain miroitement de la lumière de l'été.

Je battis des paupières et sentis de nouveau les morsures de l'hiver ainsi que l'odeur douceâtre de la couverture d'Alice Craddock qui me parvenait par bouffées. Je me rendis compte que mes doigts tremblaient quand je remis l'enveloppe dans ma poche, réentendant d'abord mon père déclamer d'une voix de stentor aux garçons de Chatham School : *Le mal contre lui-même se retourne*, puis la dernière strophe d'une comptine que j'avais entendue répéter toute ma vie et dont chaque mot lui donnait tort :

Pour le massacre de l'horreur
Dans les eaux vertes de peur
Mlle Channing est la seule à payer
Comme il se devait, c'est bien fait !

Je m'apprêtai à me lever, pris du besoin irrépressible de partir de là au plus vite, de rentrer chez moi, de me protéger une fois encore derrière le bouclier de mon isolement. Mais je sentis la main douce et molle d'Alice attraper un coin de mon manteau pour me faire rasseoir à ma place à côté d'elle.

– Reste encore un peu avec moi, me demanda-t-elle avec une pointe d'exigence enfantine dans la voix.

Je me laissai retomber sur le banc.

– D'accord, répondis-je. Je vais rester un moment.

Elle sourit gentiment et écarta les pans de sa couverture qu'elle drapa autour de nos épaules.

Nous demeurâmes longtemps parfaitement immobiles, puis je sentis ses doigts se poser sur les miens et se refermer autour de ma main.

– Belle nuit, murmura-t-elle.

J'acquiesçai, attendis un peu, puis, n'y tenant plus, je laissai les mots jaillir de ma bouche.

– Pardonne-moi, Mary !

Ses doigts se resserrèrent plus fermement autour des miens.

– Oh, ce n'est rien, répondit-elle d'un ton léger, comme on excuse le péché véniel d'un enfant, mais levant vers le ciel un regard empreint d'une étrange gravité, si bien qu'un bref instant elle parut prendre sur elle le poids le plus lourd, tout un monde de corps brisés, de cœurs broyés, scrutant le firmament dans l'espoir d'y déceler une raison qui expliquerait leur ruine, au-delà des étoiles et des galaxies, dans l'infini, jusqu'au tout dernier éclat de la lumière, où elle ne trouva toujours pas de réponse à son *Pourquoi ?*.

Je passai le bras autour de ses épaules, et la serrai contre moi. Ça semblait si peu, tout ce que j'avais.

– Tu as raison, lui dis-je. C'est une belle nuit.

DU MÊME AUTEUR

Safari dans la 5e avenue
Gallimard, « Série noire », 1981

Du sang sur l'autel
Gallimard, « Série noire », 1985
et « Points », n° P2869

Haute couture et basses besognes
Gallimard, « Série noire », 1989

Qu'est-ce que tu t'imagines ?
Gallimard, « Série noire », 1989
Nouvelle traduction sous le titre
L'Innocence pervertie
« Points », n° P4547, 2017

Les Rues de feu
Gallimard, « Série noire », 1992 et 2004
et « Folio Policier », n° 533

Les Instruments de la nuit
L'Archipel, 1999
et Point Deux, 2012

Les Ombres de la nuit
L'Archipel, 2002
et « Le Livre de poche », n° 37067

Interrogatoire
L'Archipel, 2003
et « Le Livre de poche », n° 37167

Disparition
L'Archipel, 2003

La Preuve de sang
Gallimard, « Série noire », 2006
et « Folio Policier », n° 666

Les Ombres du passé
Gallimard, « Série noire », 2007
et « Folio Policier », n° 568

Les Feuilles mortes
Barry Award
Gallimard, « Série noire », 2008
et « Folio Policier », n° 593

Les Liens du sang
Gallimard, « Série noire », 2009
et « Folio Policier », n° 619

Les Leçons du Mal
Seuil, 2011
et « Points », n° P2754

Mémoire assassine
Point Deux, 2011
et « Points », n° P3169

L'Étrange Destin de Katherine Carr
Seuil, 2013
et « Points », n° P4009

Dernière Conversation avec Lola Faye
« Points », n° P3297, 2014

Le Dernier Message de Sandrine Madison
Seuil, 2014
et « Points », n° P4103

Le Secret des tranchées
Ombres noires, 2014

Le Crime de Julian Wells
Seuil, 2015
et « Points », n° P4392

La Vérité sur Anna Klein
« Points », n° P4235, 2016

Sur les hauteurs du mont Crève-Cœur
Seuil, 2016
et « Points », n° P4629

Danser dans la poussière
Seuil, 2017
et « Points », n° P4853

RÉALISATION : IGS-CP À L'ISLE-D'ESPAGNAC
IMPRESSION : CPI FRANCE
DÉPÔT LÉGAL : JANVIER 2019. N° 142114-3 (2066125)
IMPRIMÉ EN FRANCE